Theo Bromien

Brüsseler Pralinen & Europäische Häppchen

Theo Bromien

Brüsseler Pralinen
&
Europäische Häppchen

Köstliche Kurzgeschichten und saftige Satiren
aus Europas Kerngehäuse

Bibliografische Information der Deutschen Nationalbibliothek:
Die Deutsche Nationalbibliothek verzeichnet diese Publikation in der
Deutschen Nationalbibliografie; detaillierte bibliografische Daten sind
im Internet über http://dnb.d-nb.de abrufbar.

© 2008 Theo Bromien, Brüssel
Fotos: T. Bromien; Foto S. 41: D. Gerhardt; Fotomontage S. 27: A. Dotzauer
Supermarket Lady von Duane Hanson (im Foto S. 27): © VG Bild-Kunst, Bonn 2008
Satz und Layout: A. Dotzauer
Umschlaggestaltung: T. Bromien
Herstellung und Verlag: Books on Demand GmbH, Norderstedt
Printed in Germany
ISBN 978-3-8370-4887-2

INHALT:

Brüsseler Pralinen und europäische Häppchen

Mehr als nur ein Vorwort: neunzehnhundertachtundfünfzig

Im Grunde genommen verdiente es die „vielsprachige" Praline, als ein Nationalsymbol in Verfassungsrang erhoben zu werden, denn in der Beliebtheitsskala der Belgier rangiert sie mindestens so weit oben wie der König. Wie der König erzielt die Praline noch staatliche Einmütigkeit, ja übertrifft gar den *König* (französisch *roi*, flämisch *konink*), als stolzes Bindeglied zwischen Flamen, Wallonen und deutschsprachigen Belgiern, wird *sie* doch in allen drei Landessprachen *einheitlich Praline* genannt.

Die Belgier sind weithin tolerant, mehrsprachig und weltoffen. Daran ändert auch die Tatsache nichts, dass sich die Nachbarn im Norden und Süden gerne über die Belgier mokieren und sie durch den Kakao ziehen wollen. Dabei können die Belgier selbst viel besser mit Kakaomasse umgehen. Schließlich nimmt Belgien über Europa hinaus eine Spitzenposition in der Pralinenherstellung ein. Hier kennt man die stimulierende Wirkung der Kakaobohne mit ihrem Theobromin, das Blutgefäße und Bronchien erweitert und das Herz stärkt. In einer hoch entwickelten Kultur weiß man eben die Qualitäten der Kakaobohne richtig zu schätzen. Wie in den Hochkulturen der Maya und Azteken. Allerdings wurden dort Kakaobohnen auch zum Kultsymbol und Zahlungsmittel. Zugegeben, auch die Schweiz liefert Pralinen mit Spitzenqualität und Länder wie Österreich, Deutschland und einige osteuropäische Staaten holen auf. Wie auch immer, trotz verbreiteter Schokophilie kommen in diesem Buch keineswegs nur die Schokoladenseiten des Landes zur Sprache.

Seit Karl dem Großen mit dem Reichsapfel gehören Belgien und das Rheinland zum europäischen Kerngehäuse. Einigungsprozess und Zankäpfel sind eng mit der Region verknüpft. Wenn Bonn und Paris die Wiege der EU waren, dann waren Brüssel, Luxemburg und Straßburg ihr Laufstall. Neunzehnhundertachtundfünfzig wird Brüssel zu einem Nukleus: Weltausstellung mit dem Atomium. Euratom und die EWG-Kommission gehen an Brüssel. Die Mitbewerber Mailand, Paris, Straßburg und Nizza sind abgeschlagen. Nach Jahrhunderten gewaltsamer Auseinandersetzungen um Belgien kehrten bald alle friedlich zurück. Deutsche, Franzosen, Habsburger, Niederländer und Spanier nehmen heute Platz in der „Hauptstadt" Europas. Doch Sitzfragen blieben lange ein Zankapfel. Und seit Ausbreitung der Frankofonie in Brüssel und im flämischen Umland ist der Großraum Brüssel als belgisches Kerngehäuse ein Zankapfel zwischen Flamen und Wallonen. *„Kerngehäuse und Zankäpfel"* kulminiert in der Frage: Liegt die Lösung im *Europa-Distrikt Brüssel*, verwaltet von der Kommission?

Plattes Land und Ardennen-Hügel mit kostenlosen Kindergartenplätzen. Hauptstadt mit Sprachenvielfalt bis zur Sprachlosigkeit. Comicwelt und Märchenwald. Das alles ist für manche Nachbarn Surrealismus, doch Belgiens Surrealismus ist so sehenswert wie die Mischung aus Laisser-faire und Vermummungsverbot in Diamantwerpen. Überzeugen Sie sich selbst oder lesen Sie *„Vom märchenhaften Königreich der Belgier"* deutscher Krone und von der Heimat des rheinischen Makrönchens.

Von Laisser-faire bis strenge Überwachung: Behörden sind nicht gleich Behörden. Die einst so viel gelobte belgische Toleranz schmilzt, auch bei der Ahndung von Verkehrssünden. Die Polizei ist zunehmend präsent auf den Straßen und lässt ihre deutschen Kollegen bei der Höhe saftiger Bußgelder hinter sich. In Brüssel überwiegt noch deutlich Toleranz: *„Fingerabdruck à la belge"* ist eine Anekdote aus dem nördlichsten Mittelmeerland.

Ausländische Gäste erleben Brüssel auf ihre eigene Art. Der Belgische Alltag, Touristenattraktionen und Sprachenpolitik lösen unterschiedliche Reaktionen aus, von Begeisterung bis Verwirrung. Süße und zartbittere Erfahrungen mit Pralinen genauso wie mit Spracherleichterungen und Abfallerschwernissen im Raum Brüssel, verborgen unter dem appetitlichen Titel *„Brüsseler Schokolade schwarz / weiß"*.

Für alle, die mehr über Deutsch in Belgien erfahren wollen, bietet der Aufsatz *„Belgo-Deutsch für Fortgeschrittene"* am Ende des Buches einen Überblick über Deutsch als Muttersprache, Amtssprache und Minderheitensprache, über Dialekte in Ostbelgien und über deutschsprachige Rechtsterminologie. Wie Südtirol besitzt auch Belgien eine geschützte deutschsprachige Minderheit. Nach dem Ersten Weltkrieg mussten die Kreise Eupen und Malmedy, vormals Teile der preußischen Rheinprovinz, an Belgien abgetreten werden. Dadurch wuchs die sehr kleine deutschsprachige Minderheit Belgiens etwas an. In den Jahren 1971 bis 1994 kam es zu nicht weniger als vier großen Staatsreformen mit Sprachreformen. Die deutsche Sprache wurde dabei aufgewertet und die Selbstbestimmung der deutschsprachigen Bürger erheblich gestärkt.

In mancherlei Situationen lässt uns der Alltag sprachlos werden. Gleichwohl ist eine Verbindung der Begriffe Humor und Alltag möglich, wobei humoreske Situationen manchmal ungewollt sind und zunächst nur der Andere lacht. In der Verbindung dieser beiden Begriffe kann eine Alltagshumoreske entstehen, so wie bei *„Traumpralinen"* und *„Ungewöhnlicher Wirbel"*.

Unsere Liebe zu Europa bekennen wir täglich, jedenfalls in kulinarischer Hinsicht, denn Liebe geht bekanntlich ja durch den Magen, so bei Amuse-Gueules aus Frankreich, bei italienischen Antipasti und spanischen Tapas, griechischen Mezedes und deutschen Appetithäppchen. Bei Appetizers aus Großbritannien schon seltener. Auch unterschiedliche Delikatessen und Essgewohnheiten machen Europa aus. Die kulinarische Vielfalt ist Teil unseres kulturellen Reichtums und darin liegt Europas Reiz. Auch deswegen ist die Wahl von Essen (im Rheinland) als Kulturhauptstadt Europas für 2010 vortrefflich. Schon der Name ist Programm! Das Spannungsverhältnis zwischen englischer Nahrungsaufnahme und französischem Feinschmeckertum fiel schon vor 200 Jahren dem französischen Bischof, Staatsmann und Außenminister Talleyrand auf: „In England gibt es drei Soßen und dreihundertsechzig Religionen, in Frankreich drei Religionen und dreihundertsechzig Soßen."

Nach der *Novel Food*-Verordnung der EU müssen gewisse neuartige Lebensmittel, die zum Beispiel exotische Früchte, geröstete Insektenlarven oder aber synthetische Fettersatzstoffe beinhalten, gekennzeichnet werden. Auch Elektrolyt-Getränke für Sportler und anderes *Designer Food* fallen darunter. In den Augen manch eines Kritikers ist der Interpretationsspielraum so groß, dass der Verbraucher in die Irre geführt wird. Andere gehen weiter: Um seine Lebensmittel heute selber beurteilen zu können, sei der Verbraucher auf ein gründliches Chemiestudium angewiesen.

Ganz gleich, ob die politische Weiterentwicklung Europas gerade auf Sparflamme köchelt oder brodelnd heiß kocht, längst geht es dabei um die Hauptspeise. Mit Appetithäppchen lassen sich die Bürger nicht mehr abspeisen. Wichtig ist, dass die Politiker im fernen Europa nicht einfach ihr eigenes Süppchen kochen, das dann immer weniger Menschen schmeckt. *„Amuses-Gueules und die hohe Schule der Eurokratie"*: Ansichten über sogenannte Butter- und Beamtenberge und das Ende des EU-Reformstaus, so bunt, wie sie nur in der Demokratie erblühen können. Schließlich hat der Bürger in der Demokratie auch das Recht im Unrecht zu sein.

Was wir schon immer über informelle Gespräche unserer Führungselite wissen wollten. Hier wird es schonungslos aufgedeckt. Im Hinterzimmer einer Kneipe in der Brüsseler Altstadt schmieden Berlusconi und andere europäische Politsaaltiere im Dezember 2005 heiße Pläne, um Europas Wahlbürger wegen einer bedrohlichen „EU-Phobie" mit wahnwitzigen Machenschaften zu einer neuen „EU-Phorie" zu verführen. Alles bloß ein

„*Gipfelsturm im Wasserglas*"? Auf jeden Fall ein gefundenes Fressen für den Autor einer Politsatire.

Von Brüssel aus führt die Reise zum „Gipfel von Nizza". Jedoch weniger auf den Spuren der Staats- und Regierungschefs als auf der Spur einer Kleinbahn und zum Gipfel einer Zitadelle. „*Der Apfel, an dem etwas faul war*" erzählt von Sonnenlicht, vom Hinterslichtführen und von Obst.

Die lange nass-kalte Winterzeit ist die Zeit der depressiven Stimmung. Ungestillter Sonnenhunger durch kurze Tage mit geringer Lichtintensität führt zum Abbau des „Glückshormons" Serotonin, zu andauernder Müdigkeit und Lustlosigkeit. Das berühmte Stück Schokolade erhöht den Serotoninspiegel und wirkt stimmungsaufhellend durch Theobromin, das man vor allem in Kakao findet. Sein wissenschaftlicher Name *theobroma cacao* kommt von griechisch *theos* („Gott") und *broma* („Speise"): eine Götterspeise also? Für Spanier bedeutet *broma* dagegen „Scherz", im Ernst! Sonnenhochburgen wie Spaniens *Costa del Sol* könnten den Schokoladeherstellern die Suppe versalzen. Winterurlauber sind dort glücklich, die hohe Lichtintensität bringt den Serotoninhaushalt spielend ins Gleichgewicht: „*Andalusische Lichtblicke*".

Vom Hohen Venn bis zum *Lichten Busch*: Ostbelgien ist ein Gedicht. Also lauschen wir dem lyrischen Asphaltgeflüster zwei tierischer Typen nach einer Wanderung zum hell beleuchteten Flüsterasphalt der belgischen Autobahn bei Aachen. Lichtenbusch gibt es auf beiden Seiten der Grenze, hüben mit königlicher Krone, drüben nur mit dem rheinischen Makrönchen. Was haben sich die deutschsprachigen Nachbarn und Vettern wohl zu sagen? „*Euregio Aachen – Der Orden wider das ernstliche Tier*".

Musikalische Leckerbissen aus dem Europa der 30er bis 70er Jahre auf einer Speisekarte und feilgeboten in einem Weinlokal am Rhein, in einer ehemaligen Klosteranlage. Das ist der Stoff, aus dem die Träume sind, in einer „*Rheinischen Weinnacht mit musikalischen Leckerbissen*".

„In Vielfalt geeint" lautet das Motto der Europäischen Union, das im Jahre 2000 aufkam. Offiziell fand das Motto erstmals 2004 im Vertragsentwurf für eine EU-Verfassung Erwähnung, neben dem Euro, der europäischen Flagge, der Europahymne und dem Europatag (der 9. Mai), als Symbol der EU. Der Wahlspruch in Belgiens Wappen lautet „Einigkeit macht stark", auch wenn die Einigkeit im Jahr 2007 stark auf die Probe gestellt wurde. (Denselben Wahlspruch besitzt übrigens Bulgarien.)

Als Deutschlands Wahlspruch gilt weithin, wie auf der deutschen 2-Euro-Münze: „Einigkeit und Recht und Freiheit" (aus der deutschen Nationalhymne). Es gibt eine enge Verbindung zur Devise der französischen

Revolution *„Liberté, Egalité, Fraternité"*. Zunächst fällt nur die gemeinsame „Freiheit" (*liberté*) auf, aber schaut man einmal zurück auf die damalige Übersetzung, so fällt auf, dass Friedrich Schiller *fraternité* mit „Einigkeit" wiedergab. „Recht" anstelle von „Gleichheit" (*égalité*) mag an der Metrik liegen, da Gleichheit eine Silbe zu viel hat. In der Rheinprovinz unter Napoleon wurde aus den französischen Initialen *E.L.F.* dann übrigens der karnevalistische Elferrat, zur Verballhornung der französischen Besatzer.

Viele Rheinländer tun sich zur Karnevalszeit in Brüssel schwer. Maxburg, Tiroler Stüberl, Bistro/Biergarten Berlin und auch das ehemalige Schrammer-Stüberl sind die Steinwerdung deutscher und österreichischer Gasthaus-Gemütlichkeit in Brüssel. Aber Weiberfastnacht im legendären Bierfass blieb nach dessen Schließung unerreicht. Bis Ministerpräsident Lambertz von der Deutschsprachigen Gemeinschaft und der deutsche Botschafter Jessen ein Zeichen setzten. 2007 erwarben sie sich ein historisches Verdienst um den rheinischen Karneval, als Schirmherren der ersten öffentlichen Karnevalssitzung in Brüssel, mit Tanzgruppen aus Ostbelgien und dem Aachener Oberbürgermeister als talentiertem Büttenredner. Als dann auch noch 111 *Kölsche Funken rut-wieß* einzogen, hielten sich Aufführende und Besucher bei tosendem Beifall zahlenmäßig die Waage. Kamelle! Strüßcher! Alaaf!

Auch die EU-Vertretung von Nordrhein-Westfalen hat ihre Zuständigkeit erkannt und legt sich für den rheinischen Karneval mächtig ins Zeug. Belgien und das Rheinland nehmen den Kulturaustausch eben ernst, diese engen Nachbarn im europäischen Kerngehäuse. Genau, das Rheinland darf in einer seriösen Betrachtung des Kerngehäuses einfach nicht fehlen, allein schon aus historischen Erwägungen, wegen seiner schier unermesslichen Bedeutung für Europa. Mit persönlichen Affinitäten des Autors hat dies rein gar nichts zu tun. Oder am Ende doch? *„Kölsch: vom Gerstensaft zu Mundart und LebensArt"*: Von rheinischen *Schmeckleckern*, von *mangsen Mädchen* u. v. m.

Die EU will dem Verkauf und der Werbung für Bier, Wein und Spirituosen enge Grenzen setzen. Parlament und Kommission fordern Warnhinweise auf den Flaschen und eine strenge Beschränkung der Alkoholwerbung. Trotz der Schlagzeilen über Alkoholexzesse Minderjähriger mit sog. *Alcopops* und obwohl es in allen Nachbarländern Regulierungsaktivitäten gibt, zeichnet sich Deutschland in der Gesetzgebung durch eine vornehme Zurückhaltung aus. Lobby? Kein Schelm, der böses dabei denkt! Wir haben noch nicht vergessen: Auch bei der Tabakwerbung und beim Rauchen an öffentlichen Orten und Gaststätten musste der Nachzügler erst mit Gewalt von Europa angeschoben werden.

Als einer der „Gründerväter" der Europäischen Union urteilte schon der gewiefte Rheinländer Konrad Adenauer: „Die Einheit Europas war ein Traum weniger. Sie wurde eine Hoffnung für viele. Sie ist heute eine Notwendigkeit für alle."

Das vorliegende literarische Speiseangebot schließt mit einer terminologischen Anwandlung auf lyrische Art zur Vielsprachigkeit in Europa: *„Europa à la Babylon"*.

Bon appétit!

Theo Bromien
im Januar 2008

Blick zurück auf das Jahr neunzehnhundertachtundfünfzig: Die EWG, EURATOM und das ATOMIUM machen Brüssel zu dem politischen Nukleus von Europa (Foto 2008).

13

Kerngehäuse und Zankäpfel

Seit Menschengedenken ist der Apfel als ein Symbolträger für Fruchtbarkeit und Liebe, für das Leben und Reichtum sowie für Erkenntnis und Entscheidung ein beliebtes Objekt menschlicher Begierde.

Mit dem Gemälde „Das Urteil des Paris" (1638/39, *Museo del Prado*, Madrid) erinnert der Maler Peter Paul Rubens, ein Flame, an einen Zankapfel der griechischen Mythologie. Dabei geht es um den goldenen Apfel der Eris, der Göttin der Zwietracht und des Streits: Alle olympischen Götter waren zur Hochzeit des Peleus und der Thetis eingeladen, bis auf Eris. Beleidigt wirft Eris einen Apfel mit der Aufschrift „für die Schönste" unter die Göttinnen, um Zank und Streit hervorzurufen. Daraufhin kommt es zum Streit zwischen Aphrodite, Pallas Athene und Hera, wem dieser Apfel gebühre. Zeus als höchste olympische Instanz zieht sich aus der Affäre, indem er das Urteil in die Hand eines Sterblichen legt. Er bestimmt den unschuldigen Jüngling Paris, den schönen, wenngleich verstoßenen Sohn des trojanischen Königs Priamos und der Hekabe als Schiedsrichter. Um den Prinzen für sich zu gewinnen, versucht jede der Göttinnen, ihn zu bestechen, und bietet ihm einen Preis an. Hera verspricht ihm Macht, Athene verspricht Weisheit und Aphrodite Liebe. Aphrodite kann das Urteil für sich entscheiden, als sie ihm zur Bestechung die schönste Frau der Welt bietet. Die angedachte Helena jedoch ist bereits mit Menelaos, dem König von Sparta, verheiratet. Der daraus herrührende Raub der Helena gilt als der mythologische Auslöser des Trojanischen Krieges. Im Trojanischen Krieg stand Hera auf der Seite der Achäer, da Paris nicht ihr, sondern Aphrodite den goldenen Apfel der Eris zuerkannt hatte.

Ein gutes Stück weniger mythisch ist Karl der Große. Doch ob dieser sich in der geschilderten Situation für die Weisheit entschieden hätte? Man weiß, dass er wunschgemäß in Aachen beigesetzt ist. Sein Geburtsjahr ist unklar (742 oder 747), sein Geburtsort ist umstritten. In Betracht kommen Aachen, Düren und Prüm (alle Rheinland) sowie Quierzy-sur-Oise, Jupille und Herstal bei Lüttich (alle Belgien). 768 trat Karl seine Herrschaft als erster nachrömischer Kaiser Westeuropas an. Er säte nicht Streit noch Zwietracht. Sein Symbol war kein Zankapfel, sondern der Reichsapfel.

Bis zu Karl dem Großen war es für den Königshof unüblich, eine feste Residenz zu haben. Der Herrscher zog mit seinem Gefolge von Pfalz zu Pfalz (lateinisch *palatium*: Palast). Ab 786 jedoch hielt sich Karl öfter in

Aachen als in anderen Pfalzen auf und erwählte den Ort 794 schließlich zu seiner Hauptstadt. Aachen kann somit als die erste deutsche Hauptstadt bezeichnet werden. Aachen war, besonders nach Karls Kaiserkrönung durch den Papst am 25. Dezember 800, auch ein Zentrum des politischen, geistigen und künstlerischen Lebens.

Auf dem Reichstag 803 wurden sogenannte Kapitularien verabschiedet. Für die Bevölkerung brachten sie einheitliche Gesetze mit mehr Rechtssicherheit. In den Gärten des mittelalterlichen Europas war der Apfelbaum der erste kultivierte Obstbaum und ein wichtiges Gewächs. Die bekanntesten Kapitularien enthielten genaue Vorschriften zu Bewirtschaftungsmethoden auf den königlichen Hofgütern. Darin ordnete Karl der Große auch an, in seinen Gärten immer mehrere Apfelsorten anzupflanzen. Obwohl der Reichsapfel bei ihm hoch im Kurs stand, wuchs er aber in keinem Hofgarten. Er stand im mitteleuropäischen Kaisertum als Symbol für den Besitzanspruch. Der Reichsapfel war in ein christliches Kreuz gefasst, zum Zeichen der Herleitung des Machtanspruchs von höherer Seite.

Historisch geht die Bedeutung des Reichsapfels auf den Erdball der Römer zurück, der für die Weltherrschaft des Römischen Reiches stand. Das Heilige Römische Reich sah sich als Nachfolger des Römischen Reiches. Seine größte Ausdehnung unter Karl dem Großen umfasste folgende heutige Gebiete: Belgien, Deutschland, die Niederlande, Luxemburg sowie Österreich, Tschechien, die Schweiz, Nord- und Mittelitalien, Lothringen, Elsass und die Provence.

Karl der Große war Gründer des Heiligen Römischen Reiches (Deutscher Nation) sowie des Französischen Königreiches. In Deutschland war die Vereinnahmung des Karlsreiches und Karls des Großen für die nationale Geschichte nach dem Zweiten Weltkrieg insbesondere durch den Verlust des Nationalstaates obsolet. In der sich anbahnenden europäischen Integration galt das Karlsreich als Fundament des christlichen Abendlandes. Nachdem Historiker noch in den dreißiger Jahren des 20. Jahrhunderts mit wissenschaftlichen Argumenten um Karl den Großen bzw. Charlemagne gestritten hatten, wandelte sich das Karlsbild, und Karl changierte nun vom nationalen Helden der deutschen bzw. französischen Geschichte zum Gründer der europäischen Kultur und zum „Urvater Europas".

Manchen Historikern erscheint dies als überzogen. Schließlich habe er als Kriegsherr mehrere Völker mit Gewalt unterworfen. Doch während seiner Herrschaft gab es Versuche, durch regelmäßige Inspektionen und Gesetze die Regierungsorganisation zu verbessern, meinen andere. In Politik, Verwaltung, Rechtsprechung und Kultur kam es zu einer Verbindung von germanischen Traditionen mit antikem Erbe und Christentum, die nachhaltig auf die Entwicklung Europas wirkte. Das kulturelle Leben und der Unterricht blühten etwas auf und es kam zu einer Verbesserung der Schriftsprache. Leider blieben solche Entwicklungen auf die gesellschaftliche Oberschicht beschränkt und es ist fraglich, inwieweit sie Karl dem Großen persönlich zugeschrieben werden können. Nun, die großen Gelehrten, die ihn an seinem Hof umgaben, hatten wahrscheinlich starken Anteil daran, denn Karl der Große selber war wohl kein ausgesprochener Intellektueller. Genau genommen konnte er weder Lesen noch Schreiben. Doch hat dies, mit Blick auf unsere heutigen Staatslenker und EU-Politiker, nicht auch etwas Beruhigendes und Versöhnliches?

Im Jahre 1520 war es dann Karl V., der den Reichsapfel und das Zepter in Händen hielt, als er vom Kölner Erzbischof in Aachen zum Kaiser des Heiligen Römischen Reiches Deutscher Nation gekrönt wurde. Geboren 1500 in Gent (Belgien), trat er die Erbschaft eines Reiches an, in dem nach seinem Willen die Sonne nie untergehen sollte: Hlg. Römisches Reich, die Niederlande, die spanischen Königreiche Aragón und Kastilien, Teile Süd- und Oberitaliens, das burgundische Erbe, spanische Gebiete in Amerika und Afrika und die österreichischen Erblande in Mitteleuropa.

Schon während der Zeit am Hof in Gent hieß es, Karl V. sei nicht nur gefräßig, sondern er kaue auch schlecht. Sein übergroßer Appetit blieb ihm bis ins hohe Alter erhalten. In seiner Jugend sprach er schlecht Niederländisch, stockend Französisch und des Spanischen war er bei Erreichen der Volljährigkeit noch völlig unkundig. Sein Charakter wird so beschrieben: Er tendierte zur Grübelei und zögerte große Entscheidungen hinaus. Oder so: Karl schwankte zwischen Ausdauer und Starrsinnigkeit. Das sind ganz gewiss Pole, von denen auch heute Verantwortliche in Europa angezogen werden. Insgesamt aber schneiden unsere heutigen politischen Führer bei einem Vergleich relativ gut ab.

Als Herrscher über halb Europa und das gerade entdeckte Amerika verfügte Karl V. über mehr Macht als je ein Herrscher zuvor. Dennoch überfiel ihn am Ende tiefe Resignation, da er die großen Zankäpfel seiner Zeit nicht verdauen konnte und seine Ziele unerreicht blieben. Er vermochte nicht, das christliche Abendland vor inneren und äußeren Feinden zu beschützen und die Einheit des Glaubens zu sichern. Der Konflikt mit dem König von Frankreich und mit dem Papst prägte seine Herrschaftszeit. Der Vorstoß der islamischen Türken auf die Zentren Europas hatte weltpolitische Folgen. Karl V. war der große Verfechter eines multinationalen und vereinten Europas. Doch die aufkommenden Nationalstaaten gingen ihre eigenen Wege. Die Reformation in Deutschland trug das ihre dazu bei, ein zersplittertes Europa zu etablieren.

Im Umbruch zwischen Mittelalter und Neuzeit erwies sich das Reich als unregierbar. Im Jahr 1556 musste der „Ahnherr Europas" in den sauren Apfel beißen und den Reichsapfel aus der Hand geben. Er zog sich zu politischen Studien in ein einsames spanisches Kloster zurück. Seine eindrucksvolle Abdankungserklärung als Kaiser verfasste Karl V. in Latein. Er sprach schlecht Deutsch. Ein bekannter, ihm zugeschriebener Ausspruch lautet: „Ich spreche Spanisch zu Gott, Italienisch zu den Frauen, Französisch zu den Gesandten und Deutsch zu den Stallknechten." Von ihm stammt auch der Ausspruch: „So viel man Sprachen kann, so viel Mal ist man Mensch." Also ist kaum jemand mehr Mensch als viele Belgier.

Mit der Kaiserkrönung Napoleons gab es erstmals mehr als einen Kaiser in Westeuropa. Mit der Abdankung Wilhelm II. (Deutsches Reich) und Karl I. (Österreich-Ungarn) im Jahr 1918/1919 endete die Geschichte der Kaiser. Die Reichsinsignien wie die Reichskrone, das Zepter und eben auch der Reichsapfel, seit 1946 in der Wiener Hofburg ausgestellt, haben nur noch Interesse von hohem musealem Wert.

Die in Aachen gekrönten Kaiser Karl der Große und Karl V. machen den Anteil deutlich, den das Rheinland mit Aachen, Bonn und Köln schon weit im Vorfeld der Gründungsepoche am europäischen Einigungsprozess hatte. Der 1876 in Köln geborene Konrad Adenauer galt manchen als ungekrönter König des Rheinlands. Tatsächlich war er Oberbürgermeister der Stadt Köln von 1917 bis 1933. Im Jahre 1933 wurde Adenauer nach vielen kritischen Äußerungen von den Nationalsozialisten seines Amtes enthoben und durch einen Anhänger Hitlers ersetzt. Wenig später kam es auch zu seiner Amtsenthebung als Präsident des Preußischen Staatsrats.

Im Jahre 1945 wurde Adenauer von den Amerikanern wieder als Oberbürgermeister der Stadt Köln eingesetzt. Nach wenigen Monaten entließ ihn jedoch General Barraclough wegen angeblicher Unfähigkeit, da er sich nicht energisch genug um die Ernährungsversorgung gekümmert habe. Damit wollte die britische Besatzungsmacht Adenauers Pläne unterbinden, mit den Franzosen einen eigenen kleinen Rheinstaat zu gründen.

Schon nach dem Ersten Weltkrieg war eine europäische Einigungsbewegung entstanden. Die von Graf von Coudenhove-Kalergi 1923 in Wien gegründete PAN-Europa-Bewegung hatte einen europäischen Staatenbund gefordert. Die Forderung war jedoch verhallt, und auch der 1929 vom französischen Außenminister Aristide Briand vorgelegte Plan für einen föderativen Zusammenschluss der europäischen Staaten gescheitert.

Nach dem Zweiten Weltkrieg war Winston Churchill der erste Staatsmann, der eine politische Einigung Europas forderte. In seiner viel beachteten Züricher „Rede an die akademische Jugend" entwickelte er im September 1946 seine Vision der „Vereinigten Staaten von Europa" unter der Führung Frankreichs und Deutschlands. Churchill erntete begeisterte Zustimmung. Danach entstanden mehrere internationale Vereinigungen. Sie schlossen sich 1948 zur „Europäischen Bewegung" zusammen. Im Mai 1949 gründeten in London zehn demokratische europäische Staaten den Europarat. Im Jahre 1951 wurde die Bundesrepublik Deutschland aufgenommen, Österreich folgte erst im Jahre 1960. Dem Europarat mit Sitz in Straßburg gehören heute alle europäischen Staaten an. Seine wesentlichen Ziele sind die Sicherung demokratischer und rechtsstaatlicher Grundsätze und die Wahrung der Menschenrechte.

Bereits in der Entstehungsphase des europäischen Einigungsprozesses keimte der Zankapfel konzeptioneller Divergenzen. Während Churchills Ideen auf eine bundesstaatliche Ordnung zielten (die Vereinigten Staaten von Europa), hatte De Gaulle einen losen Staatenbund im Sinne (das Europa der Vaterländer). Die berühmte Erklärung des französischen Außenministers Robert Schuman vom 9. Mai 1950 stellte einen ersten Schritt für einen europäischen Integrationsprozess dar. Unter der Prämisse der Versöhnung zwischen Frankreich und Deutschland schlug Schuman eine Zusammenlegung der französischen und deutschen Kohle- und Stahlproduktion vor, zwei strategischer Sektoren, die lange Zeit der Herstellung von Kriegsmaterial gedient hatten. So entstand der „Schuman-Plan", der langfristig zu einer europäischen Föderation führen sollte.

Als erstem Bundeskanzler ist Konrad Adenauer die Eingliederung der Bundesrepublik Deutschland in die Europäische Gemeinschaft für Kohle und Stahl (EGKS) zuzurechnen. Während Adenauers Regierungszeit in Bonn kristallisiert sich das Rheinland zunehmend als Teil des europäischen Kerngehäuses heraus. Vom Rheinland aus wurde in den fünfziger Jahren die Wiedereingliederung Deutschlands in die westliche Welt betrieben: NATO-Aufnahme, Rückkehr in die Weltgemeinschaft (Vereinte Nationen), Europarat-Aufnahme usw. Dabei hatte ein Viertel der Bonner Regierungsbeamten seinen Wohnsitz in Köln. Kein Wunder! Durch die gemeinsame Geschichte seit Römerzeiten, den rheinischen Dialekt und den Flughafen Köln/Bonn sind die Nachbarstädte eng verbunden.

Ein ständiger Zankapfel der EG-Mitgliedstaaten waren jahrzehntelang die Sitzorte der Gemeinschaftsorgane. Bei der Gründung der EGKS im Jahre 1952 sprach sich Deutschland auf der Pariser Konferenz zunächst mit

Frankreich für Saarbrücken aus. Durch die damit verbundene Internationalisierung wäre so zugleich die Saarfrage gelöst worden. Doch im Gegensatz zu Frankreich war Deutschland gegen die Einrichtung eines europäischen Bezirks. Die anderen Mitgliedstaaten sprachen sich für eine Dezentralisierung aus und eine Verteilung der Institutionen auf mehrere Bewerberstädte. Die Regierung Belgiens unterstützte zum damaligen Zeitpunkt erstaunlicherweise die Bewerbung von Lüttich anstatt von Brüssel. Nach zweitägigen Verhandlungen beschlossen die Minister, die Institutionen vorläufig in Luxemburg anzusiedeln, während die Parlamentarische Versammlung bereits im Straßburger Europaratsgebäude tagte.

Ein Sachverständigenausschuss der sechs Gründerstaaten unter Leitung des belgischen Außenministers Paul-Henri Spaak verhandelte acht Monate im Schloss von Val Duchesse, einem ehemaligen Dominikanerkloster am Rand des Forêt de Soignes bei Brüssel. Neben der Untersuchung der wirtschaftlichen und sozialen Harmonisierung eines gemeinsamen Marktes für Industrie- und Landwirtschaftserzeugnisse ging es um die Frage der Schaffung neuer Institutionen. Am Ende der Verhandlungen stand 1957 die Unterzeichnung der Römischen Verträge für die Gründung der Europäischen Wirtschaftsgemeinschaft (EWG) und der Europäischen Atomgemeinschaft (EURATOM). Selbstverständlich gehörten Belgien und das benachbarte Rheinland mit zum Kerngehäuse der Gemeinschaft. Doch das Gerangel um die Sitzverteilung der europäischen Institutionen ging weiter.

In Europa steht die Banane symbolhaft für eine jahrzehntelange Subventionspolitik in der Landwirtschaft. In der Beliebtheitsskala der Deutschen steht die Banane nach dem Apfel an zweiter Stelle. Das musste schon Konrad Adenauer gewusst haben. Als Bundeskanzler hob der 81-Jährige bei den Römischen Verträgen von 1957 die Bedeutung des freien Handels hervor und sorgte für einen besonderen Anhang. In einem „Bananenprotokoll" sicherte der „Alte" der Bundesrepublik über viele Jahre hinweg ein zollfreies Einfuhrkontingent von 400.000 Tonnen Bananen. Das hat Deutschland nicht mehr nötig, denn heute gibt es die aus Japan bzw. China stammende robuste Banane *Musa Basjoo*. Mit etwas Geschick können Mitteleuropäer die über vier Meter große, kälteverträgliche Bananenpflanze (mit minus 12 Grad Frosttoleranz) selber im Garten anbauen.

Bei der Fusion von EGKS, EWG und EURATOM zu den Europäischen Gemeinschaften (EG) im Jahre 1967 kommt die Frage des gemeinsamen Sitzes wieder auf die Tagesordnung. Luxemburg verlangt einen Ausgleich für den Verlust der Hohen Behörde der EGKS. Große Teile der heute geltenden Sitzverteilung zwischen den Städten Brüssel, Luxemburg und Straßburg als Kerngehäuse wurden im Jahr 1992 im Kompromiss von Edinburgh geregelt. Die endgültige Beilegung dieser Auseinandersetzung gelang den Staats- und Regierungschefs aber erst 1997 auf dem Gipfel von Amsterdam. Dort wurden die Sitze der Organe sowie einiger Einrichtungen der EG endgültig festgelegt. Damit wurde ein großer Zankapfel zu europäischem Kompott verarbeitet, doch das Kerngehäuse blieb erhalten.

Heute ergibt sich bei der Sitzverteilung von Einrichtungen der EU und anderen zwischenstaatlichen Organisationen in etwa folgendes Bild: In Brüssel befinden sich sowohl die Europäische Kommission als auch der Rat der Europäischen Union und sein Generalsekretariat. Ferner sind hier der Wirtschafts- und Sozialausschuss (WSA), der Ausschuss der Regionen (AdR), die Westeuropäische Union (WEU), die NATO, Eurocontrol, das Ständige Sekretariat der Benelux-Länder und mehrere Gemeinschafts-Agenturen. In Brüssel werden im Übrigen auch die Ausschusssitzungen des Europaparlaments abgehalten.

In Luxemburg haben ihren Sitz: der Europäische Gerichtshof (EuGH), das Gericht Erster Instanz, der Rechnungshof, die Europäische Investitionsbank, das Generalsekretariat des Europaparlaments, das Übersetzungszentrum und das (ohne Zweifel höchst amtliche) Amt für amtliche Veröffentlichungen. In Straßburg hingegen ist der Sitz des EU-Parlaments. (Zur Streitbeilegung bestätigte der EuGH Straßburgs Anspruch auf 12 Plenarsitzungen pro Jahr.) Hier sind ferner der Europäische Bürgerbeauftragte, das Schengen Informationssytem (SIS), das Eurokorps sowie der Europarat und der Europäische Gerichtshof für Menschenrechte ansässig.

Den Haag beherbergt immerhin die Sitze von Europol, Eurojust und Internationalem Gerichtshof. In Paris sind insbesondere die Europäische Weltraumbehörde (ESA) sowie die OECD und die UNESCO zuhause. In Wien befinden sich mehrere UN-Einrichtungen, die OSZE und die Europäische Agentur für Grundrechte, in Frankfurt die Europäische Zentralbank (EZB) und in München das Europäische Patentamt (EPA).

Zum Teil weit entfernt vom europäischen Kerngehäuse sind die Sitzorte von mehr als zwei Dutzend überwiegend kleineren Behörden quer über alle Mitgliedsländer verteilt: z. B. die Europäische Agentur für Flugsicherheit in Köln und die Europäische Behörde für Lebensmittelsicherheit in Parma. An der Peripherie angesiedelt sind die Europäische Agentur für operative Zusammenarbeit an den Außengrenzen (Frontex) in Warschau, das Harmonisierungsamt für den Binnenmarkt („Markenamt") in Alicante, die Europäische Stiftung zur Verbesserung der Lebens- und Arbeitsbedingungen (Eurofound, Dublin), das Europäische Institut für Gleichstellungsfragen mit Sitz in Vilnius sowie die Europäische Agentur für Netz- und Informationssicherheit (ENISA) in Heraklion auf Kreta. Die dezentralen Einrichtungen leisten auch einen Beitrag dazu, dass das diffizile politische Gleichgewicht zwischen den Mitgliedern nicht aus dem Lot gerät.

In Brüssel, Luxemburg und Straßburg befinden sich die Sitze der wichtigsten EU-Einrichtungen. Die Achse Bonn – Paris war jahrzehntelang der viel beschworene Motor der europäischen Einigung. Man kann auch vom historischen Kerngehäuse des europäischen Bauwerks sprechen, das sich von Paris bis Bonn und (entlang der germanisch-romanischen Sprachgrenze) von Brüssel über Luxemburg bis Straßburg erstreckt. Und nach über fünfzigjährigem Bestehen der EU (bzw. EG) ist längst klar: Brüssel als ein wichtiger Kern ist nicht mehr aus der EU wegzudenken.

Ein solches Kerngehäuse als eine Art Avantgarde übte und übt starke Gravitationskräfte auf andere Länder (der Union) aus. Und genau das ist notwendig, um die europäische Integration voranzutreiben. In dieser Kernregion nahmen viele politische Einigungsprozesse ihren Ausgang. Die drei Länder Belgien, Niederlande und Luxemburg waren von 1815 bis 1839 bereits im Königreich der Vereinigten Niederlande vereint, bis Belgien unabhängig wurde. Im Jahre 1890 spaltete sich auch Luxemburg ab, weil es keine Frau auf dem Thron akzeptierte. 1948 trat die Benelux-Zollunion in kraft und zehn Jahre später folgte die Benelux-Union. Auch das Land Nordrhein-Westfalen würde diesem Club sehr gerne beitreten, wenn das Benelux-Abkommen 2010 erneuert wird. Doch die Niederlande stellen sich aus rechtlichen Gründen gegen die Aufnahme einer Region.

Ungeachtet dessen gibt es mannigfaltige Projekte der Zusammenarbeit zwischen dem Benelux-Raum und dem Rheinland. Die Regionen wachsen unaufhaltsam enger zusammen. Die Euregio Maas-Rhein (auch Euregio Aachen genannt) ist ein Beispiel dafür. Sie wurde 1976 gegründet und hat die Rechtsform einer *Stichting* nach niederländischem Recht. Ihr Sitz befindet sich im Regierungsgebäude der Deutschsprachigen Gemeinschaft in Eupen. Aus der Zusammenarbeit der Kliniken von Aachen sowie Lüttich, Hasselt und Maastricht ging auch das Europäische Gefäßzentrum Aachen-Maastricht hervor. Auf der Ex-Vennbahntrasse wird ein 180 km langer Radwanderweg von Aachen bis Luxemburg gebaut, der dann durch den deutsch-belgischen Naturpark Eifel-Ardennen führt. Die Liste der Projekte ist lang. Schon heute werden Belgien und das Rheinland von ostbelgischen Rheinländern zusammengehalten. Und vom rheinischen Schiefergebirge, das sich ja nicht nur über die rheinische Eifel, sondern auch über die belgischen Ardennen erstreckt.

Das Gebiet des heutigen Belgiens war jahrhundertelang umstritten. Auf die Herrschaft der Römer folgte die der Franken. Anschließend herrschten Burgunder, Habsburger, spanische Habsburger, österreichische Habsburger und das napoleonische Frankreich. Es folgten die Niederlande (bzw. Preußen im Osten), Belgien und das Deutsche Reich. Erst im Jahre 1944 war man endlich unter sich und Herr im eigenen Haus. Aber schon nach wenigen Jahren kehrten alle an den Tatort zurück, diesmal als friedfertige Nachkommen der einstigen ausländischen Herrscher: Politiker und EU-Beamte, Lobbyisten und Touristen. Denken wir nur an Walter Hallstein aus Deutschland, den ersten Präsidenten der EWG-Kommission ab 1958. Als Gegner der De Gaulle'schen Vision eines „Europas der Vaterländer" musste Hallstein 1967 den Hut nehmen und wurde 1968 Präsident der Europäischen Bewegung. Oder nehmen wir einen anderen Rückkehrer: Das langjährige Oberhaupt der Familie Habsburg-Lothringen, Otto von Habsburg, ging von 1979 bis 1999 als Abgeordneter im Europa-Parlament in Straßburg bzw. Brüssel ein und aus. Der Ehrenpräsident der Paneuropa-Union, der Staatsbürger von Österreich, Ungarn, Deutschland und Kroatien ist, hat 1982 im Europäischen Parlament durchgesetzt, dass für die unterdrückten Völker jenseits des Eisernen Vorhangs ein leerer Stuhl im Plenum aufgestellt wurde, und zwar symbolhaft dafür, dass Europa weit mehr als nur die EG umfasste. Eine andere Art der „Politik des leeren Stuhls" als diejenige, die De Gaulle 1965/66 praktizierte, als er seine Teilnahme an den Sitzungen des Rates verweigerte.

Im 21. Jahrhundert verlaufen sich längst keine ausländischen Invasoren mehr nach Belgien. Aber das Land steht auch so vor immer neuen Zerreißproben. Zerfallserscheinungen im belgischen Märchenland springen Besuchern nicht nur an Häuserfassaden unweit des berühmten Grand Place ins Auge. Der Zankapfel Brüssel ist in aller Munde und einige Politiker scheinen stolz darauf zu sein, ihren Namen jeden Tag aufs Neue in hässlichen Schlagzeilen zu finden. Nach vier großen Staatsreformen in den letzten Jahrzehnten ist das europäische Musterland im Jahre 2007 Schauplatz heftiger innerer Auseinandersetzungen, verbunden mit nachdrücklichen Forderungen aus Flandern nach noch mehr Unabhängigkeit.

In einem Rundschreiben verlangte der Innenminister der Flämischen Gemeinschaft 1997, dass die französischsprachigen Einwohner der sog. Fazilitätengemeinden am Rande von Brüssel (bis zu 90 Prozent fankofon) nach dem Erhalt niederländischer Schreiben fortan jedes Mal aufs Neue eine französische Fassung anzufordern hätten. Die Bundesgesetze für Verwaltungsangelegenheiten schreiben eine Wiederholung in jedem Einzelfall nicht vor. So hatte es bis dato auch ausgereicht, diesen Willen ein einziges Mal gegenüber der Gemeinde zu bekunden. Der frankofone Proteststurm gegen diese Einschränkung blieb jedoch ebenso erfolglos wie die Empfehlung aus dem Europarat in Straßburg, das Rundschreiben aufzuheben.

In den Folgejahren nehmen die Veränderungen in der Sprachenlandschaft eine rapide Entwicklung. So verbietet eine Neuregelung Lehrern der kommunalen Schulen in Zaventem, mit den Eltern der Schüler in einer anderen Sprache als Niederländisch zu sprechen. In der Gemeinde mit mehr als 20 Prozent frankofonen Bürgern und einer großen Zahl Ausländer fühlen sich die Eltern ohne Niederländischkenntnisse bestraft. Für den Grundstückskauf in Vilvoorde und Zaventem muss man auf einmal die Beherrschung des Niederländischen nachweisen; EU-Binnenmarktregeln (Diskriminierungsverbot) sollen verletzt sein. Seit 2007 verweigert der flämische Innenminister beharrlich mehreren gewählten frankofonen Bürgermeistern flämischer Randgemeinden die Bestätigung im Amt.

Mehr als die Hälfte der Flamen lernt Französisch in den Schulen, während gerade mal 20 Prozent der wallonischen Schüler Niederländisch lernt. Umgekehrt sieht es im Senat aus, der zweiten Kammer des Parlaments. Dort hat sich nach den letzten Wahlen eine ganze Reihe wallonischer Mitglieder neben Französisch auf Niederländisch vereidigen lassen, aber nur ein einziger flämischer Senator tat dies auch in der französischen Sprache.

Seit einigen Jahren gibt es keine belgische Partei mehr, die über eine Bundesstruktur verfügt. Zum Verständnis des Ausgangs von Bundeswahlen ist dies genauso wichtig wie die Bevölkerungsverteilung. Mehr als 60 Prozent der Belgier sind nämlich Flamen. Aus der belgischen Parlamentswahl im Juni 2007 ging der Flame Yves Leterme als strahlender Sieger hervor. Aber während dieser ehemalige Ministerpräsident Flanderns in der flämischen Nordhälfte des Landes begeistert gefeiert wurde, entstand bei den französischsprachigen Belgiern in der südlichen Landeshälfte Unbehagen beim Anblick eines Meeres aus flämischen Flaggen. Bis zur Wahl hatte sich der flämische Wahlsieger in der Wallonie nämlich vor allem durch ein umstrittenes Interview mit der französischen *„Libération"* einen Namen gemacht. Im Jahre 2006 hatte er der Zeitung erklärt, die frankofonen Belgier seien „intellektuell offenbar nicht im Stande, Niederländisch zu lernen". Die Empörung in der Wallonie war groß. Leterme, dessen Vater Wallone ist, wollte seinen frankofonen Landsleuten wohl nicht ernsthaft Dummheit unterstellen. Doch mit dem diplomatischen Fehltritt machte er dem unter Flamen weit verbreiteten Ärger darüber Luft, dass selbst viele in Flandern lebende Wallonen kaum Niederländisch beherrschen.

Auch nach seinem Wahlsieg tat Leterme wenig dafür, sein Image im französischsprachigen Landesteil zu verbessern, wenngleich der Unterhaltungswert seiner Auftritte hoch war. Von einem Fernsehjournalisten nach der französischsprachigen Version der Nationalhymne befragt, stimmte er die „*Marseillaise*" an, die Nationalhymne Frankreichs, anstelle der belgischen „*Brabançonne*". Für den Faux pas entschuldigte er sich mit Widerwillen Tage später, und zwar ausschließlich auf Niederländisch.

In vielen Bereichen entbrennt immer aufs Neue Streit über Sprachenfragen. So ist es fast nicht mehr verwunderlich, dass die Regierungsbildung 2007 daran scheiterte. Die Rede ist vom Wahlbezirk (und Gerichtsbezirk) Brüssel / Halle / Vilvoorde (BHV), ein Zankapfel par excellence. Dieser zweisprachige Wahlbezirk BHV umfasst 19 Gemeinden der zweisprachigen Hauptstadtregion Brüsssel sowie 36 angrenzende Gemeinden der flämischen Distrikte Halle und Vilvoorde (mit einem hohen Anteil an frankofonen Bürgern). Dank dieser Regelung können auch die Angehörigen der frankofonen Minderheit dieser 36 Gemeinden für französische Parteien stimmen. Im November 2007 hat die flämische Mehrheit im Parlament jedoch ein Votum für die Teilung des Wahlbezirks BHV durchgesetzt. Nach ihrem Willen sollen die beiden flämischen Distrikte nun allein flämischen Parteien vorbehalten bleiben. Diese Auseinandersetzung trug wesentlich zur Staatskrise im Sommer / Herbst 2007 bei. Und so konnten die politischen Parteien bei den Koalitionsverhandlungen in dieser Sache auch keine Einigung erzielen.

Man darf gespannt sein, wie dieses Konfliktknäuel entwirrt wird. Das Land ist ja für den „*compromis à la belge*" bekannt. Ein Beispiel eines typisch belgischen Kompromisses ist eine Begebenheit aus dem Jahr 1990: Der damalige König Baudouin weigerte sich als streng katholischer Christ, ein Gesetz zur Liberalisierung der Abtreibung zu unterzeichnen, da es seinem Gewissen widerspräche. Eher träte er zurück als ein unkatholisches Gesetz zu unterzeichnen, erklärte er beharrlich. Die Unterzeichnung ist aber erforderlich, damit ein Gesetz rechtskräftig wird. Das gesamte politische Belgien war entsetzt. Zur Lösung des Dilemmas erklärte die belgische Regierung Baudouin im April 1990 kurzerhand für regierungsunfähig. Die Verfassung sieht für einen solchen Fall vor, dass die gesamte Regierung die Funktion des Staatsoberhauptes übernimmt. Nachdem alle Regierungsmitglieder das Gesetz unterzeichnet hatten, erklärte die Regierung Baudouin am nächsten Tag wieder für regierungsfähig. Alle Seiten waren zufrieden und niemand klagte vor dem Verfassungsgericht. Seitdem spricht man vom „*compromis à la belge*".

Gut ein halbes Jahr nach den Wahlen kommt es im Dezember 2007 nur zur Bildung einer dreimonatigen Übergangsregierung unter dem als Retter gefeierten geschäftsführenden Ministerpräsidenten Guy Verhofstadt. Manche Beobachter wollen ein mittelfristiges Auseinanderfallen des Staates erkennen und sehen die Flamen ihr eigenes Süppchen kochen, während die Wallonen um eine gemeinsame Sache mit den Brüsselern ringen. Was sollte dann aus der kleinen Deutschsprachigen Gemeinschaft werden? Ihr Wohlstand wäre wohl am ehesten als ein Landesteil Luxemburgs gewahrt. Auch dort ist Deutsch eine offizielle Sprache, wenn auch für die Gesetzgebung Französisch gilt. Was würde dann aber aus Brüssel werden, das von Flandern umschlossen ist? Der Großraum Brüssel, das belgische Kerngehäuse, ist schon lange ein Zankapfel, weil viele Flamen bereuen, ihre alte Hauptstadt preisgegeben zu haben für die Ausbreitung der Frankofonie. Viele Flamen sähen die Hauptstadtregion Brüssel daher gerne als einen (englischsprachigen) Europa-Distrikt der EU, um den Einfluss des Französischen zurückzudrängen.

Wie die Deutsche Presseagentur meldete, sind in den letzten Jahren Namen wie Rubens und Rembrandt auf belgischen Geburtsurkunden aufgetaucht. Mangelt es diesen Belgiern etwa an Selbstbewusstsein? Oder eben gerade nicht? Das hätten sie nämlich auch nicht nötig. Gemessen am Bruttoinlandsprodukt gehören die Belgier zu den 15 wohlhabendsten Nationen der Erde. Sie können stolz sein auf einen demokratischen, sozialen Rechtsstaat, der sogar Führungsqualitäten zeigt. Anfang des Jahres 2007 beispielsweise, als Belgien als erstes Land der EU Import und Handel von Robben-Produkten (Fell, Öl usw.) verboten hat.

Der Erfahrungsaustausch zwischen den Staaten und ein gesunder Regelungswettbewerb liefern ebenso wichtige Anstöße wie eine gut durchmischte Besetzung der Europäischen Kommission. Dank einer dänischen Kommissarin namens Fischer-Boel soll eine überfällige neue Ära bei der Mittelverwendung in der Landwirtschaftspolitik der EU eingeläutet werden. Ihre Reformpläne sehen die beinahe völlige Abschaffung von Marktinterventionen vor, mit denen die EU seit den 60er Jahren die Agrarpreise stützt. Es geht um ein allmähliches Auslaufen der Milchquoten und das Ende von Flächenstilllegungen. Die Mittel für die ländliche Entwicklung hingegen sollen aufgestockt werden. Außerdem soll ein neuer Anlauf unternommen werden, um Direktbeihilfen für große Agrarbetriebe zu kürzen. Bauern erhalten gegenwärtig Beihilfen entsprechend der Hofgröße, aber unabhängig von der Produktionshöhe. Mit 34 Milliarden Euro haben derartige Subventionen 2006 zwei Drittel des EU-Agarhaushalts von 50

Milliarden Euro verschlungen. Etliche Großbetriebe kassieren über Direktzahlungen mehrere Millionen Euro jährlich. Der Unmut über die Regelung dürfte zunehmen, denn ab 2008 müssen alle Profiteure von Agrarbeihilfen veröffentlicht werden.

Wirtschaftliche und landwirtschaftliche Interessen standen über Jahrzehnte hinweg im Vordergrund der Europapolitik. Die Europäischen Gemeinschaften waren ein Staatenbund mit wichtigen, doch hauptsächlich wirtschaftlichen Zielen. Nun reichte der europäische Traum aber weit über wirtschaftlichen Wohlstand hinaus. Die Europäer träumten auch von einem europäischen Bundesstaat oder einem engen politischen Staatenbund mit einem demokratischen Selbstverständnis zum Schutz vor neuen nationalistischen Verirrungen. Sie sehnten sich nach Frieden, Freiheit und der Öffnung nationaler Grenzen und wünschten sich europäische Sicherheit zwischen den Weltmächten USA und Sowjetunion. Und auch dieser Teil des Traums sollte ab dem Maastrichter Vertrag über die Europäische Union im Jahre 1992 schrittweise in Erfüllung gehen.

So nehmen seit Weihnachten 2007 schon 24 europäische Staaten an dem Schengen-Übereinkommen teil. Schengen regelt, dass zwischen den Teilnehmerstaaten Grenzkontrollen wegfallen, dafür an den Außengrenzen zu Drittstaaten jedoch genau kontrolliert wird. Die Europäische Union umfasst heute 27 Mitgliedstaaten mit über 480 Millionen Einwohnern von Lappland bis zu den Kanarischen Inseln, von der Grafschaft Kerry bis zu den Ostkarpaten. Die EU stellt heute den größten Binnenmarkt der Welt dar. Sie ist über den wirtschaftlichen Urzweck hinausgewachsen und zu einer politischen Union europäischer Staaten und Völker geworden.

Trotz mancher Skepsis, Zankäpfeln und Gleichgültigkeit ist die aus den Römischen Verträgen von 1957 geborene Europäische Union zu einer echten Erfolgsgeschichte geworden. Dies brachte der deutsche Außenminister Steinmeier am 14. Januar 2007 auf folgende Formel: „Überall in der Welt schauen die politisch Verantwortlichen mit Respekt und Bewunderung auf Europa. ... Viele in der Welt staunen immer noch, wie es uns Europäern gelungen ist, aus den Trümmern zweier verheerender Weltkriege einen Kontinent des Friedens und der Verständigung zu bauen, in dem sich die Völker mit ausgestreckter Hand begegnen und ihre Nationen sich unumkehrbar miteinander verflochten haben."

Dem schließt sich nahtlos der Wunsch an: Möge Europa weiterhin von Streit schürenden und von kriegstreibenden Zankäpfeln (Eris-Äpfeln) verschont bleiben und mögen die (römischen) Götter Concordia, Justitia und Fortuna der Union gewogen bleiben!

Volksnah: Karl der Große / Charlemagne, der „Urvater Europas", empfängt die sog.
Supermarkt-Lady / Mona Lisa von Aachen (Ludwig Forum bzw. Rathaus in Aachen).

Vom märchenhaften Königreich der Belgier

Sehenswerter und liebenswerter belgischer Surrealismus – Zwischen Laisser-faire und Vermummungsverbot – Schillerndes Diamantwerpen – Aber „Flanders" will anders – Plattes Land und Ardennen-Hügel – Comicwelt und Märchenwald – Kindergartenplätze garantiert kostenlos – Sprachenvielfalt und Sprachlosigkeit in der „Hauptstadt Europas" – Belgische Rheinländer zwischen Aachen und Luxemburg

Mal ehrlich! Wie viele belgische Persönlichkeiten kennen Sie? Den meisten Deutschen fallen nicht mehr als drei Namen ein. Ältere Personen kennen wahrscheinlich noch Jacques Brel (Musiker und Schauspieler) und Eddie Merkx (Radrennfahrer) oder Albert Uderzo (Comiczeichner) oder sogar den Erfinder des Saxophons, Adolph Sax. Tennisliebhaber kennen vielleicht die beiden weiblichen Superstars Justine Hénin-Hardenne (Wallonin) und Kim Clijsters (Flämin). Was? Sie kennen sogar den belgischen König Albert II oder den Premierminister Guy Verhofstadt namentlich? Dann sind Sie einsame spitze oder Sie wohnen ganz einfach in Belgien, so wie der Autor seit etlichen Jahren. Selbst benachbarte Rheinländer ordnen die berühmte Hafenstadt Antwerpen eher den Niederlanden zu, obwohl die Holländer in Rotterdam schon genug Umschlag haben. „Und sprechen die Menschen hier Belgisch?", lautete die Frage meiner Schwester bei ihrem ersten Besuch vor 15 Jahren. Die meisten Deutschen fahren halt lieber nach Frankreich, Spanien oder Italien in Urlaub. Nach Belgien fährt man eher zum Flohmarkt in Tongeren oder zu einem Besuch der Stadt Brügge. In dem Land mit mehr als zehn Millionen Einwohnern gibt es 57 Prozent (niederländischsprachige) Flamen und 33 Prozent (französischsprachige) Wallonen, immerhin 9 Prozent gelten als zweisprachig (vor allem in Brüssel) und weniger als 1 Prozent sind deutschsprachige Belgier. Die etwa 100.000 deutschsprachigen Belgier an der Grenze zu Deutschland und zu Luxemburg beherrschen neben der Muttersprache in der Regel zumindest auch Französisch. Das ist einer der Gründe für die märchenhaft niedrige Arbeitslosenquote dort. Wallone heißt auf Flämisch *Waal*, dafür ist ein Flame auf Spanisch ein *flamenco*.

Die Belgier sind insgesamt ein tolerantes Völkchen und nicht so streng durchorganisiert wie man es von den Deutschen annimmt. Bei den Flamen stellt man bisweilen eine Ähnlichkeit zu den Preußen fest, einige sind auch preußischer als viele Deutsche. Wenn der Blickwinkel eher auf Brüsseler und Wallonen gerichtet ist, wenn es also um das französischsprachige Belgien geht, dann gebe ich Besuchern zu verstehen: „Belgien ist das nördlichste Mittelmeerland Europas". In Brüssel kann man auch schon mal eine Einbahnstraße vorsichtig in die falsche Richtung befahren, behauptet ein Freund. Und mit dem Alkohol am Steuer nimmt man es nicht so genau. Doch betrachten Sie das bloß nicht als Einladung! Seit ein paar Jahren kommt es in Brüssel zu nächtlichen Alkoholkontrollen, vor allem am Wochenende. In der Tat hat sich der französische Teil des Landes immer noch einen Hauch von „Laisser-faire" bewahrt. Das gilt für viele Bereiche und leider auch für das Hundeleben. Hundebesitzer zeigen sich extrem großzügig gegenüber den ungezügelten Verdauungsgewohnheiten ihrer hauptstädtischen Vierbeiner auf den Trottoirs. Da kommt es nicht selten vor, dass Mütter mit dem Kinderwagen Slalom fahren müssen.

Für mehr Ordnung sorgt man im flämischen Antwerpen. Im Herbst 2004 wurde dort das Tragen der Burka im Rahmen des Vermummungsverbots in der Öffentlichkeit unter Strafe gestellt. In Flandern, aber auch in anderen Landesteilen geht man alle zwei Jahre rabiat gegen Platane, Ahorn und Co. vor. Auf öffentlichen Straßen und Plätzen werden Bäume fast bis auf den Stamm radikal zurückgestutzt, so dass sie eine Zeitlang wie riesige Vogelscheuchen in der Landschaft stehen. Dieser Ordnungssinn macht verständlich, warum Geschäftsleute und Vermieter in Brüssel und Flandern von der Korrektheit ihrer deutschen Klientel geradezu schwärmen. Deutsche gelten durchweg als wohlhabend, korrekt, streng und sehr direkt.

Der jüngere Bruder eines Freundes, BWL-Student, machte mich vor dem Umzug nach Belgien darauf aufmerksam, dass Brüssel die „Hauptstadt der Restaurants" sei. Ich weiß nicht welche Spezialisierung der Bursche in seinem Studium gewählt hatte. Er lag jedenfalls richtig mit seinem Urteil. Es gibt ein vielfältiges Angebot an guten Restaurants mit kreativen Köchen, auch wenn immer wieder mal ein Restaurant schließt oder den Besitzer wechselt. In den Sommermonaten fallen die vielen Gartenlokale ins Auge: *„Terrasse ouverte"*, heißt es auf einladenden Schildern. Doch wenn man erst einmal auf der Terrasse sitzt und sich umschaut, drängt sich manches Mal die Frage auf: „Irgendwie ist es mir peinlich hier, bin ich nicht in einem privaten kleinen Garten gelandet?" Warum gibt es so viele Restaurants und Tavernen in Brüssel? Nun, es hat sicherlich auch mit den Gewohnheiten der Belgier zu tun, die gerne ausessen und sich das etwas kosten lassen. Restaurants sind ein gutes Stück teurer als in einer vergleichbaren deutschen Großstadt. Sogar im kältesten Winter sieht man

Menschen, die es sich vor einem Café auf einem Stuhl gemütlichmachen und die Oberwärme genießen, die von einem Gasheizstrahler ausgeht. Man hat den Eindruck, dass Mittelmeer lediglich die Bezeichnung für ein Lebensgefühl ist, das aus der Körpermitte kommt.

Den Gemälden von Pieter Brueghel dem Älteren ist entnehmbar, dass die Menschen hier gerne und reichlich essen. Zu den Spezialitäten gehören Kaninchen mit Pflaumen, die sog. Flämische Karbonade (eine Art Rinderschmorbraten), Antwerpener Filets (geräuchertes Rind- und Pferdefleisch) und während der Jagdsaison vor allem in Ardennen und Eifel sehr viel Wild. Rosenkohl, im Rheinland als *Sprütcher* und in England als *Brussels sprouts* bekannt, sowie Chicoree gedeihen zum Beispiel in der Gegend von Brüssel sehr gut. Eine belgische Nationalspeise sind *chicons au gratin* (Chicoree eingerollt in Schinken und mit Käse überbacken). Eine andere Nationalspeise sind gekochte Miesmuscheln (zum Beispiel in Weißwein-Gemüsesud mit Gemüsezwiebeln, Porree und Möhren) mit Pommes frites, ein Gericht, das auch in traditionsreichen Wirtshäusern im Rheinland verbreitet ist, seit Rheinschiffer es vor langer Zeit aus Flandern mitbrachten.

Unter den Kartoffeln überwiegt die weichkochende Bintje, welche sich hervorragend zur Herstellung von Pommes Frites eignet. Festkochende Kartoffeln mit lecker erdigem Geschmack sind leider selten. Pommes frites haben ihren Ursprung in Belgien. Einer Erzählung zufolge sollen sie in einem Jahr mit ausgesprochen schlechtem Fischfang erfunden worden sein. Die Belgier bevorzugten ihren Fisch normalerweise ausgebacken in reichlich Fett. Wegen Mangel an Fisch probierten sie die Beilage zu frittieren und trugen so, ohne es zu ahnen, zur Entwicklung des *Fast-Food* bei. Als eine kalorienreiche Delikatesse gelten Pommes Frites mit *Sauce Andalouse*, *Sauce Américaine, Sauce Tartare* oder mit einer anderen phantasievollen Sauce. In Restaurants stellt man schnell fest: Belgien ist überhaupt das Land der Saucenkünstler. Belgier und Niederländer streiten sich übrigens über die Urheberschaft der Spekulatius. Das Herkunftsland von Marken wie Leonidas, Neuhaus und Co. ist aber unstreitig. Belgien ist ein Königreich für Schokophile. Und die Feststellung, dass die belgische Praline einen Spitzenbeitrag zum „Weltkulturerbe" darstellt, ist im benachbarten Rheinland längst eine „alte Kamelle".

Das kleine Belgien ist auch ein großes Bierland. Es werden 400 meist sehr hochprozentige Biermarken gebraut. Die Geschmacksvielfalt ist kaum zu beschreiben, und das Bierangebot in den Cafés ist ellenlang. Das Fehlen eines Reinheitsgebotes in Belgien bedeutet nicht, wie besonders von Deutschen vorgebracht wird, die ihr Reinheitsgebot schätzen, dass belgisches

Bier zwangsläufig verpanscht, aromatisiert und mit Konservierungsstoffen und Süßstoff angereichert wird. Deutsches Bier wirkt vergleichsweise fad, mit viel Wasser und wenig Alkohol. Belgisches Bier ist gerne stark, mit bis zu 12% Vol. Es gibt eine Vielfalt an Sorten und Brauarten: von würzig über herb, bitter, sauer, fruchtig und kernig bis süß. Auch wenn sich das für viele Deutsche nach Sangria anhört, gibt es einen großen Zutatenreigen: Mais, Reis, Zucker, Honig, Karamel, Kräuter, Gewürze und Früchte kommen in Betracht.

Das beliebteste Weizenbier (*Blanche*) ist das mit Kräutern verfeinerte Hoegaarden. Abteibier ist recht verbreitet, das ist starkes obergäriges Klosterbier. Am bekanntesten sind Leffe und Grimbergen. Weltweit gibt es nur noch sieben Trappistenbiere, und sechs davon kommen aus Belgien: Achel, Chimay, Orval, Rochefort, Westmalle, Westvleteren. Das ist dunkles, obergäriges Bier, welches nur von den Mönchen des Trappistenordens gebraut wird. Der Hauptanteil der Verkaufseinnahmen kommt sozialen Hilfsprogrammen zugute. Ein anderes Beispiel ist dunkles Lambic-Bier, in dem mehrere Monate lang Kirschen aus der Gegend um Brüssel eingelegt werden. Es besitzt einen fruchtig-kernigen Geschmack. (Sehr beliebt sind Belle-Vue und Mort Subite.) Neben dem Kirschgeschmack gibt es auch Himbeere, schwarze Johannisbeere und Pfirsich.

Eine besondere Beziehung verbindet die Bewohner des Märchenlands mit der Comicwelt. Ihr Beitrag zur sogenannten „neunten Kunst" ist enorm. Dazu gehören so bekannte Namen wie Tim & Struppi, Lucky Luke und Gaston Lagaffe. Peyo ist Zeichner der weltbekannten Schlümpfe, Philippe Geluck der Schöpfer von *Le Chat* in der Tageszeitung *Le Soir*. Ohne Belgien hätte es Asterix nicht gegeben, sagt sein belgischer Zeichner Albert Uderzo. Belgier sind begeisterte Comic-Leser. An der Königlichen Akademie für Bildende Kunst gibt es Comic als Studienrichtung. In einem Jugendstilhaus des berühmten Jugendstil-Architekten Victor Horta ist übrigens das große Comic-Museum untergebracht, das auch mit deutschen Heften aufwartet. Meine Nichte Lisa und mein Neffe Johannes haben das Areal „angetestet" und waren begeistert. Für echte Comic-Fans ist auch der Spaziergang „Comic-Mauern" ein unvergleichliches Erlebnis. Dieser Rundgang zeigt Brüsseler Häuserfassaden, auf denen Comic-Helden in Lebensgröße zu bewundern sind. Wenn man keine Führungen liebt, dann bietet es sich an, auf eigene Faust loszuziehen, die Augen aufzuhalten und nach lebensechten belgischen Originalen Ausschau zu halten. Sollte Ihnen dabei rein zufällig der eine oder andere Comic-Held einfallen, dann verstehen Sie umso besser, warum der Belgier in diesem Genre so erfolgreich ist. Freunden handfesterer Literatur ohne ungezählte kleine Zeichnungen ist vielleicht Georges Simenon noch ein Begriff, der berühmte französischsprachige Autor von Krimis um die Romanfigur Kommissar Maigret. Er verstarb im Jahre 1989 als 86-Jähriger in Lausanne (Schweiz).

Aus der zauberhaften Welt der Malerei will ich einen der ganz Großen herausgreifen: René Magritte (verstorben 1968), der zu den wichtigsten Vertretern des Surrealismus zählte. Eines seiner berühmtesten Bilder ist „Der Verrat der Bilder (Dies ist keine Pfeife)." Der Surrealismus erschütterte die herkömmlichen Denk- und Sehgewohnheiten, vermischte die Wirklichkeit mit Traum. Magritte benutzte immer wiederkehrende Objekte wie den Apfel, das Ei, den Fesselballon oder den Löwen oder Menschen mit einem Tuch vor dem Gesicht. Meist bezogen sich diese Werke auf Kindheitserinnerungen wie den Fesselballon, der auf dem Elternhaus abstürzte oder die tot aufgefundene Mutter mit einem Nachthemd über dem Kopf. Er setzte verblüffende Gegensätze in seinen Bildern ein. In der Reihe des Bilds „*L'empire des lumières*" („Das Reich der Lichter") zum Beispiel, in dem die Häuser im Dunkeln liegen, ist am Firmament heller Tag. René Magritte äußerte sich selbst dazu: „Im Hinblick auf meine Malerei wird das Wort „Traum" oft missverständlich gebraucht. Meine Werke gehören nicht der Traumwelt an. Es sind eher selbst gewollte Träume, in denen nichts so vage ist, wie die Gefühle, die man hat, wenn man sich in den Schlaf flüchtet. Träume, die nicht einschläfern, sondern aufwecken wollen."

Architekturliebhaber kommen im Königreich auch auf ihre Kosten. Das Brüsseler Victor Horta-Museum übt einen besonderen Reiz auf Jugendstilliebhaber aus. In der Metropole kann man eine ganze Reihe imposanter Gebäude von Victor Horta und seinem Kollegen Henri van de Velde entdecken. Allerdings ist in der Bauwelt auch der Begriff der „Bruxellisation" bekannt. Er umschreibt das absichtliche Verrottenlassen von wertvollen Jugendstil- und Bürgerhäusern aus spekulativen Gründen, um an deren Stelle sterile Büroflächen und Apartmenthäuser zu errichten. Dem weithin bekannten Verwaltungsgebäude der EU-Kommission mit dem Namen Berlaymont fiel in den sechziger Jahren ein gleichnamiges Kloster der Augustinerinnen zum Opfer. Nach und nach mussten dem wachsenden Europa-Viertel zwischen Rue de la Loi/Wetstraat und Rue Belliard/Belliardstraat viele dekorative, alte Häuser weichen. (Seit Mitte der neunziger Jahre gibt es ein Denkmalschutzgesetz.) Der *Grand Place / Grote Mart* im Herzen Brüssels gilt ohne Übertreibung als einer der schönsten Plätze Europas. Seit dem Jahre 2006 ist auch das Brüsseler Atomium (von der Weltausstellung 1958) endlich restauriert, welches beinahe dem Rost zum Opfer gefallen wäre. Es wird immer wieder berichtet, dass die Astronauten vom Weltall aus zwei große Monumente auf der Erde erkennen können, die chinesische Mauer und die nächtens beleuchteten belgischen Autobahnen.

Das Musikmuseum im Zentrum der Hauptstadt ist neben dem optischen auch ein akustisches Erlebnis. Außerdem besitzt es ein angenehmes Dachcafé mit herrlichem Panoramablick. Das Land hat eine ganze Reihe bekannter Musiker hervorgebracht, darunter Größen wie Toots Thielemans und Django Reinhardt (Jazz) sowie Jacques Brel, Salvatore Adamo, Axel Red und Helmut Lotti. Belgien hat selbstverständlich eine große Vielzahl von Sehenswürdigkeiten zu bieten, ganz gleich ob Freizeitparks, Erholungsgebiete, Museen, Altstädte usw. Hier wird nur eine ganz bescheidene, persönliche Auswahl angesprochen.

Am Wochenende fährt der Belgier sehr gern an die Nordsee oder in die Ardennen, die im äußersten Osten des Landes in die Eifel übergehen. Ein besonders lohnendes Ziel an der gut 60 km langen belgischen Nordseeküste sind die wenigen verbliebenen Dünen und die schönen Häuser in De Han oder auch der Naturpark in Knocke-Heist an der Grenze zu den Niederlanden. Die 68 km lange *Kusttram* verbindet in einer zweieinhalbstündigen Fahrt entlang der Küste von der französischen bis zur niederländischen Grenze die Orte De Panne, Oostende, Zeebrugge, Knokke und ist die längste Überland-Straßenbahnlinie der Welt. Allerdings vermag auch der frische Nordseewind so nahe am Meer nicht, die Geruchswahrnehmung von Pommes Frites oder belgischen Waffeln auszuschalten. Vorsicht geboten ist am Sonntagabend. Dann kommt es auf den Autobahnen aus Richtung Nordsee zu fürchterlichen Staus.

Die Ardennen, die ein raueres Klima haben, gehören zum Rheinischen Schiefergebirge und sind eine waldreiche Berglandschaft. Dort kann man noch urige Bauerndörfer aus alten Steinhäusern und eine kärgliche Landwirtschaft vorfinden. Seit einigen Jahren bemüht man sich den Tourismus anzukurbeln, denn die Ardennen eignen sich gut zum Wandern. Neben Französisch und Niederländisch gibt es inzwischen auch Wanderführer in englischer Sprache, die Ausflügler in entlegene und verwunschene, vor allem im Grenzgebiet zu Frankreich manchmal trist und trostlos wirkende Ortschaften bringen und sicher wieder herausführen. Dort kann es passieren, dass man irgendwo in einer etwas schäbigen Kneipe am Märchenwald landet, in der der elfjährige Sohnemann noch gegen Mitternacht am Ende der Kegelbahn hockt, um handgeschnitzte Holzkegel nach dem Wurf wieder aufzurichten und die Kugeln zurückzurollen. Ein anderes Mal staunten wir auf einer Wanderung nicht schlecht, als wir auf ein Dorffest stießen. Dort feierten nach einem Seifenkistenrennen etwa 60 bis 80 Menschen unbeschwert und fröhlich in und um ein Zelt herum, das auf einer Straße mit Eisenbahnschienen stand. Es gab einen Grillstand und einen Getränkestand, alles zwischen den herabgelassenen Schranken. Kleine Kinder spielten ausgelassen Nachlaufen. Irgendwann kam auch mal ein Zug vorbei, doch die Anwesenden nahmen alles mit einer nicht zu überbietenden Gelassenheit.

Wenn die Flüsse und Bäche genug Wasser führen, erfreut sich bei den Belgiern das Kayakfahren in den Ardennen großer Beliebtheit. Auf der Semois, die bei Arlon in der Nähe der französischen Grenze entspringt, fährt man ab Bouillon durch tiefe Tannenwälder. Von dort aus bietet sich auch ein Abstecher zur Abtei Orval an, um ein dunkles belgisches Klosterbier zu probieren. Ebenso eignen sich die Flüsse Ourthe und Lesse. Auch da treffen sich bisweilen Kegelclubs in heiterer Stimmung zum Kayakfahren. Leider kommt es aus Übermut jedes Jahr zu tödlichen Unglücken. Wie mancherorts kann man auch in dem oft touristisch überlaufenen Örtchen Han-sur-Lesse Kayaks mieten. Dort wählt man je nach Ausdauer und Entfernung eine von drei Ausstiegsstellen, an denen man ein Fahrrad bekommt, um sich beim Zurückradeln von der Sonne trocknen zu lassen.

Als Ausflugsziel Flanderns viel zu bieten hat neben dem „Venedig des Nordens", wie Brügge manchmal überschwänglich genannt wird, auch „Diamantwerpen", die Diamantenhauptstadt der Welt. Der Name Antwerpen wird auf flämisch *hand werpen* (Hand werfen) zurückgeführt. Einer Sage über die Stadtgründung Antwerpens zufolge hatte ein Riese am Ufer der Schelde von den vorbeifahrenden Schiffern für die Passage Wegzoll verlangt. Zahlten die Schiffer nicht, so hackte er ihnen die rechte Hand ab. Eine Statue am Rathaus stellt den jungen Helden Silvius Brabo dar, der die abgehackte Hand des Riesen Antigon in die Schelde wirft, nachdem er ihn im Kampf besiegt hat.

Der Ruf der verlockenden und wertvollen Diamanten ist mindestens so sehr um die Welt gegangen wie der der Brüsseler Spitze. Dabei profitiert Antwerpen von seiner günstigen geografischen Lage. Über die Schelde ist die 500.000-Einwohner-Stadt mit der Nordsee verbunden. Der Hafen gehört zu den größten in Europa. Und mit rund 20.000 Juden befindet sich in Antwerpen die größte jüdische Gemeinde Europas. Orthodoxe Juden beherrschen in einigen Vierteln das Stadtbild. Bedeutende Diamantenbörsen befinden sich in der Nähe des Bahnhofs. Sogar mehr als die Hälfte aller Diamanten werden in der Stadt an der Schelde bearbeitet oder gehandelt. 1.500 Diamantenfirmen bilden eine einzigartige Infrastruktur, in der sich alles um die vier C's des Diamantenhandels dreht: *carat, colour, clarity and cut*, also Gewicht, Farbe, Reinheit und Schliff. Mit hunderten Kameras werden Börsen, Vereinigungen und Clubs bewacht. An die 30.000 Personen sind in irgendeiner Weise mit diesem Sektor verknüpft. Inzwischen müssen sich Juden mit Indern, Russen und Australiern den Weltdiamantenhandel teilen. Man nennt den Stadtteil um den Hauptbahnhof auch das „Jerusalem des Nordens". Das Büro eines chassidischen Rebbe liegt nur wenige Schritte entfernt von dem Büro des Oberrabbiners der jüdischen Gemeinde. Ein Imbiss bietet „gefilten Fisch" und israelischen Weißwein an, Buchläden bieten allerhand über Chassidismus und Kabbalistik feil. Antwerpen ist aber auch eine Metropole für Kunst und Kultur. So kann man außer dem Diamantenmuseum unter anderem das Rubenshaus und im Plantin-Moretus-Museum eine einzigartige historische Druckwerkstatt besichtigen. Politischen Beobachtern stößt auf, dass die rechtsradikale Partei „Het Vlaams Belang" („Die Flämische Sache", früher „Vlaams Blok") immer wieder gut ein Drittel der Wählerstimmen bei den Gemeinderatswahlen erringt und damit eine der größten Fraktionen im Stadtrat ist.

Im April 2006 verstarb Paul Spiegel, der Vorsitzende des Zentralrats der Juden in Deutschland. Er war mit Vater und Schwester in der Pogromnacht von 1938 nach Brüssel geflohen. 1940 besetzten deutsche Truppen Belgien. Den ständigen Razzien fielen Vater Hugo und Schwester Roselchen zum Opfer. Der Vater überlebt mehrere KZs, das Mädchen wird in Auschwitz ermordet. Paul und seine Mutter rettet der belgische Untergrund. Gerade in Belgien, so heißt es immer wieder in Dokumentationen, seien die Besetzer durchaus auch auf Widerstand gestoßen. Im April 1943 gelang Widerständskämpfern sogar ein Anschlag auf einen Deportationszug, der vom Sammellager in Mechelen Juden nach Auschwitz transportieren sollte. Zu den „stillen Rebellen" zählten dabei nach Recherchen der Journalistin Marion Schreiber nicht nur die Brüsseler Hauptfiguren um den jungen Juden Livchitz, sondern der Großteil der belgischen Bevölkerung. Viele (auch ausländische) Juden seien gedeckt oder vor den Häschern versteckt worden. Ein Journalist der FAZ berichtete in einer Reportage nach seinem Besuch von Antwerpen über ein hoch betagtes jüdisches Ehepaar: Die Eheleute waren während der deutschen Besetzung im Zweiten Weltkrieg in Antwerpen unentdeckt geblieben, weil ein couragierter Pfarrer sie jahrelang im Glockenturm der Kirche versteckt hielt. Beide lebten noch bei den Recherchen Ende der neunziger Jahre, wenngleich sie einen hohen Preis zu zahlen hatten, denn die Beiden waren im Glockenturm jämmerlich ertaubt.

Schon den Römern fielen die Belgier besonders auf. Nach der Unterwerfung 57 v. Ch. durch Cäsar wurde das Gebiet der keltischen Belgae als Gallia Belgica zu einer römischen Provinz. Die Belgae werden von Cäsar selbst als der tapferste aller gallischen Stämme beschrieben. Auf die römischen Herrscher folgten die Franken und auf Karl den Großen Lotharingien. Im Hochmittelalter zerfiel das spätere Belgien in eine Reihe von Grafschaften und Herzogtümer. Der Westen von Lille bis nach Gent gehörte zu Frankreich, das Zentrum und der Osten zum Heiligen Römischen Reich deutscher Nation. Zu jener Zeit musste Gottfried von Bouillon seine Burg im südbelgischen Städtchen Bouillon verkaufen, um seine Kreuzzüge zu finanzieren, von denen nur wenige Männer zurückkamen. Daher gründeten ihre daheim gebliebenen Frauen zur Altersabsicherung landauf bis landab Beginenhöfe. Später wurden die einzelnen Territorien dann vom Haus Burgund regiert, das seinerseits 1477 von den Habsburgern beerbt wurde. Zunächst regierte der spanische Zweig der Habsburger, anschliessend der Österreichische.

1815 wird Napoleon in der berühmten Schlacht von Waterloo (wenige Kilometer südlich von Brüssel) endgültig von Wellington und Blücher besiegt. Die Entscheidungsschlacht wird übrigens jedes Jahr im Juni mit bis zu tausend Laiendarstellern in historischen Kostümen und mit Beteiligung aus dem Ausland eindrucksvoll an Ort und Stelle nachgespielt. Dort befindet sich auch ein Museum, das ein kreisförmiges Panoramagemälde von 110 Metern Länge und 12 Metern Höhe birgt, auf dem eine der letzten Schlachten dargestellt wird. Auf dem Wiener Kongress von 1815 wurde Belgien den Niederlanden zugesprochen. In der Revolution von 1830 erhob sich die überwiegend katholische Bevölkerung der südlichen Provinzen des Vereinigten Königreichs der Niederlande gegen die Vorherrschaft der mehrheitlich protestantischen Nordprovinzen. Am Ende der Revolution stand die Unabhängigkeit Belgiens. Man errichtete eine parlamentarische Monarchie und ernannte (den „Deutschen") Leopold von Sachsen-Coburg zum ersten König. Leopold II., der Sohn des ersten Königs, erwarb den Kongo, zunächst als Privatbesitz, später als Kolonie, was der königlichen Familie und dem Land einen märchenhaften Reichtum bescherte. (Von der Kolonialisierung erzählt zum Beispiel das Zentralafrikanische Museum in Tervuren bei Brüssel.) Nach vielen verschiedenen Herrschern und Fahnen besteht Belgien heute aus einem ethnischen Mix von Wallonen und Flamen. Durch eine anhaltende Mischung der Familienbande geben die Familiennamen heute nur noch zufällig Auskunft über Herkunft oder Muttersprache.

Der Sprachenstreit zwischen Flamen und Wallonen bringt Belgien seit Jahrzehnten immer wieder in die Schlagzeilen der internationalen Presse. Französisch war seit den Burgundern die Sprache der Herrschenden. Daran änderte sich auch unter spanischer und österreichischer Herrschaft nichts. Beim Aufstand von 1830 spielte die Sprache noch keine Rolle. Nach der Staatsgründung kurz darauf war die Amtssprache des belgischen Staats selbstverständlich Französisch. Zu Beginn des 20. Jahrhunderts kam es aber zu Auseinandersetzungen. Die flämische Bevölkerungsmehrheit bestand auf kultureller Eigenständigkeit und erlangte 1932 die offizielle Anerkennung der Sprache. Von da an richtete sich die Verwaltungssprache einer Region nach der jeweiligen Bevölkerungsmehrheit. Da aber Wanderungsbewegungen, vor allem im Brüsseler Raum, immer wieder zu Verschiebungen dieser Grenzen führten, wurde 1963 gesetzlich eine Sprachgrenze festgelegt.

Im Januar 1989 wurden durch die vorletzte Verfassungsreform die Regionen Flandern und Wallonien sowie die Hauptstadt Brüssel (als seither dritte Region) weitgehend autonom in den Bereichen Wirtschaft, Handel, Finanzen, Arbeit, Energie und Umweltpolitik. Damit war eine Umwandlung in einen föderativ gegliederten Staat vollzogen worden. Seither gibt es also drei Regionen, das heißt Brüssel (offiziell zweisprachig), Flandern, Wallonien und darüber hinaus drei Sprachgemeinschaften, und zwar die Flämische Gemeinschaft, die Französische Gemeinschaft und die Deutschsprachige Gemeinschaft. Die Zentralregierung in Brüssel regelt noch die Außen-, Verteidigungs-, Wirtschafts-, Währungs- und Sozialpolitik sowie die Justiz. Staatspolitisch steuert das Königreich auf eine weiter wachsende Föderalisierung zu. Rechnet man außerdem die Gemeinden, die Provinzen und die Europäische Union mit ihren Parlamenten hinzu, dann wählt der Belgier insgesamt sechs Volksvertretungen. Der Ruf der Flamen nach noch mehr Autonomie für die Sprachgemeinschaften ist in den vergangenen Jahren immer lauter geworden, so laut sogar, dass sich Anfang des Jahres 2006 auch König Albert, die letzte große Klammer für die gesamtstaatliche Einheit, gemüßigt sah, Stellung zu nehmen und vorsichtig zur Mäßigung aufzurufen. Ausländische Beobachter merkten spöttisch an, der König habe nur Angst um seinen märchenhaften Job, da sein Staat auseinanderzufallen drohe.

„Hauptstadt Europas": So schmückt sich die belgische Hauptstadt gerne eitel mit einem selbst verliehenen Titel. Die wachsenden Aufgaben von Europäischer Kommission, Europäischem Parlament und Ministerrat (dem Beschlussorgan der Regierungen) sowie des NATO-Hauptquartiers tragen zur Entstehung neuer Arbeitsplätze bei. In Brüssel und Umgebung leben an die 30.000 EU-Bedienstete, im Brüsseler Jargon Eurokraten genannt. Hinzu kommen schätzungsweise 10.000 Interessenvertreter im EU-Umfeld, 2.500 ausländische Diplomaten und annähernd 1.000 Journalisten. Mit Familienangehörigen kann man getrost von 100.000 Menschen sprechen, die in die Stadt gezogen sind, um dem Rufe von einer der hundert zwischenstaatlichen Institutionen oder eines Lobbyverbandes zu folgen. Das sind 10 Prozent der Einwohner Brüssels. Im Raum Brüssel leben mehr als 16.000 Deutsche und Österreicher. Der Ausländeranteil der belgischen Metropole liegt einschließlich größerer Gruppen aus Marokko, aus Italien, China usw. bei rund 30 Prozent. Nur ein paar Schritte vom Europaviertel entfernt befindet sich übrigens das Lieblingsviertel der Zentralafrikaner, das sogenannte *Matonge*.

Brüssel ist ein Mekka für Sprachenliebhaber – oder eben ein Babel der Sprachverwirrung, je nach Sichtweise. Es ist nicht ungewöhnlich, wenn sogar ein Zeitungsverkäufer oder Schuhverkäufer vier Sprachen spricht. Meine Eltern haben anlässlich eines Besuchs einige von ihnen im Deutschen auf die Probe gestellt, mit ganz beachtlichem Ergebnis. Ausländische Studenten und Studienpraktikanten tummeln sich zuhauf in Brüssel und fühlen sich in der neuen Umgebung an den französischen Film „Barcelona für ein Jahr" erinnert (Originalversion *L'Auberge Espagnole* aus dem Jahre 2002). Westliche Ausländer sprechen oft auf Englisch oder Französisch miteinander. Je nach Zusammensetzung der Gruppe schaltet man auf eine andere Sprache um. Es ist mir mehrfach widerfahren, dass wir, eine gute Handvoll Personen, auf Wanderungen in den Ardennen in einem Café angesprochen wurden: „Entschuldigen Sie bitte! Wir versuchen zu erraten, wo Sie herkommen, können uns aber keinen Reim auf Ihr Sprachgewirr machen." Das hing damit zusammen, dass in unserer Gruppe gelegentlich so viele Nationalitäten vertreten waren wie Personen. (Doppelstaatler bilden auch in Brüssel noch die Ausnahme.)

Hier ein paar Schlaglichter auf die belgische Politik: Es gibt über 20 (flämische und wallonische) politische Parteien. – Brüssel weist eine Arbeitslosenquote von über 20% auf. In Wallonien sieht es nur wenig besser aus, in Flandern hingegen liegt sie deutlich unter 7%. – Nach den Niederlanden wurde in Belgien 2003 als dem zweiten Land der Welt die gleichgeschlechtliche Ehe eingeführt und seit 2005 dürfen homosexuelle Paare auch Kinder adoptieren. – Das Land nimmt eine Spitzenposition ein bei Kinderbetreuungsplätzen im Vorschulalter. Ab dem Alter von 3 Jahren besteht ein Anspruch auf einen kostenlosen Kindergartenplatz, der von nahezu allen Kindern genutzt wird, ein Wunschtraum vieler ausländischer Eltern. Von den unter Dreijährigen gehen immerhin 30% in eine Kinderkrippe. – Der Organisationsgrad bei den Pfadfindern ist unter belgischen Jugendlichen enorm hoch. Jedes Wochenende kann man Scharen von Pfadfindern durch Wälder und Parks streifen sehen.

Belgier fühlen sich in erster Linie als Brüsseler, als Flame, als Wallone oder deutschsprachiger Belgier. Die deutsche Sprache kann spätestens seit 1973 im belgischen Bundesstaat zu den Landessprachen gerechnet werden. Die dreisprachige Verfassung von 1994 regelt in französischer, niederländischer und erstmals auch in deutscher Sprache ein föderatives Staatsgebilde aus drei Regionen und drei Sprachgemeinschaften. Die Stellung der deutschen Sprache ist vor allem in dem östlichsten Landesteil, also in der Deutschsprachigen Gemeinschaft (DG) von Gewicht. In der DG wählen die Bürger einen aus 25 Mitgliedern bestehenden Rat (das Parlament), der Dekrete mit Rechtskraft innerhalb der Deutschsprachigen Gemeinschaft beschließen kann und der die Regierung der Deutschsprachigen Gemeinschaft wählt. Die Regierung hat ihren Sitz im Ministerium der Deutschsprachigen Gemeinschaft in Eupen und besteht aus dem Ministerpräsidenten und drei Ministern.

In Belgien spricht man Deutsch als Muttersprache in einem Verbreitungsgebiet, das sich über 100 km entlang der Grenze zu Deutschland und Luxemburg erstreckt. Das Land hat immer eine deutschspachige Minderheit gehabt, die in den Gemeinden von Arel (frz. Arlon) und Montzen beheimatet waren. Nach dem Ersten Weltkrieg wurden Belgien im Versailler Vertrag neue Landgebiete zugesprochen, und zwar die damaligen deutschen Kreise Eupen und Malmedy (mit St. Vith). Eupen und St. Vith (als ein Teil des ehem. Kreises Malmedy) bilden heute die amtlich anerkannte Deutschsprachige Gemeinschaft. Abgesehen davon ist Deutsch Minderheitensprache in den belgischen Kantonen Arel, Montzen und in Malmedy, doch lediglich im Kanton Malmedy gibt es ein Entgegenkommen für den Gebrauch der deutschen Sprache im Behördenverkehr (sog. sprachliche Erleichterungen). Nur etwa 20% der Einwohner Malmedys sind deutschsprachig. Man muss also die offizielle Deutschsprachige Gemeinschaft mit ungefähr 70.000 Einwohnern in den Kantonen Eupen und St. Vith, die seit der letzten Staatsreform im Jahre 1993 über eine gewachsene Autonomie mit Parlament und Regierung verfügt, unterscheiden von anderen Gebieten deutscher Sprache, in denen es keine amtliche Anerkennung gibt. Für alle ostbelgischen Gebiete zusammengenommen wird die Zahl der Deutschsprachigen auf ungefähr 100.000 Personen angesetzt.

Die belgischen Ostkantone sind ein Mekka für Dialektforscher, da es sich um ein sogenanntes Übergangsgebiet mehrerer Dialekte handelt. Dort kann man niederfränkisch-limburgische, moselfränkische und rheinische Mundarten vernehmen. In der Aussprache ist hier und dort ein winziger französischer Anklang auszumachen, doch die Gemeinsamkeiten mit den Nachbarn in Aachen, in der Eifel oder in Luxemburg dominieren.

Für Freunde des Karnevals steckt Belgien voller Überraschungen. Entlang der deutschen Grenze wird nämlich wie im Rheinland vor dem Beginn der Fastenzeit gefeiert (Raum Eupen / Sankt Vith). Man kann aber auch zu anderen Jahreszeiten karnevalistisches Treiben ausmachen, zum Beispiel in Stavelot bei Malmedy in Ostbelgien. Der Kirchenfürst Wilhelm von Manderscheidt untersagte anno 1449 als der Fürstabt von Stavelot-Malmedy den Mönchen seiner Abtei, mit den Bürgern den beliebten Karneval (*Cwarmé*) zu feiern. Aus Protest hüllten sich die Einwohner von Stavelot in Bettlaken und verbargen ihre Gesichter hinter weißen Masken mit hochstehender, roter Nase. Masken und Kostüme boten Anonymität und Schutz vor dem Arm des Fürstabtes, sodass alle miteinander getrost feiern konnten. An diese Tradition knüpft man bis heute an, wenn in Stavelot der Karnevalszug zum Mittfasten losgeht. Ath, Tournai, Geraardsbergen sind weitere Hochburgen des Karnevals. Bei den karnevalistischen Umzügen im wallonischen Binche, die auch im Ausland bekannt sind, werden Orangen in die Zuschauermenge geworfen.

So jemand eine Reise in das Königreich unternimmt und seine Medizin vergisst oder unbedingt zum Friseur gehen will, kann ihm oder ihr geholfen werden. *Pharmacies* und *Coiffeurs* gibt es wie Sand am Meer. Doch machen Sie es nicht wie ein guter Bekannter von mir, der sich nach einem „*Friseur pour Messieurs*" erkundigte, „*frizeur*" heißt im Französischen nämlich Tiefkühlgerät. Und nehmen Sie den flämischen Hinweis „*op het platteland*" (deutsch: „auf dem Land") bitte nicht wörtlich, denn dazu gehören auch die hügeligen Ardennen. Und wenn jemand „*bellen*" will, dann könnte es sich um einen Flamen handeln, der einfach telefonieren möchte.

Gut abgehangen: Marktstand am Place Flagey im Brüsseler Stadtteil Ixelles.

Fingerabdruck à la belge

Eine Anekdote aus dem nördlichsten Mittelmeerland

Für die Entschlüsselung eines DNA-Profils reicht eine Anekdote zwar eigentlich nicht aus. Aber vielleicht doch, wenn es sich um die Annäherung an einen Menschenschlag handelt. Außerdem geht es um Belgien und da darf ein genetischer Fingerabdruck auch mal etwas schemenhaft ausfallen. Schließlich ist der Belgier, und allen voran seine französischsprachige Ausgabe, bekannt für seine Toleranz und nicht so pingelig wie manche Nachbarn jenseits der Grenze.

Bevor der Wissenschaft die vollständige genetische Entschlüsselung des belgischen DNA-Profils gelingt, werfen wir also anhand einer authentischen Begebenheit einen kleinen Blick über die Kulturgrenze.

Vor einigen Jahren fand ich nach der Rückkehr vom Einkaufen meinen Wagen am Kotflügel hinten rechts und an der Stoßstange beschädigt vor. „Sicherlich ein Schaden von ein paar hundert Euro. So ein Ärger!", dachte ich wütend. Glücklicherweise hatte ein freundlicher Flame aus Ostende einen Zettel an meiner Windschutzscheibe mit dem Hinweis angebracht, dass er den Vorfall beobachtet habe und als Zeuge zur Verfügung stünde. Seine Telefonnummer und das Kennzeichen des Verursachers sollten nicht fehlen. Um ehrlich zu sein, ohne den Zettel, den ich im ersten Moment für ein nervendes Reklameblättchen hielt, hätte ich den Schaden vor der Abfahrt gar nicht bemerkt.

Also mache ich mich auf zur nächsten Polizeistation im ziemlich wohlhabenden Stadtteil Brüssel Woluwe und begebe mich in den Warteraum. An einem Schalter trage ich durch eine Glasscheibe mein Anliegen vor und kurz darauf kommt ein freundlicher, uniformierter Beamter der Gemeindepolizei mit starkem Brüsseler Akzent durch eine Verbindungstüre zu mir in den Warteraum herüber. Er schiebt zwei Kalksandsteine an den Türrahmen heran, damit die Türe trotz automatischen Türschließers offenbleibt. Auf der Besucherseite gab es aus Sicherheitsgründen keine Klinke. Der Polizist hört sich meine Geschichte an und bittet mich, eine ausführliche Anzeige zu erstatten. Er murmelt irgendetwas von einer „*délai de frites*", einer *Frittenfrist* also, so jedenfalls versteht es auch meine Begleiterin, eine waschechte Französin. Schon verschwindet er, da er eben einen Vordruck holen müsse.

„Ob er wohl mehr Flame oder mehr Wallone ist, oder vielleicht ein urechter Brüsseler?", frage ich mich intuitiv, aber das spielt ja keine Rolle. Bewerber für den Öffentlichen Dienst in Brüssel müssen sich in jedem Fall einer Sprachprüfung unterwerfen, denn die Zweisprachigkeit wird in der Region Hauptstadt Brüssel ernst genommen. Und dann muss ich an meine Erfahrung mit der deutschen Polizei denken und erzähle meiner Begleiterin, wie ich im Rheinland als Neunzehnjähriger mit einem Freund von einer Polizeistreife angehalten worden war, weil ich angeblich durch einen forschen Fahrstil aufgefallen war. Der drei Jahre jüngere Bekannte und ich waren von einer Probe mit anderen Musikern der katholischen Karnevalsgruppe Kajuja zurückgekommen. Meine Beteuerung, ich habe nur ein Kölsch getrunken war kontraproduktiv. Vor dem Hause des Bekannten bitten mich die beiden gestrengen jungen Polizisten peinlicherweise, in ein Röhrchen zu blasen. Der Alkoholtest zeigt ein grenzwertiges Ergebnis. Mein Freund will mir spontan beistehen: „Ich kann das bezeugen. Es war nur ein Glas." Ein Polizist erkennt plötzlich meinen Freund: „Sie sind doch mal ganz still. Ich kenne Sie doch. Sie haben doch vor ein paar Monaten mit jemand anders zu Zweit auf einem Mofa gesessen und einen Maibaum transportiert." Vorbei! Damit war unsere Glaubwürdigkeit erschüttert und ich musste den Test auf einer Polizeiwache mit ausgewaschenem Mund wiederholen. Erst nach einer Stunde des Bangens und einer gründlichen Ermahnung wurde ich in Gnaden entlassen.

Der belgische Beamte kam also nach einiger Zeit zurück, mit einem umfangreichen Formular. Als er sich wieder abwendet, bitte ich ihn freundlich um einen Kugelschreiber. Etwas gequält bringt er vor, wenn er mir seinen Kuli gäbe, hätte er selber kein Schreibgerät mehr. Es dauert eine ganze Weile, bis mein Freund und Helfer sich schließlich bereiterklärt, nach einem Kugelschreiber zu suchen. Doch er kommt nicht weit. Es gibt ein kleines Malheur. Die Hintertüre ist zugefallen, sodass der Beamte nicht in sein Büro zurückkehren kann. Er hatte beim zweiten Male die Steine vergessen und sich ausgesperrt. Also bleibt ihm nichts anderes übrig als den Warteraum durch den Besuchereingang zu verlassen und über Umwege den Weg ins Büro zu nehmen. Ich schaue aus dem Fenster. Es regnet in Strömen. Nach einiger Zeit kommt der Beamte zurück und überreicht mir mit den mahnenden Worten einen abgegriffenen Kugelschreiber, den müsse er unbedingt zurückerhalten. Ich gebe mein Ehrenwort und mache mich an die Arbeit.

Nach einer viertel Stunde ist das Formular ausgefüllt und nach einer weiteren viertel Stunde sehe ich meinen Freund und Helfer wieder. Er nimmt meinen Vordruck entgegen, wirft einen flüchtigen Blick auf die Zeichnung mit den Schadenstellen am Auto und will sich dann mein Fahrzeug anschauen. Etwas widerwillig begleite ich ihn durch den Regen zu meinem Wagen, der am Ende der Straße geparkt ist. Dort angekommen hocken wir uns hinter den Wagen und ich zeige ihm den Schaden, kleine Beulen und tiefe Kratzer an der Stoßstange und vor allem am Kotflügel. Dabei weise ich darauf hin, dass die eine Hälfte ein Altschaden ist. „Also das alles!" entgegnet er. „Nein", wiederhole ich, „das ist der Altschaden, der hat damit nichts zu tun, man sieht auch schon Ansätze von Rost." Während er nach etwas in seiner Hosentasche kramt und einen Schlüsselbund herauszieht, nehme ich einen Hauch von Alkohol wahr. „Nun", sagt unser freundlicher Helfer, indem er mit einem Schlüssel das Abkratzen rostiger Lackstellen andeutet, „das kann man doch wegmachen." Verdutzt schaue ich ihn an und versuche ihm klarzumachen, dass das so nicht richtig ist und nicht in meiner Absicht liegt. Doch er hält dagegen. „Wenn jemand Ihnen beim Parken so etwas antut ohne sich zu melden, dann hat er das nicht anders verdient." Noch einmal nehme ich einen Anlauf und erkläre verunsichert aber froh über meinen Einfall: „Ach, wissen Sie, Sie haben ja recht, aber das kann ich leider nicht mit meiner katholischen Erziehung vereinbaren." Wie aus der Pistole geschossen kontert mein Gegenüber: „Katholisch bin ich auch. Aber das ist doch kein Grund!" Er stützt sich mit der Hand auf den Kotflügel und steht auf. Auf dem ölverschmierten Lack hinterlässt er mir den Fingerabdruck seines Daumens anstelle einer Visitenkarte.

Ich machte dem Polizisten gegenüber aus meiner Sprachlosigkeit keine Mördergrube. Die Angelegenheit war bald erledigt, denn der Regen mahnte zum Aufbruch. Der Beamte zog sich sicherlich in eine wohlige Amtsstube zurück. Er besaß eigentlich so etwas Wertvolles wie Gelassenheit, ja er strahlte fast schon Gemütlichkeit aus. Doch er entsprach so gar nicht meinem Erwartungshorizont nach 30 Jahren Erfahrung im Straßenverkehr in Deutschland. Auf dem Nachhauseweg fiel mein Blick auf die Durchschrift des Formulars. Dort stand auf Seite vier im Kleingedruckten etwas von „*délit de fuite*" geschrieben. Ach so, natürlich: *Fahrerflucht*!

Brüsseler Schokolade schwarz / weiß

Reiseerlebnisse von Abfallerschwernis bis Spracherleichterung

Es war ein belgischer Oktobertag mit tief hängenden, dunklen Wolken. Natalya und ich warteten in dem Flughafen, der als weltgrößter Umschlagplatz für Kakaobohnen und Schokolade gilt, dem Flughafen Brüssel International. Nicht umsonst ist Brüssel die unbestrittene Hauptstadt der Praline. Die Belgier sind nämlich schokowild und die Brüsseler Schokomanen. Wie hieß es doch gleich in der Verlautbarung der Konditoren-Innung? Zwölf Kilogramm verspeist der Belgier pro Jahr.

Elvira, eine Studienfreundin meiner Lebensgefährtin, landete Montagnachmittag mit einer Verspätung von lediglich 20 Minuten, die man bei Aeroflot-Flügen zufrieden in Kauf nimmt. Voller Überschwang begrüßten sich die beiden und sprachen so aufgeregt aufeinander ein wie es nur Frauen vermögen, auch wenn sie das selten wahrhaben wollen. In dem aufgeregten Redeschwall kam mir die zugedachte Nebenrolle als simpler Wegweiser, Kofferträger und Chauffeur gerade recht. Wir machten uns schnellstens auf den Weg, um dem Gast nach 30 Stunden Reise ein typisch belgisches Essen zu servieren. Das deftige Willkommensmenü brauchte nur noch im Ofen zu garen: *Chicons au gratin*, mit Käse überbackene Schinkenröllchen, gefüllt mit Chicorée, und selbstgemachter Kartoffelpüree, als kleine Einführung in den belgischen Speisehimmel.

Unser aufgeweckter Gast vom anderen Ende Europas sprach ganz gut Englisch. Als Mittdreißigerin hat Elvira zum ersten Mal das Heimatland verlassen und war voller Wissbegier. Warum denn die Lautsprecherdurchsagen im Flughafen immer zweimal auf Deutsch erfolgten, wollte sie aufgeregt wissen. Mein französisches Patenkind Laura, unser Langzeitgast, wusste Rat. Als Studentin der Sprachwissenschaften in Brüssel erklärte sie Elvira, dass es sich dabei um Deutsch und Niederländisch handelt. Als wir ihre Verwirrung konstatieren, ergänzen wir: „Im internationalen Flughafen werden teilweise alle drei Landessprachen berücksichtigt, das sind Niederländisch, Französisch und Deutsch. Hinzu kommt Englisch. Niederländisch oder Flämisch, wie man den belgischen Dialekt nennt, ist wie eine Mischung aus Deutsch und Englisch. Bloß, sagen sollte man das einem Flamen lieber nicht." Elvira lachte. Diese ausgeprägte Mehrsprachigkeit kam ihr übertrieben vor: „Bei uns kommen wir mit einer Sprache aus.“

Zuhause angekommen, bemächtigte sich Elvira unseres Badezimmers, während Laura und Natalya ein besonders feierliches Abendessen herrichteten. Ich ging in die Garage. Dort schlummerte seit geraumer Zeit eine alte Waschmaschine, die wir uns gerne vom Halse schaffen wollten. Von einem Freund aus Brüssel, der beim Umzug nicht wusste, wo er seinen sperrigen Müll unterbringen sollte. Mühsam bugsiere ich das platzraubende Gerät an die frische Luft. Morgen ist ein wichtiger Tag, denn die Abholung von Großmüll ist angesagt. Eine willkommene Gelegenheit, ausgedientes Mobiliar loszuwerden, jedenfalls bis zur Größe von 150 cm und bis zu 30 kg Gewicht. Ein solcher Glücksmoment wird dem Bürger nur zwei Mal pro Jahr zuteil. Da sollte man Familienleben und Urlaubsplanung dankbar unterordnen. Und so bin ich an diesem Abend zufrieden, einem guten Freund ausgeholfen zu haben, mit dieser Art von umweltverträglichem „Mülltourismus" im kleinen Stil zwischen Brüssel und seinen Vororten.

Gerade als wir unseren mehrstöckigen Schokoladenbrunnen für ein Schokoladefondue zur Nachspeise aufstellen wollen, überrascht uns Elvira mit einem Präsent der Schokoladefabrik *Roter Oktober* aus Moskau. „Die alteingesessene Firma muss leider bald an den Stadtrand umziehen, denn Moskau zählt bei Immobilien und Mieten zum teuersten Pflaster in Europa.", berichtet unser Gast. Uns war zwar bekannt, dass man auf Moskauer Straßen mehr Luxuslimousinen sieht als in Paris oder London. Auch dass die Millionärsmesse vor einigen Jahren den Veranstaltungsort von Amsterdam nach Moskau verlegt hat, ist ein Indiz für die rasante Entwicklung dieser Stadt, die schon zum Staat im Staate geworden ist, so sehr unterscheidet sie sich vom übrigen Russland. Doch jetzt erfahren wir, dass der Bauboom in Stahl und Glas mit den Geldern aus Öl und Gas die Hauptstadt zum Mekka für Architekten werden lässt. Neben Schokolade hatte Elvira eine Flasche Kalaschnikow-Wodka für uns im Gepäck, benannt nach dem Erfinder des russischen Schnellfeuergewehrs. Dieser General im Ruhestand hat seinen Namen hergegeben, um seine bescheidene Rente aufzubessern. Und dann schenkte sie uns auch noch eine Matroschka, die weltbekannte mehrteilige Puppe aus Lindenholz. Aber eine politische Version: Der große Putin ganz außen. Jelzin, Gorbatschow, Breschnew und Genossen in seinem Hohlkörper, so als habe er sie alle mit Haut und Haar verschlungen. Ich erfahre, dass Gorbatschow in seinem Heimatland zu den unpopulärsten Staatschefs der gesamten Nachkriegsära gehört und in der Missgunst nur noch von Jelzin übertroffen wird. Kurzerhand schleiche ich mich davon, um wenige Minuten später einen Gorbatschow-Wodka aufzutischen.

Wir waren beinahe eingeschlafen, da meldet sich Elvira mit einem zaghaften Klopfen an die Türe. „Habt Ihr nichts gehört? In Eurem Vorgarten macht sich jemand zu schaffen." Wir eilen zum Fenster. Dort machen wir zwei dunkle Gestalten aus. „Einbrecher", schießt es mir sofort durch den Kopf. Wir beraten leise, was zu tun ist. Die beiden Typen schleppen einen großen Gegenstand durch den Garten. Dann sehen wir einen offenen Lieferwagen unweit vom Haus geparkt. „Natürlich! Morgen ist Abholtag für Großmüll. Die Zwei tragen die alte Waschmaschine in ihren Wagen. Sollen sie das alte Ungetüm ruhig mitnehmen!", entfährt es Natalya. „Hoffentlich haben sie Freude daran", sage ich. „Etwas Besseres konnte uns gar nicht passieren. Ich habe noch mal nachgelesen, elektrische Geräte sind nämlich von der Sammlung ausgeschlossen."

Am Morgen versammeln wir uns alle um den Frühstückstisch. Elvira hat natürlich russischen Kaviar mitgebracht und Wurst, die ebenso lecker schmeckt. Wir besprechen eine Stadtbesichtigung. Beim Abräumen des Frühstückstischs mit der leeren Kaviardose hakt Elvira irritiert nach, was es denn mit dem Umweltschutz auf sich habe. „Der wird auch in Belgien immer ernster genommen", erklären wir. „Immer neue Vorschriften zielen auf eine maximale Abfallvermeidung von Anfang an. Glas und Papier werden extra gesammelt und an vorgeschriebenen Tagen abgeholt. Neben der Biotonne gibt es je nach Abfallart farbige Abfalltüten. Für unsortierten Abfall haben die Bürger seit Jahresbeginn teure Abfalltüten zu benutzen. Billigere Tüten gibt es für die Wiederverwertung von Verpackungen aus Metall und Plastik. Und weil die ganze Sache dem Recycling dient, machen wir begeistert mit." Wir halten uns nämlich für einsichtige Bürger mit Gemeinsinn. Brüssel soll schließlich noch vielen Generationen als Ausflugsziel erhalten bleiben! Da macht es auch nichts aus, wenn man einmal einen Aufkleber auf der Tüte vorfindet: „Leider konnten wir Ihre Abfalltüte nicht mitnehmen, weil sich unzulässige Bestandteile im Inhalt befanden." Bekanntlich ist nicht jedes Plastikmaterial und jedes Metall auch wiederverwertbar.

„Wie man die Unterscheidung trifft?", will Elvira nun wissen. „Ganz einfach!", antwortet Natalya spöttisch. „Man legt sich die ausführliche Broschüre am besten als allabendliche Bettlektüre auf den Nachttisch. Und jeweils eine Kopie in die Küche und den Keller. Alle Haushalte werden in schöner Regelmäßigkeit frei Haus mit Rundbriefen über Verschärfungen der Abfallverordnung beliefert. Zuverlässig und ungemein praktisch. Denn ohne Abfallkalender geht nichts mehr. Man tut gut daran, den Urlaub und das Familienleben streng darauf einzustellen." Elvira, die die ganze Zeit wie gebannt zugehört hat, schaut uns nun so entgeistert an, als ob irgendetwas mit uns nicht in Ordnung sei. Sie hat in der riesigen russischen Metropole Jura studiert, doch mit dem Wort Abfalltrennung kann sie nicht viel anfangen. Sie ist belustigt über unsere Erklärungen. Zwar lässt sich das Wort ins Russische übersetzen. Aber daraus allein erschließt sich noch nicht seine Bedeutung, die einen Betroffenen erzittern lässt, wenn neue Regelungen ins Haus flattern.

Irgendwann sind wir schließlich unterwegs zur Stadtbesichtigung. Zuerst steuern wir das Atomium an. Aus dem Autoradio ertönt Lauras neue Lieblings-CD von Olivia Ruiz, *La femme chocolat*. Laura macht am Rande unserer Unterhaltungen wieder ihre Notizen. Wissbegierig saugt sie auf, was sie an neuem über die Sprachensituation im Lande erfahren kann. Und sie klärt uns ihrerseits auf über die Trennung der Freien Brüsseler Universität in den siebziger Jahren. Damals spaltete sich der flämischsprachige Teil ab, seitdem existieren die französische ULB und die flämische VUB als unabhängige Hochschulen nebeneinander.

Am Ziel angekommen, sind sowohl Elvira als auch Laura voller Begeisterung für das Brüsseler Wahrzeichen aus dem Jahre 1958. Laura meint, es stehe dem Eiffel-Turm in nichts nach. Im Gegenteil. Die originelle, riesenhafte Vergrößerung des kristallinen Metall-Moleküls sei bei abendlicher Beleuchtung mit hunderten von Glühbirnen eigentlich aufregender. Allerdings stünde das Atomium leider nicht in Paris. Und dieser Standort mache den gewissen Unterschied aus.

Danach geht es in die Altstadt, zum kollektiven Bestaunen des Justizpalastes. Mit seiner 125 Meter hohen Kuppel wirkt er majestätisch. Vom Platz vor dem Justizpalast genießen wir den großartigen Blick über die Unterstadt. Danach gehen wir durch lebhafte Geschäftsstraßen zu dem volkstümlichen Marollen-Viertel. „Hier leben noch echte Brüsseler mit einer eigenen Sprache", erklärt Laura. „Eine ganz amüsante Mischung aus französischem Dialekt, Flämisch und Elementen von Spanisch, Deutsch und Hebräisch." Wir landen auf der Place du Jeu de Balle. Der tägliche Flohmarkt ist eine Attraktion für ausländische Gäste. Also schlendern wir über den Platz mit Kaffeemühlen, Skulpturen, kitschigen Gemälden in anspruchsvollen Rahmen oder umgekehrt, blinden Spiegeln, figürlichen Möbelstücken und vermöbelten Schaufensterfiguren neben schmierigen Wagenhebern und alten Schrauben mit Waschbrettern. Eine Vielzahl von fremden Sprachen macht uns halb sprachlos.

Bei einer Tasse Kaffee im *Schieven Architekten* sind wir uns einig: Brüssel ist eine Stadt der Kontraste, eine Stadt des Ideenaustauschs und die

Geburtsstätte politischer, kultureller und künstlerischer Neuerungen. Paris ist ganz französisch, London typisch englisch und Rom italienisch. Brüssel aber, das Zentrum europäischer Politik, ist europäisch. Nirgendwo ist ein Ausländer so wenig Fremder wie in Brüssel. Nachdem wir unseren Weg fortgesetzt hatten, standen wir bald vor dem berühmten Männeken-Piss. Elvira war wie viele Gäste vor ihr enttäuscht: „Warum will bloß jeder diesen pinkelnden Knaben sehen?" Wenn dennoch etwas bemerkenswert an ihm war, dann sicherlich der Zufall, dass der Wasserstrahl des Männleins stark gedrosselt worden war. So leistete er an jenem Septembertag einen Beitrag zum europäischen Tag der Prostata. Ein Hinweisschild forderte die Herren der Schöpfung zu rechtzeitigen ärztlichen Untersuchungen auf. Und das, obwohl der bronzene Knabe gar nicht zur betroffenen Altersgruppe gehört, auch wenn er schon fast 400 Jahre in Brüssel steht. So posiert das Männlein zum Beispiel bei ihren Fußballspielen in einem Trikot der Nationalmannschaft und am Europatag erinnert sein Kostüm an die Europaflagge.

Anschließend spazierten wir zum weltberühmten Grand Place, obligatorisch für jeden Besucher. Laura lief pfeilgerade in einen „Schokoladen" und versorgte uns fürsorglich, während Elvira den Platz bewunderte. Die französische Armee hatte mit der Bombardierung 1695 viel vernichtet, doch baute man den Großen Markt noch prächtiger und einheitlicher wieder auf als er vorher war. Die alten Gildehäuser aus dem 15. und 16. Jahrhundert hatten Platz gemacht für neue Bürger- und Gildehäuser mit verspielten, typisch flämischen Barockfassaden in vielen Formvarianten, die der Stolz von Brüssel sind. Im Haus Nr. 1 bis 2, dem alten Haus der Bäckergilde, da befindet sich die wahrlich zünftige Gaststätte *Au Roi d'Espagne*, die an deutsche Brauhausstuben erinnert. Doch das alte Haus der Brauer ist Haus Nr. 10. Und im alten Haus der Schlachtergilde, mit dem Schwan als Symbol, brüteten 1848 die Exilanten Marx und Engels einige ihrer revolutionären Ideen aus.

Während Laura mir eine Praline anbietet, stellt Elvira fest, dass die Flamen in der Hauptstadt kaum wahrnehmbar seien. Laura sucht hastig nach weißen Pralinen in der gemischten Schachtel. Sie findet fast nur dunkle Schokoladenstücke. Die Quote zwischen weißen, sahnehaltigen Pralinen einerseits sowie schwarzen und braunen Pralinen andererseits erinnert sie an die Bevölkerungsverteilung Brüssels: „Seit den siebziger Jahren des letzten Jahrhunderts hat sich das Stadtbild durch eine liberale Zuwanderungspolitik und durch den Ausbau der europäischen Institutionen gewaltig verändert. Rund 50 Prozent der Einwohner der amtlich zweisprachigen

Hauptstadt sind frankofone Belgier und mehr als 30 Prozent Marokkaner, Türken und EU-Bürger, während gerade Mal 10 Prozent flämische Muttersprachler sind."

Laura muss es wissen, denn sie bereitet gerade ihre Diplomarbeit über die sprachliche Situation in Belgien vor. Voller Begeisterung, denn sie stammt aus dem nordfranzösischen Departement Flandern. Ihre Urgroßeltern mütterlicherseits leben noch und sprechen neben Französisch einen besonderen flämischen Dialekt. Elvira wird nachdenklich und hakt nach. „Seit wann gibt es denn die Aufteilung in einen flämischen Norden und eine französische Wallonie im Süden?" Laura war angetan von so viel Interesse und holte tief aus. „Bei der Staatsgründung 1830 befand sich Brüssel auf flämischem Gebiet. Französisch, die Sprache des Adels und der Diplomaten, wurde dennoch einzige Landessprache. Eine Volkszählung ergab 1846, dass damals noch 60 Prozent der Brüsseler flämisch-sprachig waren. Dieses Zahlenverhältnis verschob sich schnell. Viele flämische Führungskräfte, ob nun in Brüssel oder in Flandern, gaben ihre Muttersprache zugunsten der französischen Sprache auf, denn Französisch zu sprechen, das bedeutete, es zu etwas gebracht zu haben."

„Ja, aber ich wollte eigentlich gerne wissen, seit wann …", versucht Elvira die Studentin zur Frage zurückzuführen. Endlich geht Laura auf die Frage ein und gerät jetzt erst richtig in Fahrt: „Ach so, die Aufteilung des Landes in zunächst drei Sprachgebiete (Flandern, die Wallonie und Brüssel) geht auf das Jahr 1932 zurück. Damals wurde auch das zweisprachige Gebiet von 17 (später 19) Gemeinden festgelegt. Diese 19 Gemeinden (die Stadt Brüssel und weitere 18 Gemeinden) bilden heute die zweisprachige Region Brüssel Hauptstadt. Am Rande der Hauptstadtregion gibt es Gemeinden der Region Flandern mit derart vielen französischsprachigen Bewohnern, dass sie in manchen dieser Gemeinden sogar die Mehrheit stellen. Für sechs solcher Randgemeinden in unmittelbarer Nachbarschaft zur Hauptstadt", und dabei griff sich Laura eine fünfkantige, braun-weiße Praline aus der Ecke der unteren Lage der Schachtel heraus, „einigte man sich auf einen komplizierten Sonderstatus mit sprachlichen Erleichterungen für frankofone Einwohner."

In diesen Randgemeinden mit sprachlichen Erleichterungen, auch Fazilitätengemeinden genannt, können Kinder mit französischer Muttersprache eine französische Schule besuchen. Amtliche Dokumente wie Geburtsurkunden, Heiratsurkunden, Personalausweise und Reisepässe werden auf Wunsch in Französisch ausgestellt. Für viele frankofone Kritiker geht diese Ausnahmegesetzgebung nicht weit genug. Sie sind der Meinung, dass weiteren Randgemeinden mit ähnlich hohem frankofonen Anteil sprachliche Erleichterungen zugesprochen werden sollten. Doch solche Forderungen sind aussichtslos, da der flämischen Seite die Sonderrechte schon heute zu weit gehen." Ich spürte ein Völlegefühl im Magen. Die riesige Schachtel war zum Glück leer.

Wir gingen ein paar Schritte weiter. Japanische und amerikanische Touristen brachten ihre Kameraausrüstung zum Einsatz, um den Platz als Bilder nach Hause zu tragen. Ein Junge hinter mir feixte: „Mama, schau mal, der Hund macht einen auf Staubsauger." Er meinte unsere Tina, die unablässig den Boden beschnupperte und sich so auf ihre Weise ein Bild vom Grand Place machte, denn sie hat eine 30 Mal feinere Nase als wir. Als wir dann vor einer Filiale des *Chocolatier Neuhaus* stehen, erzählt Natalya, wie die Praline in die Welt kam: „Im Jahr 1857 lässt sich der Schweizer Jean Neuhaus in Brüssel nieder und eröffnet gemeinsam mit seinem Schwager, einem Apotheker, eine pharmazeutische Confiserie in den königlichen Galerien. Schokolade gab es üblicherweise in Apotheken und sollte gegen die unterschiedlichsten Beschwerden dienen."

„Sein Sohn Frédéric lernte in Brüssel das Konditorhandwerk und als sein Onkel starb, stieg er in die Confiserie seines Vaters ein. Von da an gab es mehr Süßigkeiten als bittere Arzneischokolade. Nach dem Tod von Frédéric 1912 steigt sein Sohn Jean Neuhaus junior in das florierende Geschäft ein, das inzwischen Confiserie und Schokoladenfabrik heißt. Er war sehr kreativ und nach monatelangen Experimenten füllte er 1912 das erste Mal Schokolade mit einer von ihm entwickelten Technik. Diese Schokobonbons nannte er dann Pralinen. Man sagt ihm nach, das erste gefüllte Schokoladebonbon auf den Markt gebracht zu haben. Das Originalgeschäft in den königlichen Galerien in Brüssel gibt es noch heute und ist eine Pilgerstätte für Schokoladefans aus der ganzen Welt. Neuhaus ist natürlich nicht alles. Auch so große Namen wie Leonidas, Godiva, Galler, Wittamer, Mary, Corné und Marcolini sind im Zentrum vertreten und bieten gefüllte Schokolade in hunderten Variationen sowie Torten und Desserts mit göttlichen Geschmacksrichtungen."

Wir sind zurück in unserer kleinen Wohnstraße einer Brüsseler Vorortgemeinde, im Flämischen *randgemeente* genannt. Unser Besuch möchte etwas über die Nachbarschaft wissen. So erklären wir, dass die Herkunft unserer Nachbarn beinahe typisch ist für die Einwohnerstruktur weiter Teile des Südens und Ostens der Hauptstadtregion. Unsere Nachbarn zur einen Seite sind ein frankofones Ehepaar, das aus der Wallonie stammt. Dahinter wohnt ein aus Brüssel stammendes Rentnerehepaar, das außer

Französisch und Niederländisch sogar Deutsch und Englisch spricht. Bei den Nachbarn zur anderen Seite handelt es sich um eine Familie mit zwei Kindern. Sie ist Schwedin und er halb Niederländer, halb Brite. Hinter ihnen wohnt eine französischsprachige Belgierin mit einem Brüsseler marokkanischer Herkunft und ihren Kindern. Dahinter leben Belgier, die aus Brüssel oder aus der Wallonie stammen. Im nächsten Haus wohnt ein junges irisches Paar, dahinter wieder Belgier usw. In der ganzen Straße wohnen nicht mehr als drei oder vier Flamen. In der Gemeinde machen Flamen weniger als ein Viertel der Bevölkerung aus, nicht gerade viel für eine eigentlich flämische Gemeinde.

Beim Abendspaziergang beliebt unser schokobrauner Münsterländer-Welpe im Schutz der Dunkelheit aus heiterem Himmel ein paar westfälische Trüffel-Pralinen im nachbarlichen Rasen zu verstecken. Ich fingere schnell in meiner Jackentasche und finde nur eine Einkaufstüte. So unauffällig wie möglich lasse ich die Kostbarkeiten in unserer Abfalltonne verschwinden. Natalya kommt hinzu und weist mich zurecht: „Konntest Du nicht Papier nehmen! Morgen soll die Biotonne geleert werden. Wie ich die Männer kenne, lassen sie unsere Tonne stehen wegen der dummen Plastiktüte. Neulich erst hab ich gehört, wie es Dein Freund Joachim fertig gebracht hat, den Zorn der Männer in orange auf sich zu ziehen." „Ach, und das hat er Dir sogleich erzählt?" „Seine Angetraute, mein Lieber. Dein bester Freund hat die Biotonne mit Zweigen einer Kiefernhecke und von Rosensträuchern dermaßen vollgestopft, dass die Männer das Geäst nicht herausbekamen und die Tonne erbost stehenließen. Joachim hatte stundenlang zu tun, um alles wieder herauszufieseln." Also begab ich mich daran, Laub zu suchen, um meine Übertretung zu kaschieren und Natalya sanftmütiger zu stimmen.

In unserer Hundeschule, die im Grunde genommen eine Schule für Hundebesitzer ist, sind viele Nationalitäten vertreten. Bei den Übungen gibt jeder seinem Vierbeiner die Befehle in der eigenen Sprache. Die Liste beginnt mit Flämisch und endet mit Chinesisch. Das gilt natürlich auch für die Namen der Tiere. Der Colly eines flämischen Mitglieds heißt Fritz und der tellergroße Pekinese einer chinesischen Kursteilnehmerin heißt kurz und ergreifend @, ein Laut, der im Chinesischen soviel wie Liebe bedeutet. Zuhause rufen wir unserem Hund häufig vom Fenster aus im Garten zu, schimpfen mit ihm und loben ihn lautstark. Als wir unseren Welpen sechs Wochen besaßen, sprach uns die schwedische Nachbarin auf der Straße an. Sie war erst kürzlich zugezogen und wollte wissen, wie denn unser neues Familienmitglied heiße. Unsere Antwort quittierte sie aufatmend mit der

Bemerkung, dass sie auch Tina heiße. Wir wurden zurückhaltender mit Tadel und Lob à la „*Good girl, Tina!*" oder „*What a nice pooh!*"

Ich werde wach durch ein vertrautes Geräusch. Die Müllabfuhr ist im Anmarsch. Heute muss Donnerstag sein. Aufs Fenster zueilend erblicke ich erwartungsvoll die Männer in ihren orangefarbigen Hosen. Ob sie wohl meine Säcke mitnehmen werden? Hoffentlich schauen sie nicht so gründlich in die Bioabfalltonne! Habe ich die Kartons mit Altpapier nahe genug an den Straßenrand gestellt? Erst neulich hatte ein Nachbar berichtet, dass seine fünf Kartons nicht abgeholt worden waren, vermutlich weil sie nicht nahe genug an der Straße standen. Habe ich wirklich nicht vergessen, allen Flaschen den Deckel abzuschrauben? Sollte ich mir den Bademantel überziehen und eben mal nachschauen gehen? Nur jemand, der mehrfach auf seinem Unrat sitzengeblieben ist, sehnt die Abholung förmlich herbei und spürt in diesem Moment eine unendlich tiefe Dankbarkeit.

„Schließlich lauern überall Fallen", versuche ich Elvira zu sensibilisieren, die mich wieder entgeistert anschaut. „Natalya war neulich in dem Supermarkt, der die Abfalltüten im Sortiment führt und brachte ein Paket Tüten nach Hause. Dabei ist zu sagen, dass es sich um eine Rolle mit 15 Abfalltüten handelt, die man an einer perforierten Linie voneinander trennen kann. Vorsicht beim Abtrennen! Reißt die Tüte nicht an der Sollbruchstelle, sind zwei Euro verloren. Gerade will meine Frau das Papiersiegel durchreißen, da sage ich: „Warte mal! Darauf steht ja der Name der Nachbargemeinde." Ich brachte die Rolle zum Supermarkt zurück und erhielt die Genehmigung zum Umtausch. Doch im Regal gab es alle möglichen Tüten, nur nicht die unseren. Ein Verkäufer riet, ich solle nächste Woche wiederkommen und drückte mir einen Gutschein in die Hand." Unser Gast aus dem Land mit den unkontrollierbaren Weiten verzog nur verständnislos die Stirn ob so vieler Umstände für ein bisschen Hausmüll.

Während die Damen der Schöpfung an diesem Tag zum Shopping unterwegs waren, machte ich mich daran, die Einkäufe zu erledigen. Da ich die Abfalltüten im Supermarkt wieder nicht finden konnte, suchte ich einen Verkäufer. Oder nennt man sie heute besser Wareneinsortierer? Der erklärte mir jedenfalls, dass sie nun nicht mehr im Regal ausgelegt werden, weil sie zu oft gestohlen würden, und besorgte mir das „Allerheiligste" höchst persönlich. Nach eingehender Überprüfung des Aufdrucks konnte ich schließlich aufatmen.

Abends kehrten die Frauen aufgeregt, aber zufrieden heim. Sie hatten den Tag mit einer gründlichen Untersuchung des kapitalistischen Warenangebots verbracht. Wie geplant fuhren wir noch mit Marta, einer älteren

Dame aus unserem Wohnviertel auf einen Empfang ins Rathaus unserer Gemeinde. Sie war vor wenigen Monaten in unser Viertel gezogen und aus Dank für unsere Hilfe beim Umzug hatte sie uns als Begleiter zu diesem Empfang für neu zugezogene Einwohner eingeladen. Der Bürgermeister und seine Schöffen empfingen uns fürstlich. Sie trugen auffallend breite Schärpen in den Nationalfarben quer über den Oberkörper, einige von ihnen waren in beeindruckender Weise mit Orden dekoriert. Es wurde Champagner offeriert, der bei dem mehrstündigen Empfang ohne Ende floss. Es gab reichlich Wein und wohlmundende *Amuse-Gueules*. Neben Französisch parlierte man auf Englisch, Flämisch oder Deutsch mit den Notabeln, darunter Mitglieder des Gemeinderats. Alle buhlten als Vertreter ihrer jeweiligen Partei höflich um die Gunst der Neuankömmlinge, indem sie geduldig Auskünfte erteilten und Hilfestellungen anboten, während wir uns Schnittchen mit Lachs oder warmem Ziegenkäse gönnten.

Auf der Rückfahrt durch eine Wohnsiedlung mit prachtvollen Villen im Brüsseler Stadtteil Woluwe sahen wir im Licht einer Straßenlaterne auf dem Trottoir eine Katze mit einem sehr buschigen Schwanz, die sich an einer Abfalltüte zu schaffen machte, um ihr irgendwelche Leckereien zu entlocken. Lebensmittelreste lagen verstreut auf dem Gehweg und im Vorgarten. „Pech für die nichts ahnenden Bewohner. Eine der 25.000 streunenden Katzen im Raum Brüssel", merkte Natalya an. „Stand neulich im Bulletin." Erst beim Näherkommen entpuppte sich das Tier als Fuchs. Als wir uns auf etwa 10 Meter genähert hatten, trottete er gemächlich über den Gehweg davon. Er fühlte sich gestört, aber nicht beängstigt.

Da fällt mir die Geschichte der beiden Enten ein, denen ich vor ein paar Jahren in meinem Garten Asyl gewährt hatte, um sie vor dem Tod zu retten, als ein Bauer seinen Hof aufgab. Die erst ein halbes Jahr alten Burberry-Enten fand ich zu meinem Entsetzen eines Morgens kopflos in ihrem Gehege im Garten. Bei meiner unverzüglich eingeleiteten Fahndung bei einem Katzenbesitzer in der Nachbarschaft und auf dem Polizeirevier um die Ecke bestätigten mir die Polizisten, dass eine große Anzahl von Füchsen im Stadtgebiet lebe. In den Streifenwagen beobachte man sie oft im Scheinwerferlicht. Es gibt offenbar keinen Grund zur Sorge. Die Tiere leben zurückgezogen in Parks oder in Ruinen und suchen nächtens die Straßen nach Essbarem ab. Meine Frage, ob diesen Verbrechern auch die Entsorgungskalender der Gemeinden geläufig seien, hatte die Beamten schmunzeln lassen. „In Zürich", fügt Martha hinzu, so als ob sie Gedanken lesen könne, „gibt es einen Stab in der Stadtverwaltung, der sich um die Integration der Füchse kümmert und versucht, den Einwohnern die Ängste vor den 2.000 Tieren im Stadtgebiet zu nehmen." „Vermutlich sind die Füchse dort auch alle amtlich registriert und mit einem Ausweis versehen", werfe ich ein. In der Schweiz hat eben noch alles seine Ordnung.

Am nächsten Tag waren wir auf dem Standesamt zur Heirat eines befreundeten Paares. Tags darauf fragt Laura am Frühstückstisch, warum die Trauung in englischer Sprache stattgefunden habe. Ich erkläre ihr, dass die Traurede normalerweise auf Niederländisch oder Französisch gehalten wird. Deutsch spricht der Standesbeamte nicht. Um dem deutsch-russischen Paar entgegenzukommen, sprach er Englisch. Laura ließ nicht locker: „Und was war mit den Formalitäten?" Also holte ich weiter aus: „Das war nicht ganz einfach, vor allem für die russische Braut. In eine geradezu satirische Situation geriet allerdings der deutsche Verlobte, als er dem Standesamt eine Reihe von Unterlagen vorlegen sollte.

Und das kam so: Der Standesbeamte der Gemeinde mit sprachlichen Erleichterungen verlangte eine amtliche Ledigkeitsbescheinigung von deutscher Seite. Also machte sich der Mann vertrauensvoll auf den Weg zum neuen deutschen Botschaftsgebäude in das Europaviertel. Dort konnte man dem Ärmsten nicht so ohne weiteres helfen. Man verlangte zunächst einen Nachweis darüber, dass er auch wirklich ledig ist und schickte ihn zurück zur Wohnsitzgemeinde. Dort war man bereit, die in Belgien übliche Bescheinigung über die Zusammensetzung des Haushalts auszustellen, in der – welch ein Glück! – auch der Familienstand der Haushaltsmitglieder aufgeführt ist. Nur damit war die Botschaft zu bewegen, seine Ledigkeit hoch amtlich zu bestätigen, damit der Ärmste erfolgreich zur Gemeinde zurückkehren konnte. Bei anderen Unterlagen kamen dem Bräutigam die gesetzlichen Bestimmungen über Spracherleichterungen zur Hilfe. Und so weigerte er sich, der deutschen Geburtsurkunde eine niederländische oder französische Übersetzung beizufügen. Der Standesbeamte holte von übergeordneter Stelle Rat ein und musste einsehen, dass eine Urkunde in deutscher Sprache dem Gesetz genüge tut."

„Immerhin", sagte Laura, „dann hat er wenigstens ein paar Euro an Übersetzungskosten gespart." „Nicht nur das!", sage ich, „Auch einige Laufereien. Aber diese Sprachenregelungen können auch bei der Justiz nützlich sein. Vor zehn Jahren bin ich in Brüssel von der Polizei fotografiert worden, wie ich angeblich viel zu schnell durch die Stadt fahre. Ganz ausgeschlossen war dies zugegebenermaßen nicht, denn es war der Tag meines Umzugs und ich hatte es eilig wegen eines Wasserschadens. Ich erhielt also einen Anhörungsbescheid. Die Verkehrsübertretung drohte ungemein teuer zu werden, verbunden mit einem vorläufigen Entzug des

Führerscheins. Mein Anwalt half mir aus der Patsche. Er legte Widerspruch ein und nach der Einleitung eines Gerichtsverfahrens beantragten wir ein Verfahren in deutscher Sprache, weil ich mich als Deutscher in dieser Sprache besser ausdrücken kann. Der Richter gab dem Antrag statt und verwies den Fall an das Gericht Erster Instanz im ostbelgischen Eupen, wo meine Akten niemals angekommen sind."

Der Jahresurlaub in Russland beträgt für viele Arbeitnehmer vier Wochen. So geht Elviras Besuch in Belgien schon nach einer Woche zu Ende. Wir entschuldigten uns beiläufig für den wolkenverhangenen Himmel. Wer denn für das Wetter verantwortlich sei, bei diesem Gewirr an Zuständigkeiten, spöttelte Elvira. „Region, Sprachgemeinschaft oder Bundesstaat?" „Im Zweifel immer die Europäische Kommission", entgegnete ich. Sie lachte auf und stellte mit einem verstohlenen Blick zu ihrem Reiseführer sachlich fest: „Belgien hat zwar noch nicht einmal 70 km Nordseeküste, an der es zum Baden selten warm genug ist. Aber das Land besitzt immerhin die heiße *Côte d'Or*, die tropisch klingt und genauso schmeckt." Für den letzten Abend war ein weiterer Höhepunkt geplant, und zwar in einem der Schlösser südlich von Brüssel, die den Besucher im Schlosspark mit Konzerten klassischer Musik und anschließendem Feuerwerk verzaubern. Spätestens hier verliebte sich Elvira endgültig in die Schokoladenseiten eines Landes, das man bei ihr zuhause so gut wie nicht kennt.

Am Morgen des Abreisetags traute ich meinen Augen nicht. Nach einer Dusche luge ich durch das Fenster in den kleinen Vorgarten. Dort sehe ich, obwohl, nein, das kann ja gar nicht sein. Oder doch? Nicht zu fassen! Ich laufe nach unten und staune nicht schlecht. Schon höre ich einen Aufschrei von Natalya, die hinzugeeilt kommt: „Das darf doch nicht wahr sein!" Ungläubig schauen wir uns an. Daniels alte Waschmaschine hatte wohl nicht mehr funktioniert. „Und was jetzt?"

Nun, wir hatten gerade andere Sorgen als diffizile Entsorgungsfragen: letzte Besorgungen. Vor allem, wie konnte es anders sein, mussten Pralinen her. Auf der Fahrt zum Flughafen verriet Laura weitere Einzelheiten ihrer Diplomarbeit: „Wenn Du das nächste Mal zu Besuch kommst, musst Du ein Visum für Brüssel oder Flandern beantragen, wenn es Belgien dann nicht mehr gibt." „So? Die Formalitäten waren umständlich genug. Was für ein Glück, dass ich nicht mal 1.000 km östlich von Moskau wohne, diesseits des Uralgebirges. Landsleute aus entfernteren Landesteilen müssen nämlich tagelang anreisen, um beim gemeinsamen Visazentrum der Schengenstaaten einen Antrag einzureichen. Zur Abholung des Visums müssen sie dann ein zweites Mal nach Moskau fahren. Aber warum sollte Belgien denn von der

Landkarte verschwinden?" „Also, die Regierungsbildung entpuppt sich zur Zeit als dermaßen schwierig und die Forderungen von flämischer Seite nach mehr Unabhängigkeit und einer staatlichen Neugliederung könnten auf eine Auflösung des Staates hinauslaufen. Die Medien zitieren immer öfter die ehemalige Tschechoslowakei als Modell. Etliche Kommentatoren und Politiker halten eine Teilung des Landes in drei souveräne Staaten für möglich. Eventuell mit einer Art Konföderation. Neben Flandern mit sechs Millionen Menschen und der Wallonie mit 3,3 Millionen Einwohnern gäbe es dann einen Stadtstaat Brüssel."

„Würde Brüssel dann ein europäischer Distrikt, ähnlich wie Washington D.C.?", fragt Elvira. „Das wäre vor allem nach dem Gusto vieler Flamen. Die Fahne der Region Brüssel-Hauptstadt ist jedenfalls ganz bewusst gelb und blau, so wie die Farben der EU-Fahne, um auf die wichtige Rolle Brüssels beim Aufbau Europas hinzuweisen." „Und diese Blume auf der Fahne?", wollte Elvira wissen. „Die Iris ist die Brüsseler Blume schlechthin. Früher wuchs sie trotz des damals sumpfigen Bodens entlang des Flusses Senne im Überfluss. Das flämische Wort für Iris ist *broek*. Das ist ein Hinweis auf den ersten Namen der Stadt: *Bruocsella*." Laura hätte bestimmt noch vieles zu erzählen gehabt, wenn wir nicht angehalten hätten.

Wir hatten einen *Hypermarché* angesteuert, einen besonders großen Supermarkt in der Nähe der Auffahrt zum Autobahnring. Da wo es einen dieser kleinen Pralinenläden gibt. Ich stieg aus für die Besorgung, während die Frauen ein Schaufenster im Auge behielten. Natalya ermahnte mich, dass ich ihr unbedingt auch welche mitbringen solle. An der Ladentheke wartete unter anderem ein typischer Brüsseler Rentner mit einem ziemlich kurz geschnittenen schmalen Oberlippenbart. Er vertrieb sich die Wartezeit damit, die Verkäuferin auf Französisch mit scharfem Brüsseler Akzent und noch schärferem flämischem „r" in ein Gespräch zu verwickeln und fragte, ob sie den Unterschied zwischen *chocolat* und *chocolit* kenne. Er wartete nicht lange ab und gab die Lösung preis: *„Les filles de 77 ans aiment le chocolat, les filles de 17 ans aiment le chocaulit"*. Ohne eine Miene zu verziehen füllte die Verkäuferin weiter eine Schachtel nach Kundenwunsch, während ihre jüngere Kollegin das Lachen unterdrückte.

Hinter der Glastheke lachten mir all die süßen Köstlichkeiten entgegen: Pralinen aus schwarzer Bitter-Schokolade mit hohem Kakaoanteil, Pralinen aus Milchschokolade mit Crème fraîche sowie allerlei Mischungen. Mein Blick fällt auf *Charlemagne*, *Eva* und *Irrésistible*. Die scheinen auf irgendeine Weise zueinander zu passen. Genauso wie *Europa*, *Pomme* und *Finesse*. Und dann muss ich halb meditierend beim köstlichen Anblick von

Manon Café, *Nougat* und *Poésie* unwillkürlich schlucken, denn schon die französischen Namen zergehen einem förmlich auf der Zunge. Nachdem mich eine Verkäuferin gewaltsam aus den Gedanken gerissen hat, bestelle ich eine gemischte Schachtel für Elvira und eine Schachtel für Natalya mit Mokka, weißen Manons mit Haselnuss und dunkle Europa zartbitter.

Als ich aus dem Laden heraustrete, stehen die drei Frauen erwartungsvoll vor mir. Also nichts wie ran an das braune Gold! Im Gedränge zieht Tina plötzlich an der Leine und – zu früh gefreut: Die Pralinenschachtel fällt aus der Hand. Die Leckereien kullern über den Boden, ganz zur Freude von Tina, die sich zunächst als schneller erweist. Wir sammeln die Kugeln ein und werfen sie schweren Herzens in einen Abfalleimer. Wegen des Theobromingehalts kann Schokolade für Katzen und Hunde tödlich sein. Umgehend erhalte ich einen neuen Auftrag von Natalya, den ich ebenso umgehend zu erledigen bemüht bin. Zurück im Pralinengeschäft überreiche ich, über die Ladentheke gebeugt, die leere Schachtel zur Entsorgung und gebe meine Bestellung auf. Noch bevor ich einhaken kann, hat die Verkäuferin meine Schachtel ergriffen und begonnen, sie wieder aufzufüllen. „Warum auch nicht!", meint sie. „Schließlich leben wir ja im Zeitalter von Umweltschutz und Wiederverwendung!"

„Passion Chocolat“: ein romantischer Schokoladen mit edelsten handgemachten Pralinen inmitten einer Wohnsiedlung im Brüsseler Stadtteil Woluwe Saint Pierre.

Traumpralinen

Am frühen Abend klingelt es an unserer Wohnungstür. Ich öffne und sehe einen mir unbekannten Mann, etwa Anfang 30, auf der Fußmatte stehen. Sein Körper ist an die Wand gelehnt und mir abgewandt. Er nimmt nebenbei Notiz von mir und scheint gelangweilt zu sein. Ich dachte schon daran, die Tür wieder zu schließen, als er irgendetwas nuschelt, dass wir doch hier mit Freunden verabredet seien. „Wer ist mit wem verabredet?", möchte ich wissen. „Ja, Entschuldigung, ist denn noch keiner da?" Auf mein Nachfragen wer er sei und was er wünsche, fand er beruhigende Worte: „Nich so aufgeregt, Alter!" Und dass wir uns neulich noch auf einer Party getroffen hätten. Da kommt meine Lebensgefährtin Natalya nach Hause. Ein kurzes Hallo von beiden Seiten und ich ziehe mich zurück. Umso besser! Soll sie sich selber um ihre Gäste kümmern, sicherlich ein Bekannter aus ihrem Sprachkursus. Damit widme ich mich meinen eigenen Angelegenheiten. Wo war ich denn noch? Ach ja, die Umgestaltung der Bücherecke. Oder war ich noch am Lesen?

Als ich einige Zeit später ein Glas Wasser aus der Küche holen gehe, sehe ich, dass Natalya mit einer jungen Frau spricht. Worüber sie sprechen, bekomme ich nicht mit. Sie ist offenbar in Begleitung eines Mannes, der sich eine Zigarette dreht. Ich gehe zur Toilette. Da sie abgeschlossen ist, gehe ich ins Badezimmer. Dort habe ich wieder einmal einen wahnsinnig guten literarischen Einfall. Daher eile ich anschließend sofort wieder zum Büro. Bitte jetzt mal nicht stören, signalisiere ich Natalya im Vorübergehen auf dem Flur, die glücklicherweise Verständnis zeigt. Ich schalte den Computer an und formuliere konzentriert meine Gedanken. Das aufkommende Stimmengewirr erreicht mich nicht wirklich.

Irgendwann schalte ich mich ins Internet ein. Am PC-Bildschirm vorbei nehme ich später durch die offene Bürotür hindurch ein paar Gestalten im Flur wahr, die hin und her gehen. Hoffentlich lässt man mich eine Weile in Ruhe! Ich will mich nicht aus dem Gedankenkonzept bringen lassen. Wie hatte es auf der Konferenz noch gleich geheißen? Im Gegensatz zu den Bundesministerien hat der Deutsche Bundestag eine mehrsprachige Terminologiedatenbank eingerichtet, die über Internet für die Öffentlichkeit zugänglich ist. Und siehe da, tatsächlich, eine starke Webseite, eine Fundgrube für Journalisten und für Übersetzer: „… und diese Rubrik ist das elektronische Nachschlagewerk des Parlaments. Im Schlagwortregister und im Glossar sind Fachbegriffe verständlich erklärt. Und mit der Terminologiedatenbank können parlamentarische und politische Definitionen in englische und französische Sprache übersetzt werden. Hintergrundinformationen finden sich in Broschüren und in den Analysen des Wissenschaftlichen Dienstes. Im Bibliothekskatalog des Deutschen Bundestages können Sie Fachliteratur recherchieren …" Begeistert ziehe ich zum Vergleich meine Konferenznotizen unter den Manuskripten auf dem Schreibtisch hervor und lese weiter.

Als das Stimmengewirr immer lauter wird, fällt mir die Konzentration schwer. Ich schaue auf. Was ist das? Ausgelassene Stimmung, Gelächter. Wieder klingelt es. Und wieder kommen Leute. Nein, diesmal ist es Natalya, die zur Wohnungstür hereinkommt. War sie nicht eben noch in der Küche? Ich gehe zu ihr. Sie habe nur eben eine Besorgung gemacht. Ob die Gäste eine Überraschung sein sollen, will sie kurz angebunden wissen. „Sehr witzig!", sage ich, und dass sie das selber wohl am besten wisse. „Schließlich hast Du die Leute doch hineingelassen." Sie lächelt kurz und erblasst plötzlich: „Ich war unterwegs und dachte das sei alles wegen meines Geburtstags, den wir nicht gefeiert haben. Das sind doch wohl Bekannte von Dir. Wolltest Du mich nicht überraschen?" Unser Gespräch wird unterbrochen von einem Kerl, der mir ein Glas mit dem knappen Kommentar in die Hand drückt: „Kannste mal kurz halten?" Ich entgegne ihr, dass ich nur einen der jungen Männer flüchtig kenne, wahrscheinlich von einer Party. Natalya meint, dass sie die Frau mit dem langen roten Zopf und den Mann mit der Gitarre auf dem Rücken schon mal gesehen habe. Das wisse sie genau, da sie genau dieselben Klamotten anhätten. In ihren Augen handele es sich um Leute aus meiner … Die letzten Worte kann ich nicht hören, denn ein ungeheurer E-Bass dröhnt aus dem Wohnzimmer herüber. Sie schaut mich ungläubig an. Dann ist sie aufgebracht und will alle sofort rausschmeißen. Sie sucht den Typen, mit dem sie eingangs gesprochen hatte und von dem sie angenommen hatte, er sei mein Gast. In der Zwischenzeit versuche ich die Wohnungstüre in Schach zu halten. Im Flur braucht die junge Frau von vorhin unbedingt Hilfe bei der Suche eines Namens in meinem Telefonbuch. Und ob ich ihr nicht mal mein Handy leihen könne, mein Kabel sei schrecklich kurz, reißt sie mich aus meinen Gedanken. Ich weiche aus: „Oh, sorry, Altbau, antiquarisches Telefon. Wie? Handy? Nein, das geht grade nicht. Meine Batterie ist leider platt." „So siehst Du auch aus", ruft sie mir mit einem Lächeln zu, dass mir die Spucke im Halse stecken bleibt. Naja, immerhin schluckt sie meine Auskunft. Ist es nun Zufall oder nicht? Denn meine Nachfrage, wie sie heiße und wer sie eingeladen habe, bleibt in dem Lärm einfach ohne Reaktion. Ich sehe noch wie sie sich eine Praline in den Mund schiebt, bevor sie weitereilt. „Traumhafte Figur. Pralle Linie", fährt es mir durch den Kopf. Dann erschrecke ich. Haben die sich etwa über meine Pralinenkollektion hergemacht? Meine anfängliche Ratlosigkeit weicht nun zunehmend einer Form von Fassungslosigkeit.

Jetzt nur die Ruhe bewahren und besser nichts anmerken lassen, es wird sich schon aufklären! Oder vielleicht nicht? Ich setze mich auf den Hocker neben dem Telefon. Wo bleibt Natalya bloß! Als mich jemand von hinten anstößt, ertappe ich mich dabei, wie ich an dem Glas trinke, das mir dieser Typ vor ein paar Minuten in die Hand gedrückt hat und verschütte prompt die Hälfte über den Teppich. Das wiederum sieht Natalya vom anderen Ende des Flurs. Sie steckt im Gedränge, schimpft und gestikuliert wild mit beiden Armen, doch ich kann sie nicht verstehen. Der Kerl, der mich angestoßen hat, entschuldigt sich sehr originell: „Champagner macht keine Rotweinflecken". Die Leute um ihn herum bekommen sich nicht mehr ein vor Lachen. Abfällige Blicke und Mitleid halten sich noch gerade die Waage.

Es mögen schon über 50 Personen sein, die nach und nach in unsere Wohnung eingedrungen sind, eine ebenerdige Altbauwohnung. Die Leute kennen sich untereinander, ein Netzwerk vielleicht, man spricht soviel davon. Ich kenne diese Leute nicht. Ist das Verdrängung? Eine Art von Wohnungsbesetzung? Zum Glück sind die ungebetenen Gäste friedlich. Doch allmählich erkenne ich das ganze Ausmaß der Lage: Die Leute bewegen sich völlig frei und ungeniert in unseren Räumen. Getränke haben sie großzügigerweise selber mitgebracht. Zwei Personen mit langen Haaren haben es sich auf der Eckcouch bequem gemacht. Es handelt sich unzweifelhaft um eine Party. Also doch keine Besetzung? Unter anderen Umständen hätte ich gerne mitgefeiert. Ich musste husten und nahm den Rauch wahr, der von vielen Händen aufstieg. Eine Luft wie zum Schneiden! Ich muss sofort die Fenster aufreißen. Ein Typ neben mir glaubte meine Gedanken erraten zu haben und bot mir eine Gauleoise an. Ich schüttelte den Kopf. Ob ich heute nicht gut drauf sei, wollte er wissen. Bevor ich etwas sagen konnte, erzählte er mir von seiner verflossenen Liebe namens Carla und wie wichtig diese Party für ihn sei, um endlich mal wieder so richtig auszuhängen. Er habe schon mindestens zwei Wochen hindurch keinen Schluck mehr getrunken, war stark eingespannt wegen eines harten Jobs für eine Messefirma. Und dann sprach er wieder von Carla. Er war nicht mehr zu bremsen und vermittelte mir das Gefühl, dass er mich so schnell nicht loslassen würde. Vielleicht ist das alles nur ein Missverständnis und klärt sich gleich auf.

Als ihn eine Frau kurz unterbricht, weil sie Feuer braucht, schreit er sie an, sie solle sich gefälligst raushalten, wenn er mit einem Kumpel etwas Persönliches zu besprechen habe und sie solle sich bloß nichts auf ihr tiefes Dekolleté einbilden. Als ich ihm signalisiere, dass ich nur mal kurz nach nebenan müsse, hält er mich am Arm fest und ich bekomme eine Breitseite seiner schrecklichen Fahne in die Nase. Er weist mich zurecht: „Sei doch nicht so zappelig und hör endlich mal zu …" Ich fühlte mich wie gelähmt und spürte, wie ich in meiner eigenen Wohnung mehr und mehr die Kontrolle verlor. Entlastung nahte erst, als Natalya auftauchte und mich um ein Gespräch unter vier Augen bat. Vergeblich. Nun war sie es, die sich die Geschichte seiner Trennungsfrustrationen anhören musste.

Auf dem Weg zum Fenster machte ich unwillkürlich bei einer Gruppe junger Leute Halt, die so um die dreißig sein mussten. „Was geschieht eigentlich mit uns, wenn die Klone am Ende entarten? Werden wir dann alle entstellte Fratzen sein? Und müssen uns selber entsorgen …?" Ich kann es nicht glauben. Was hat der Lange da eben gesagt? Ich denke an meine Manuskripte. Hab ich eigentlich den PC ausgestellt? Ich stelle mich enger in den Kreis, will mich bemerkbar machen. Doch man scheint mich völlig zu ignorieren. Irgendwas stimmt hier nicht! Dann labert der Lange, sichtlich angetrunken, von Entsorgungsproblemen und ersten Anzeichen einer Endzeitstimmung in Amerika, wobei er sich suchend nach einem Aschenbecher für seine abgebrannte Zigarette umsieht. Er nimmt eine leere Pralinenschachtel. Ich gebe mir alle Mühe ruhig zu bleiben. Bloß nichts anmerken lassen! Trotz einer schier undurchdringlichen Menschenmenge gelingt es mir, das Fenster zu erreichen. Bevor ich die Fensterbank leer geräumt habe, die mit Flaschen, Gläsern und zu Aschenbechern um-funktionierten Blumentöpfen voll steht, will jemand von mir wissen, wo man sich denn hier „mal langmachen" könne. Mir will keine rechte Ent-schuldigung einfallen. Ich sage gequält, dass ich dummer Weise grade ei-nen Anstreicher im Schlafzimmer habe.

Und dann bewahrheitete sich auf einmal eine schlimme Befürchtung. Knapp zwei Meter vor mir sehe ich sie auf dem Tisch liegen. Lieblos dahingeworfen. Es war grausam anzusehen. Diese Banausen hatten sich wie Tiere über sie hergemacht! Leer waren sie, allesamt leer! Diese Leute hatten es tatsächlich fertiggebracht, meine Packungen erlesenster belgi-scher Pralinen zu plündern: Trüffelpralinen der Marke Leonidas genauso wie Karamell von Neuhaus, Capuccino der Marke Godiva, Nougatine von

Pierre Marcolini und Pralinen der Confiserie Axel Hanf aus dem deutschsprachigen Ostbelgien. Von dem Mann, der sein Handwerk hauptsächlich in Deutschland erlernt und dann gemeinsam mit der Monschauer Senfmühle diese sagenhaften Senfpralinen entwickelt hat. Zwischen Papierresten und Schachteln befand sich ein Streifen mit der Aufschrift: Galler Pralinenriegel mit Grand-Marnier-Creme. Sogleich dachte ich an meine leckeren Orangette-Pralinen der Marke Wittamer und an die absolut edlen Kreationen von Passion Chocolat, die ja eigentlich im Külschrank stehen mussten. Auch Manon Café avec Noisette von Ovidias und Wacholder-Ganache von Corné sowie viele andere Genüsse aus unserem Keller vermutete ich nun unter den Opfern auf dem Schlachtfeld. Alle fort. Einfach leergeräumt. Diese Gestalten hatten sich tatsächlich über meine Schätze braunen Golds hergemacht. Unvorstellbar!

Sofort bahne ich mir einen Weg durch das Gedränge ins Schlafzimmer, das wie ein Wunder noch leer ist. Ich schließe mich ein und versuche mich zu konzentrieren. Sogleich höre ich einen Seufzer aus Bettrichtung. Oh Gott, auch das noch! Plötzlich erhebt sich jemand aus dem Bett. Versteinert sehe ich zu, wie eine Gestalt im Halbdunkel auf mich zukommt, immer näher und schließlich vor mir stehen bleibt. Es ist eine Frauengestalt. „Ach, Du bist das!", sage ich erleichtert zu Natalya, die aufgeregt an zu haspeln fängt: „Ich habe mit einer Frau gesprochen, die kennt offenbar Thibéry. Ich habe gerade versucht, ihn auf seinem Handy anzurufen, er antwortet nicht. „Du meinst, der hat …?" Bei diesen Worten rüttelte es heftig an der Türe. „Keine Ahnung, flüstert sie. Ich habe nachgedacht und ..." „Carla, bist Du da drin?" brüllt eine Männerstimme von draußen. Das Rütteln an der Türe reißt nicht ab. „Verdammt! Die ist zu. Wer hat die blöde Türe denn abgeschlossen? Carla?" Natalya sprach noch irgendwie geheimnisvoll von einer Ente. Oder kalte Ente? Der Rest ging unter im Lärm. Wir mussten schnell die Türe öffnen, um das schlimmste zu vermeiden. Lass mich nur machen, flüsterte sie mir noch rasch zu, als die ersten Personen begannen, unser Schlafzimmer zu infiltrieren.

Thibéry, das war ein freundlicher Praktikant, Mitte zwanzig, der sechs Wochen bei uns gewohnt hatte. Er hatte nach einem abgebrochenen Germanistik-Studium in Straßburg zunächst Politikwissenschaften studiert und dann in unserer Nähe ein Praktikum bei einem europäischen Wohlfahrts-Dachverband gemacht. Als sein Onkel, ein Arbeitskollege eines guten Freundes dringend ein Zimmer für ihn suchte, hatten wir ganz spontan eingewilligt und unser Gästezimmer vorübergehend vermietet. Sollte Thibéry am Ende etwas mit dieser Invasion zu tun haben? Er war ein sehr umgänglicher Typ, unauffällig und hilfsbereit. Zugegeben, er war sehr kontaktfreudig, wir hatten eigentlich relativ wenig von ihm gesehen, da er ständig unterwegs war und ein engmaschiges Praktikumsprogramm zu absolvieren hatte, wie er sich auszudrücken pflegte. Irgendjemand hatte einmal angemerkt, dass die Praktikanten bei den Verbänden und bei der Kommission keinen Anlass zum Feiern ausließen.

Ich versuchte, meine Angst zu unterdrücken, denn irgendetwas musste ja schließlich geschehen. Ich wollte diese Invasion unbedingt abschütteln. Wie heißt es so schön: Eine diplomatische Lösung muss her. Also gewaltfrei, ohne Aggressionen auszulösen. Schließlich habe ich es mit einer gefährlichen Übermacht zu tun! Besser nicht darüber nachdenken, wozu diese Leute fähig sein könnten. Nachdem ich mir mit einem Glas Caipirinha Mut angetrunken habe, spreche ich einen sympathisch wirkenden Typ an. Er heißt Guy. Nach einer Weile entschuldige ich mich und erkläre, dass ich so eine Art Gastgeber sei und es, obwohl erst Mitternacht, für uns bald Zeit sei und dass ja schließlich noch sauber gemacht werden müsse. Guy ist sichtlich bemüht mich zu beruhigen. Das sei doch alles gar kein Problem. Nachdem er sich genüsslich und wohlwollenden Blicks eine Zigarre angemacht hat, fügt er großzügig hinzu, dass er sich schon darum kümmern werde und: „Die andere Party soll ja erst später losgehen." „Die andere Party?", hake ich rasch ein. „Na ja, diese Frau hat mich eben davon überzeugt, dass heute Nacht woanders noch eine richtig gute Feier steigt. Etwas zum Abtanzen und etwas zum Anbeißen. Mit einem echten Buffet und so. Außerdem geht sie auch hin. Eine ganz heiße Nummer, sag ich Dir. Die solltest Du mal kennen lernen!" Ich schluckte. Das war etwas zuviel auf einmal!

Doch damit nicht genug. Was war das?! Mein Blick fiel auf etwas Angebissenes in der Hand eines Mannes neben mir. Ich erkannte sie sofort, denn es war ein ganz besonderes Prachtstück. Natalya hatte vor längerer Zeit Rezeptbücher gekauft und danach voller Begeisterung einen Kursus belegt. Doch diese Praline hier, deren Rest gerade im Bart eines dickwanstigen Kerls verschwand, war nicht nur aus unserer eigenen Hände Werk entstanden. Sie war unsere ureigene Erfindung, das Ergebnis wochenlanger Versuche und für mich die Königin aller Pralinen. Ihr Name war oben eingeritzt: „Mon Rêve". Bei Einladungen war sie wohl das wertvollste Geschenk, das wir Freunden machen konnten. Das Rezept war jedoch unser wohlgehütetes Geheimnis geblieben. Ich kochte vor Wut. Und eine Panik kam hinzu: Waren am Ende sogar die Aufzeichnungen unserer selbst entwickelten Rezepte in ihre Hände gefallen?

Ich musste endlich handeln. Auf meine freundliche Bitte hin stellte Guy überraschenderweise die Musik leiser, von der mir nicht klar war, wo sie eigentlich herkam. Er schaffte es sogar irgendwie, etwas Ruhe in das Wohnzimmer zu bringen. Dann nahm ich mir ein Herz und stellte mich auf einen Stuhl. Mit leicht gebrochener Stimme erkläre ich ohne Umschweife, dass die Zeit für uns jetzt leider gekommen sei, da wir ganz ehrlich müde seien und morgen sehr früh aufstehen müssten und dass wir daher leider langsam zum Ende kommen müssten. Ich fände es übrigens klasse, wenn noch jemand zum Aufräumen dableiben könnte …

Wie nicht anders zu erwarten, war die Reaktion fatal. Hatten zu Beginn meiner Ansprache hier und dort noch vereinzelt Gespräche stattgefunden, so herrschte jetzt Totenstille. Schon schienen sich die Gesichter zu verfinstern und zwei Männer vor mir fingen an zu raunen. Ich verwünschte mich mitsamt meiner riskanten, ja verrückten Ansprache. Wird etwa jemand auf mich losgehen? Werden sie jetzt vielleicht erst recht die Wohnungseinrichtung zerlegen? Doch he, was war das? Da gab es auf einmal vereinzelte Lacher. Aus einer Ecke hieß es: „He, bist Du Schauspieler, oder was?!" und dann „Zugabe, Zugabe!" Weitere Kommentare gingen in schallendem Gelächter unter. Das Eis war gebrochen. Schwein gehabt!

Von hinten klopfte mir irgendjemand so kräftig auf die Schulter, dass es nachhaltig schmerzte. Ich ließ mir nichts anmerken und versuchte zu lächeln. Es war Guy. Er hielt mir ein Glas entgegen, irgendeinen Rotwein. Egal, ich trank. Dann sah ich, dass die Wohnungstüre offen stand und sich einzelne Gäste ankleideten. Hoffnung keimte. Aber bloß nichts anmerken lassen! Von Umherstehenden schnappte ich ein paar Wortfetzen auf, wonach diese Nacht noch woanders abgerockt würde, eine Riesenparty mit Buffet und Live-Musik. In der Tat hatten ein paar „Gäste" die Wohnung verlassen, andere schickten sich zum Aufbruch an. „Wie wär's, gehen wir auch zur Konkurrenz, zum Abtanzen?!" rief mir jemand zu. Es war Natalya. Sie zwinkerte mir zu, während sich mein freundlicher Aufräumhelfer Guy im Vorübergehen verabschiedete. Er hatte es nun doch ziemlich eilig.

„Mit Live-Musik und Buffet?", frage ich sie. „Ja, Buffet mit Ente!", lautet ihre Antwort, unterlegt mit einem vielsagenden Grinsen. Und dann kommt sie auf mich zu und flüstert mir ins Ohr: „Nachrichtenente!"

Langsam wurde die Wohnung leerer und das gesamte Ausmaß der „Verwüstung" sichtbar. Niemand wollte sich am Aufräumen beteiligen. Doch das war mir in diesem Augenblick gleichgültig, Hauptsache sie geben uns die Wohnung zurück. Denn damit hatte ich so schnell nicht gerechnet, nicht einmal im Traume …

Schokoladen im Schokoladen: Edle handgemachte Pralinen lachen den Besucher an.

Ungewöhnlicher Wirbel

Was Natalya in dieser Stadt am meisten stört, ist der Umstand, dass in Brüssel fast niemand ihre Muttersprache spricht und dass noch lange nicht jeder Einwohner Englisch beherrscht.

Als ich am späten Nachmittag am Ende eines stürmischen Arbeitstags nach Hause komme, kann Natalya die beiden Zucchini nicht finden. Sie hat sie selber vormittags gekauft, da ist sie sich ganz sicher. Es ist dringend, denn das Essen für die Gäste morgen muss vorbereitet werden. Also nichts wie auf die Suche!

Ich fühle mich wieder wie ein ausgetragener Schuh, denke ich beim Abstreifen derselben und überlege: Vielleicht meint Natalya gar keine Zucchini? Manchmal nimmt sie ja diese Verwechslungen in der deutschen Sprache vor. Erst neulich sprach sie von Lock-Entwicklern und ein anderes Mal vom Kölner Zirkusamt. Was soll man sich darunter schon vorstellen! Erst nach ein paar Rückfragen stand dann fest: Es handelte sich um Lockenwickler und das Bezirksamt. Aber bei Zucchini, nein, da war an Verwechslung eigentlich nicht zu denken.

Aber die folgende Frage rutschte mir dennoch heraus:

„Hast Du die Zucchini auch bestimmt mit nach Hause gebracht?"

„Ja, ich erinnere mich genau, der eine hatte so einen seltsamen Wirbel."

„Einen Wirbel?"

„Ja, einen Wirbel, am Hals."

Während der gemeinschaftlichen Suchaktion macht Natalya lautstark ihrer Empörung darüber Luft, dass ein Verkäufer wieder mal kein Englisch verstanden und nur auf Französisch und Flämisch zu ihr gesprochen hatte. Und das in der sogenannten europäischen Hauptstadt Brüssel!

„Ich bin in die Drogerie zurückgekehrt, weil ich heute Morgen meine Handschuhe irgendwo verloren hatte. Mit Händen und Füßen habe ich gefragt, ob sie vielleicht ein paar Handschuhe gefunden haben und immer wieder verzweifelt auf meinen Pulli gedeutet, der die gleiche Farbe hat. Doch die einzige Antwort war und blieb: „Non, non Madame, désolée, nous ne vendons pas de gants. Pas ici! Da müssen Sie schon in das Textilgeschäft schräg gegenüber gehen."

„Ich hatte schon den Kampf aufgegeben und wollte gerade weggehen, als eine der Angestellten eine Erleuchtung hatte und unter der Ladentheke plötzlich meine Handschuhe hervorzauberte."

Nachdem das ganze Haus nach den verschwundenen Zucchini durchsucht worden war, richtete ich mich innerlich darauf ein, Ersatz zu beschaffen. Zunächst wollte ich etwas klären:

„Warum hast Du eigentlich nicht einen anderen Zucchino gekauft?"

„Einen anderen?"

„Ich meine, wenn dieser eine so einen komischen Knubbel oder was auch immer …"

„Du meinst den Wirbel am Hals?"

„Ja, meinetwegen den."

„Was ist denn damit?"

„Nun ja, man weiß ja nie, vielleicht war er krank oder so."

„Ich glaube Du bist auch … wie ein richtiger Wirbelwind. Manchmal."

Zwischendurch höre ich mal wieder den Anrufbeantworter ab. Zwei Anrufe ohne Mitteilung und dann diese Nachricht mit ansteigender und eindringlicher Stimme:

„Hallo Jung, ich bin es, die Mutter ... Mir ist noch etwas eingefallen zu unserem Gespräch. Hallo? Nun hör doch mal! Hallo …?"

Ich freue mich und denke bei mir, Mutter bleibt unverbesserlich im Umgang mit der Technik. Warum redet sie bloß immer so eindringlich auf meinen Anrufbeantworter ein? Glaubt sie am Ende, ich stünde neben dem Gerät und will den Hörer nicht abheben? Es ist immer dasselbe seit zwei Jahren: Sie meldet sich selten und wenn ich sie einmal pro Woche anrufe, dann verliert sie nach drei Minuten das Interesse an unserer Konversation, schafft es das Gespräch abzubiegen, um sich schon ein paar Stunden später telefonisch bei mir zu melden und mir einen wichtigen Nachtrag zu unserer Unterhaltung zu liefern. Daher hatte ich ihren Anruf schon erwartet. Ich würde sie nachher zurückrufen.

Tief in Gedanken und besorgt fiel mein Blick auf meinen mit einem Meter zwanzig größten Sprössling. Er ist der ganze Stolz meiner Erziehung. Was ist denn das? Er war in einem schrecklichen Zustand. Was war bloß mit ihm geschehen?

Da klingelt mein Handy. Ich laufe nach oben, doch bis ich es gefunden habe, hat der Anrufer aufgelegt. „Sie haben zwei neue Nachrichten." Es war Zeit zum Abrufen meiner Sprachnachrichten. Was war das? Ich soll mich dringend bei meinem Freund Joachim melden:

„Es ist etwas Schreckliches passiert und ich weiß noch nicht, wo ich mich in den nächsten Tagen und Wochen aufhalten werde." Mein Gott! Er wird doch nicht … Joachim lebt seit ein paar Jahren getrennt und wartet auf die Scheidung. Doch es ist geradezu, als ob seine Ehefrau ein Heer von

Anwälten beauftragt hätte, um zu verhindern, dass eine andere ihren Platz einnimmt. Wie oft hatte sie ihn oder seine Lebensgefährtin in den vergangenen Monaten mit Drohanrufen gedemütigt. Es war immer wieder zu weitschweifigen Wortgefechten gekommen. Zwei oder drei Mal musste die Polizei eingreifen. Voller Rage hatte sie sogar mit Mord gedroht. Diese Drohungen waren ihrem Temperament zuzuschreiben und ihrer verlorenen Ehre. „Sie kommt eben aus einem anderen Kulturkreis", sagte Joachim dann immer, wie um sich selbst zu beschwichtigen. „Sie kann ihr Leben als geschiedene Ehefrau nicht mit ihrem Ehrgefühl vereinbaren." Sollte jetzt vielleicht jemand eine Kurzschlusshandlung begangen haben? Ich musste Joachim sofort erreichen. Natürlich war sein Handy abgeschaltet.

Und dann dringt wieder dieses erbärmliche Kindergeschrei durch die sieben Centimeter dünne Hauswand des Reihenhauses von den Nachbarn herüber. Selbst die Extra-Isolierung im Schlafzimmer schaffte kaum eine Abhilfe. Es hört sich an wie Kindesmisshandlung. Ob die schwedische Mutter oder der niederländische Vater vielleicht gewalttätig ist? Seit den Skandalen früherer Jahre schießen einem in Belgien bei diesem Thema schnell eine ganze Reihe Gedanken durch den Kopf. Wie heißt es doch immer wieder in den Nachrichten: Den Nachbarn war nichts Besonderes aufgefallen. Oder: Die Nachbarn wollten sich zu den Fragen der Journalisten nicht äußern.

Dann kam Natalya und ich stellte sie aufgeregt zur Rede:
„Was ist eigentlich mit unserem Sprössling los?"
„Was soll schon los sein mit ihm, er ist manchmal etwas launisch."
„Das nennst Du launisch? Schau mal, wie der aussieht, völlig runtergekommen ist er."
„Das kann schon mal vorkommen. Vögel sind auch zu bestimmten Zeiten vorübergehend in der Mauser."
„Mit dem Unterschied, dass unser Sprössling keine Federn besitzt. Seine Arme hängen schlapp und ausgemergelt herunter, so als habe er den Lebenswillen aufgegeben."

Die Lage war eindeutig für mich. Natalya hatte den Kaktus einfach zu oft gegossen. Lamentierend halte ich ihr vor, dass sie ihn nur alle zwei Wochen gießen solle, während die meisten anderen Pflanzen mit einem Mal gießen pro Woche durchaus auskämen, abgesehen von dem Papyrus natürlich und ein, zwei anderen Spezies im Haus. Aber es half alles nichts. Ich musste also mein lange angekündigtes Werk zeitlich vorziehen. Mein Umfeld brauchte dringend ein Handbuch mit den Prozeduren für wichtige Angelegenheiten des Alltags, um nicht ständig mit mir anzuecken. Von der

Organisation des Frühstücks bis zum Zubettgehen, Verfahrensweisen und Regeln können ungeheuer hilfreich sein, wie jeder weiß. Blumengießen, Einkäufe, Fahrkarten ziehen, Hausreinigung und das Freimachen von Briefen für das Ausland, alles unterliegt irgendwelchen Regeln sowie mysteriösen Gewohnheiten, die man möglichst harmonisch und rationell organisieren sollte. Doch vielen Menschen fehlt einfach das nötige Talent dazu. Viele Menschen ahnen vermutlich gar nicht, wie wunderbar harmonisch man den Alltag durchorganisieren kann. Sie alle brauchten dringend das *Procedures-Handbook*, in das ich bislang nur Natalya eingeweiht hatte. Die Eingeweihte hatte längst erkannt, dass es besser war, mich in meinem Projekt zu unterstützen, anstatt mit abfälligen Bemerkungen dagegen zu Felde zu ziehen.

„Mensch, klar, Du musst der Welt endlich Dein *Procedures-Handbuch* schenken, um all die ziellos herumirrenden, ahnungslosen Menschen aus ihrem Schlaf zu wecken."

Das war ein Wort! Ich versprach Natalya, gleich morgen damit zu beginnen, während mein Blick auf einen Stapel Post fiel:

„Was ist das hier eigentlich?" frage ich mit einer düsteren Vorahnung.

„Die Post", lautet ihre unschuldige Antwort.

„Aber ich habe doch schon die Post geöffnet."

„Na, dann muss es wohl die Post von gestern sein."

Irritiert schaue ich sie an.

„Siehst Du, ich muss noch heute mit dem *Procedures-Handbuch* beginnen. Wie kann ich denn wissen, dass auf dieser Esstischbank wichtige Post auf mich wartet?"

Natalya räumt sofort ein, dass sie dringend klare Instruktionen brauche und mir sehr gerne bei der Erarbeitung des Buches zur Hand gehe. Mit den Worten, sie könne auch die Übersetzung in die russische Sprache übernehmen, packt sie sich etwas unter den Arm und geht ins Erdgeschoss. Nervös fingere ich an den Briefumschlägen herum und entnehme ihnen die Werbung eines Buchverlags und ein Versicherungsangebot. Bevor Natalya zurück ist, habe ich alles im Abfalleimer verschwinden lassen.

Als ich die Suche wieder aufnehmen will, klingelt das Telefon. Es ist Marta. Die belgische Seniorin möchte lieber doch keinen deutschsprachigen Konversationsnachmittag mehr. Mit einem Gefühl aufrichtiger Dankbarkeit nehme ich an. Doch vermutlich ändert sie ihre Meinung noch mal. Während des Telefonats sehe ich sie vor meinem geistigen Auge, mit einer Lupe in der Hand, die weißen Haare notdürftig zu einem Dott zusammengebunden. Und dann sehe ich sie mit drei verschlissenen Tragetaschen über die Straße ziehen, leicht nach vorne gebeugt, etwas kurzatmig und sehr kurzsichtig. Die Taschen müssen so verschlissen sein, damit sie nicht wieder Opfer eines Raubüberfalls wird. Eine der Taschen ist gefüllt mit ihren Lebensmitteln aus der Küche, die anderen mit den wichtigsten Dokumenten. Es ist sicherer, man hat alles bei sich.

Kauft Marta Lebensmittel ein, dann ausschließlich Bio-Organisches, versteht sich. Obendrein ist sie eine eingefleischte Vegetarierin. Darum schleppt sie sich humpelnd, mit Müh und Not zu einem der Bioläden, die quer über die Hauptstadt verteilt sind: Dolma, Tsampa, Sequoia oder L'Essence-Ciel. Da kennt sie sich aus. Eine wichtige Ausnahme macht sie allerdings. Das ist hochprozentige Schokolade. Mit mindestens 70 Prozent Kakaoanteil. Denn Kakao ist gesund wie man weiß. Und seit Wissenschaftler herausgefunden haben, dass sie sogar Falten vorbeugt und das Risiko von Magengeschwüren verringert, ist eine gute Schokolade schon fast Medizin für sie. Und weil sie schon lange nicht mehr Kochen kann, isst Marta zuhause nur noch kalte Speisen. Mit ihren drei oder vier künstlichen Schneidezähnen als letzten Kauwerkzeugen freut sie sich hin und wieder auf Pasta oder Fisch in einem Restaurant. Marta kann sich das erlauben. Sie ist kinderlos und hat auch keine Familienangehörigen mehr, seitdem sich ihre Nichte vor einem Jahr bei einem Wochenendbesuch aus Martas Gästezimmerfenster grausam in den Freitod gestürzt hat. Sie konnte angeblich die üble Nachrede ihrer Nachbarn nicht mehr ertragen. Im Leben sei ihr zum Verhängnis geworden, dass sie als nicht eheliches Kind zur Welt gekommen sei, gezeugt von einem deutschen Soldaten während der Besetzung Belgiens im Zweiten Weltkrieg.

Auf dem Tisch vor mir liegt ein aufgeschlagenes Rezeptbuch. Während Marta am Telefon nicht zu bremsen ist, lese ich in Natalyas Zakuski-Rezepten über leckere Appetithappen aus Russland: „In Mehl gewelzte Zucchini-Scheiben in Öl anbraten. Anschließend eine gut gemischte Paste aus gekochtem Ei, Mayonnaise und Knoblauch darauf verstreichen." Meine Geschmacksnerven erinnern sich gut an die letzte Begegnung damit. Verdammt, diese Zucchini müssen unbedingt her!

Marta berichtet derweil am Telefon gnadenlos detailliert, wie sie unterwegs wieder gestolpert und hingefallen ist und ich erinnere sie daran, dass sie endlich mal wieder einen Arzt aufsuchen wollte. Ich ermahne sie auch, ihre Lebensmittel zuhause zu lassen, um sich auf der Straße nicht jeden Tag mit schweren Taschen zu belasten. Doch vergeblich. Sie wendet ein, dass die Ganoven erst vor wenigen Tagen wieder ein Dokument aus ihrer Wohnung entwendet hätten. Außerdem hätten „diese Leute" versucht sie zu vergiften. Es scheint ganz so, als ob Marta ein hoffnungsloser Fall ist. Sie glaubt fest daran, dass man ihr wertvolle Bücher aus der Wohnung entwendet und ihre Kleidungsstücke böswillig versteckt, damit sie diese nicht wiederfindet. Meine Gespräche mit ihr erinnern mich irgendwie an einen Film mit Woody Allen: "Ich leide nicht an Verfolgungswahn, aber das heißt noch lange nicht, dass sie nicht hinter mir her sind."

Zur Auffrischung ihrer Deutschkenntnisse gibt Marta ihr äußerstes. Sie möchte eine Kurzbiographie Herman Hesses mit meiner Hilfe ins Französische übertragen. Auch wenn sie so gut wie keine aktiven Deutschkenntnisse mehr besitzt, überrascht die alte Dame mich immer wieder mal mit brillanten Ideen für die Übertragung der Biographie aus dem Deutschen. Kommt Marta zu mir, dann hat sie sich vorher im nahe gelegenen Café mit einem starken Kaffee angeregt. Sie ist im Grunde genommen begeistert, aber nach einigen Sitzungen gibt sie nun enttäuscht auf. „Ich vergesse jede Vokabel, selbst mit Lupe ist das Lesen kaum möglich und in meiner Wohnung lebe ich in völliger Unsicherheit. Erst letzte Woche haben sie meinen Badeanzug gestohlen, der auf der Kommode im Schlafzimmer lag. Und das, obwohl ich bereits dreimal die Türschlösser ausgewechselt habe. Aber den Arbeitern der Schlüsseldienste kann man ja auch nicht mehr trauen", klagt Marta und bevor ich einhaken kann, geht sie zum nächsten Thema über: „Jetzt hat mir auch noch der Vermieter wegen Eigenbedarfs gekündigt. Was soll ich machen? Außerdem habe ich entsprechend einer Empfehlung aus einer Radiosendung von einem Bestatter Vertragsunterlagen über meine Kremation angefordert. Könnten Sie sich die Unterlagen nicht durchlesen? Ich wüsste gerne Ihre Meinung dazu."

Ich gerate ins Stocken. Die Gute wird in kürze achtzig Jahre alt. Da fällt es mir schwer, nein zu sagen. Alles andere können Sie sich denken.

Nach dem Telefonat durchsuche ich mit einem letzten Hoffnungsschimmer die Garage. In den Satteltaschen, zwischen Kartons und Getränkekisten. Auch die Mülltüte muss dran glauben. „Wenn sich hier so ein Zucchino verschanzt hält, geht es ihm aber an den Kragen!" bricht es aus mir heraus. Dieser Gedanke lässt mich stocken. Kragen? Hals? Halswirbel …? Meine Suche bleibt jedenfalls vergeblich. Ich finde aber eine riesige Packung Pralinen, versteckt in einem Kellerschrank. „Ob es hier noch mehr geheime Pralinenreserven gibt?", frage ich mich. Um Natalya auf den Zahn zu fühlen, lasse ich die Bemerkung fallen, dass ich ungeahnte Pralinenvorräte aufgetan hätte. Schweigend durchdrang mich Natalya mit ihrem Blick. Irgendwann rang sie sich zu dem Kommentar durch: „Die habe ich für unsere Gäste gekauft." Zu spät wurde mir bewusst, dass in drei

Tagen mein Geburtstag sein würde und ich verwünschte mich mitsamt meiner Hinterhältigkeit.

Da meldet sich Joachim telefonisch, dem ich eine Nachricht auf das Handy gesprochen habe. Ich bin froh, dass er und seine Frau beide wohlauf sind. Er ist mit seiner Lebensgefährtin unterwegs, um bei der rumänischen Botschaft ein Visum zu beantragen. Der Vater seiner Lebensgefährtin ist letzte Nacht verstorben. Sie wollen nach Rumänien reisen, solange der Leichnam aufgebahrt ist.

Als die Klappe des Briefkastens im Erdgeschoss laut zuschlägt, läuft Natalya eilig die Treppe hinunter, weil sie nach Wochen immer noch auf einen Brief einer Freundin aus ihrer Heimat wartet, vermutlich weil der russische FSB seinen Vorgänger KGB in Gründlichkeit überbieten möchte. Ich frage mich immer, woher Natalya schon Wochen vorher so genau weiß, dass ein Brief für sie unterwegs ist. Vielleicht kennt sie ja auch den Inhalt des Briefs längst aus einer E-Mail?

Sie kommt wieder nach oben und legt zwei Zucchini und einen Brief vor mich auf den Tisch.

„Die lagen zwischen Altpapier, Reklameblättchen und leeren Pralinenpackungen in der blauen Kiste unter dem Briefkastenschlitz.", meint sie knapp.

„Dann liegen sie vielleicht schon länger dort.", entfährt es mir.

„Da, schau doch bloß, der Wirbel!", entgegnet sie.

„Ach so, na ja, und wo soll nun der Hals sein?"

„Wie, wo ist der Hals? Zucchinis haben einen langen Hals. Alle Zucchinis haben den … Warum ist das so wichtig, mein Gott!"

„Ja sicher, Du hast recht, sie sind eben insgesamt ziemlich halsig, die Dinger.", lenke ich schnell ein.

Der Brief war für mich und stammte von meiner Ex-Frau. Sie habe mit ihrem neuen Lebensgefährten Schluss gemacht und brauche dringend meine moralische Unterstützung, wie sie ausführlich beschreibt, ohne zu versäumen, mich vor meiner neuen Lebensgefährtin zu warnen. Ich verdiente etwas Besseres. Wie selbstlos von der Guten!

Um 22 Uhr klingelt das Telefon wieder. Diesmal ist es Zef, ein albanischer Bekannter, der sich als professioneller Akkordeonist den Lebensunterhalt mit Konzerten und als Akkordeonlehrer verdient. Natalya hat ihn vor ein paar Tagen in der Metro musizieren gesehen. Ob er dringend Geld braucht? Am Telefon erzählt Zef wieder mal, er plane ein gemeinsames Konzert in Albanien und schlägt eine DVD-Aufnahme meiner Musikgruppe vor. Ein Freund sei Kameramann eines albanischen Privatsenders und habe Erfahrungen damit. Er lässt nicht locker. Ob wir uns nicht in seinem Café treffen könnten. Irgendwie mache ich ihm klar, dass das jetzt nicht der richtige Zeitpunkt ist:

„Wir sollten dran bleiben an der Idee. Demnächst spreche ich mit meinen Freunden darüber …"

Gegen Mitternacht schleppe ich mich nach oben ins Schlafzimmer und lasse mich ins Bett fallen. Nach diesem ungewöhnlichen Wirbel schlafe ich auf der Stelle ein. Ich werde wach, weil es wieder klingelt. „Wer ist denn das noch um diese Uhrzeit?", geht es mir durch den Kopf. Ich drehe mich zur Seite und schlafe weiter. Doch kurz darauf höre ich von weitem eine Stimme: „Es ist höchste Zeit zum Aufstehen! Und mach den Wecker bitte endlich aus!" Es fiel mir schwer das zu glauben. Ich schaltete meinen Wecker aus und schaute schläfrig auf die Uhr: Tatsächlich, es war schon halb Acht!

Amuse-Gueules und die hohe Schule der Eurokratie

Entdeckungstouren auf der Häppchenmeile der Eurolobby

Sie gingen durch den Parc Léopold im Brüsseler Europaviertel und waren gerade an der Bibliothèque Solvay angekommen, als Daniel davon sprach, dass in der Eurolobby gesellschaftliche Veranstaltungen manchmal mehr bewegen könnten als amtliche Konferenzen mit Experten von Gemeinschaftsinstitutionen und Mitgliedstaaten. Außerdem werde oft zuerst die Sprachenfrage diskutiert, wobei immer Englisch, manchmal zusätzlich noch Französisch herauskäme. Deutsch als dritte Konferenzsprache werde in den Gremien wenig nachgefragt, weil die deutschen Vertreter aus den Ministerien und die deutschen EU-Beamten sich vorbildlich im europäischen Bauwerk integrieren und nicht auffallen wollten. Außerdem erfülle es sie mit großem Stolz, ihre Fremdsprachenkenntnisse vorzuweisen, was dem Status der Sprache abträglich sei. Daniel muss es ja wissen, dachte sich Thorsten, denn er ist Dolmetscher bei den europäischen Institutionen.

Der Mann an der Rezeption sah Daniels Dienstausweis vor der Brust baumeln und ließ sie eintreten, ohne auch nur einen Blick auf die Einladung zu werfen. Vom Rednerpult drang den Beiden ein heftiger Redeschwall herüber. Sie mussten mit den letzten freien Plätzen Vorlieb nehmen, ausgerechnet in der ersten Reihe. Mit deutschem Akzent referierte der Direktor einer Stiftung eines großen deutschen Verlagshauses voller Selbstüberzeugung auf Englisch darüber, dass sein Haus auf dem besten Weg sei, zum Vordenker für Europa zu werden. Die Beiden fühlten sich wie vor dem Prediger einer sektiererischen Kleinkirche und versanken – nicht so sehr aus Ehrfurcht – tiefer in ihre Stühle, soweit das auf diesen Klappmodellen möglich war. Ein hoher Anspruch, dachte Thorsten bei sich: Der Mann will sicher punkten und irgendwelche Töpfe anzapfen. Immer wieder fiel das Wort „*think tank*". Ja, seine Stiftung verstehe sich als „*think tank*" Europas. David stieß Thorsten in die Seite und sie mussten ihr Lachen unterdrücken. Der Prediger aus einer Denkfabrik hatte Schwierigkeiten mit der englischen Aussprache und sagte jedes Mal „*sink tank*", ohne die Blamage nur zu erahnen.

Nach einer knappen Stunde wollte Daniel raus aus der Hitze dieses Gebäudes. Es war ein heißer Tag und es gab keine Klimaanlage in dem altehrwürdigen Saal der Bibliothek. Er schlug vor, auf ein Glas Rotwein oder Bier in die EU-Vertretung eines österreichischen Bundeslandes zu gehen. Unterwegs erkundigte Thorsten sich danach, ob Daniel in den fast zehn Jahren in Brüssel einen Freundeskreis aufgebaut habe. Der gab zu verstehen, dass er durch Sprachkurse und Fortbildungen viele Bekanntschaften gemacht habe und sein internationaler Freundeskreis unaufhörlich anwachse. Nur eine Freundin fehle ihm immer noch. Aber es gäbe interessante Abende in den europäischen Lobby-Büros, die häufig mit einem Empfang endeten. Fast täglich fänden irgendwelche Veranstaltungen im Umfeld der EU statt, angefangen von Vernissagen bis zu Vorträgen. „Und dazu wirst Du persönlich eingeladen?", wollte Thorsten wissen. Nicht er selbst werde von so vielen Seiten hofiert, gab er zu verstehen, sondern Rudolf, ein guter Bekannter von der Kommission. Der betrachte es als eine Art Sport, möglichst viele Einladungen zu erhalten. Das sei Balsam für sein Selbstwertgefühl, denn im Büro sei er weder erfolgreich noch beliebt. „Rudolf befindet sich auf allen möglichen Gästelisten, angefangen von Botschaften und Regionalvertretungen über Kultureinrichtungen wie das Goethe-Institut bis hin zur Stadt Brüssel."

Thorsten arbeitet in einem Bonner Ministerium und kennt Daniel von der gemeinsamen Studienzeit. Brüssel war ihm von mehreren Besuchen bekannt. Daniel hatte gemeint, er solle seinen Besuch diesmal nutzen, um ihn auf seinen Streifzügen durch die Lobby-Landschaft zu begleiten. Daraufhin hatte sich Thorsten überreden lassen, im Europaviertel mehrere Tage hintereinander Vorträge und Empfänge zu beschnuppern. Thorsten hatte schon allerhand über das Euro-Lobbying gelesen. Es war ihm geläufig, dass unzählige Staaten, Regionen, Gemeinden sowie Wirtschaftsverbände, Banken, Versicherungen und Wohlfahrtsverbände in unersättlichem Informationshunger in die EG-Metropole drängen, weil zwischen 60 und 80 Prozent aller für die Wirtschaft und die Gesellschaft wichtigen Entscheidungen heute in Brüssel getroffen werden. Eine frühzeitige Unterrichtung über geplante Regelungen bietet die größten Chancen für eine Einflussnahme im viel gepriesenen Lobbying. Wer die Mitwirkung an den zahlreichen EG-Förderprogrammen versäumt, in denen häufig Standards festgelegt werden, kann später keinen Einfluss mehr darauf nehmen. Also gilt es für die Horchposten, Augen und Ohren offen zu halten. Die abendlichen Empfänge von Montag bis Donnerstag haben dabei eine Schlüsselfunktion. Dutzende Telefonate sind manchmal weniger erfolgreich als die Teilnahme an einem Cocktail, der sich gewöhnlich zwischen 19 Uhr und 21 Uhr abspielt. Und so manches Stück Lachs und so mancher Schluck Sekt beflügelt die Informationsbranche.

Auch zur Vernissage kamen Thorsten und Daniel mit Verspätung. Dort sprach gerade ein Regierungsvertreter die Laudatio auf den Künstler. Das Wort hatte ein Staatssekretär, der mehrfach Bedauern ausdrücken musste, dass der für Europafragen zuständige Minister nicht selber anwesend sein konnte. Er leierte die Biografie des Künstlers herunter, mit einer Aufzählung seiner Ausstellungen in Banken, Schlössern und Galerien. Anschliessend drechselte er eine blumenreiche Rede, die an Abstraktheit in nichts hinter den Werken des Künstlers zurückstand. Die riesigen Gouachen aus selbst angerührten Farbpigmenten ließen viel Raum für Interpretation und Phantasie und strahlten allemal genug Wärme und Anziehungskraft aus, damit Thorsten und Daniel die Rede nicht zu lang wurde.

Beim anschließenden Rundgang unterhielten sie sich bei köstlichen Lachs-Spinat-Röllchen aus jungen Spinatblättern, mit Räucherlachs und Frischkäse auf Brot, genauso köstlich über Frauen. Daniels Kollege Rudolf war auch gekommen. Er empfahl Daniel, auf sogenannte *Stagiaires*-Partys zu gehen. Bei der Willkommensfeier für neue PraktikantInnen in der Kommission müsse er dabei sein: „Das ist eine tolle Gelegenheit zum ungezwungenen Kennenlernen. Gerade als Frankreichfan. Auf diesen Rezeptionen hier, mit *Finger Food*, lässt sich keine Französin aufgabeln."

Als es Rucola in Balsamico mit gebratenen Eierschwammerln gab, war Daniel begeistert: „Veranstaltungen deutscher und österreichischer Regionen gehören auch aus kulinarischer Sicht zum Feinsten, was die Europalobby zu bieten hat. Das muss der aufrichtige Genießer anerkennen."

Indem sich Rudolf über einen kulinarischen Ausdruck belustigte, gab er Daniel eine Steilvorlage für sein Lieblingsthema Sprachwissenschaft: „Bei uns nennt man sie zwar Pfifferlinge. Aber Europa ist plurizentrisch, so wie die deutsche Sprache. Und seit dem EU-Beitritt Österreichs 1995 steht *Eierschwammerl* als eine gleichberechtigte Variante neben hochdeutsch Pfifferlingen. Das Österreichische Wörterbuch führt tausende sprachlicher Besonderheiten auf. Doch im März 1994 haben sich hochrangige österreichische Landesvertreter beim Mittagessen im Europaviertel für genau 23 Wörter entschieden, die in einem besonderen Protokoll aufgelistet wurden und die Eigenständigkeit ihrer Sprachkultur symbolisieren sollen. In den Gesetzesblättern der EU hat neben Kartoffel deswegen immer *Erdapfel* zu stehen. Genauso wie *Marille* neben Aprikose, *Karfiol* neben Blumenkohl, *Topfen* neben Quark, *Powidl* neben Pflaumenmus, *Ribisel* neben Johannisbeere und natürlich *Obers* neben Sahne."

Vor dem Nachhauseweg wurden sie prompt mit frischen *Vanillekipferln* verwöhnt. Am Ausgang lagen Broschüren österreichischer Verkehrsämter aus. Daniel nahm voller Begeisterung, ohne groß auf den Titel zu achten, jeweils drei Broschüren mit, und das gleich in mehreren Sprachen. „Für Freunde", meinte er. Thorsten fiel auf, dass Daniels Sammelleidenschaft in punkto Informationsmaterial mit Schwerpunkt Europa astronomische Dimensionen angenommen hatte. Auf dem Nachhauseweg entspann sich eine wilde Unterhaltung, weil sich die ehemaligen Studienkollegen über ein Jahr lang nicht gesehen hatten. Seit dem Fortzug Daniels aus Bonn trafen sie sich selten. Und so wurde es ein langer Abend.

Als er im Bett lag, war Thorsten wie aufgekratzt. In dem Gäste- und Arbeitszimmer wurde er auf der Suche nach Lesestoff mühelos fündig. In endlosen Regalwänden und auf dem Fußboden waren haufenweise Broschüren gestapelt, das Zimmer war halb voll davon. Die Themen reichten vom Europa-ABC und dem Euro bis zu den unterschiedlichsten Förderprogrammen. Aber auch Faltblätter und Hochglanzbroschüren über die Loire-Schlösser und Ferien auf dem Bauernhof in Thüringen waren darunter. Thorsten musste schmunzeln. „Was macht Daniel bloß mit den hunderten Broschüren?", ging es ihm durch den Kopf. „Allem Anschein nach hat seine alte Sammelleidenschaft nun vollends Besitz von ihm ergriffen. Vielleicht bedarf es einer Frau, um diese Art Rabschgier abzulegen."

Am zweiten Abend fuhren sie in den flämischen Ort Tervuren bei Brüssel. Mehrere politische Stiftungen hatten in seltener Einmütigkeit zu einer Konferenz unter dem Thema *„Neuer Aufbruch in Europa"* in den Kolonienpalast neben dem Zentralafrikanischen Museum eingeladen. In dem Park hinter dem Museum waren 1897 bei der Weltausstellung 65 afrikanische Eingeborene wie Ausstellungsobjekte vor ihren Zelten zu sehen gewesen. Für sieben von ihnen wurden europäische Krankheiten wie Erkältungen zum endgültigen Verhängnis. Thorsten war bei einem Spaziergang genauestens aufgeklärt worden.

Hundertzehn Jahre später gab es im Kolonienpalast also einen Informations- und Diskussionsabend rund um den neuen EU-Reformvertrag, der während der portugiesischen Ratspräsidentschaft ausgehandelt worden war, um den gescheiterten Verfassungsvertrag in eine bescheidenere Form zu gießen. Unter den geladenen Gästen befanden sich Vertreter der Gemeinschaftsinstitutionen, einige Abgeordnete und eine bunte Schar Lobbyisten. „In Portugal ist es den 27 Staats- und Regierungschefs gelungen, sich aus der Europa-Lethargie zu befreien. Durch den Reformvertrag werden die Entscheidungsmechanismen des Vertrags von Nizza generalüberholt, die Mehrheitsentscheidung ausgedehnt und die Blockadehaltung einer Minderheit im Rat erschwert."

Der kurzatmige Moderator auf dem Podium holte kurz Luft und fuhr fort. „Einigkeit spricht auch aus der Vergemeinschaftung der Rechts- und Innenpolitik. Das bringt dem Europäischen Parlament mehr Mitentscheidungsrechte. Endlich kann die einzige Instanz, die einen direkten Auftrag vom europäischen Bürger besitzt, die Wählerinteressen in fast allen europäischen Angelegenheiten wahrnehmen. Nach dem Scheitern der Referenden über den Verfassungsvertrag in Frankreich und den Niederlanden haben die europäischen Politiker alles daran gesetzt, Terrain gutzumachen und den Bürger mitzunehmen. Bei Inkrafttreten im Januar 2009 wird der neue Reformvertrag endlich ein Zeichen gegen den Stillstand Europas setzen. Das setzt aber voraus, dass die Staaten bis dahin ihre Hausaufgaben machen und das Reformwerk auch ratifizieren."

Zur Belohnung für den Fleiß der portugiesischen Ratspräsidentschaft geht das Werk als „Vertrag von Lissabon" in die Geschichte Europas ein. Ende 2007 reisen auf Drängen Portugals 27 Staats- und Regierungschefs zur Unterzeichnung des Vertragswerks extra nach Lissabon und erst anschließend zum Gipfel nach Brüssel.

Thorsten erwachte aus seinen Gedanken, weil ein Gewerkschaftsvertreter am Rednerpult lauter wurde: „... und Großbritannien, als dauerhafte Extrawurst, hat sich ausbedungen, dass die Grundrechtecharta im eigenen Land keine Rechtsverbindlichkeit erlangt, weil sie neben Freiheitsrechten auch soziale Rechte wie einen bezahlten Urlaub, ein Recht auf Tarifverhandlungen und ein Streikrecht enthält, was aber mit dem ultraliberalen Arbeitsmarkt auf der Insel nicht vereinbar ist. Wen wundert das noch! Nach einer kürzlichen Umfrage mussten sich 6 Prozent von 5.000 befragten Briten bereits selber zahnmedizinisch behandeln, weil es im staatlichen Gesundheitsdienst unmöglich war, einen Zahnarzt zu finden. Die betroffenen Personen sahen sich gezwungen, ihre Zähne selber zu ziehen oder eine herausgefallene Krone mit einem Kleber zu befestigen. Das ist das Sozialstaatsniveau, an dem die britischen Politiker so hängen und zu dem sie ihre Untertanen auf ewig nötigen wollen."

Ein Bildungsträgerverband ritt auf dieser Stimmungswelle: „Europas Verwaltung will sich als bürgernah und schnell verkaufen. Aber Brüssel zahlt auch nach drei Mahnungen oft nicht. Mal hat der Mitarbeiter den Job gewechselt. Dann wird angeblich die Abteilung umstrukturiert oder es ist gerade Urlaubszeit. Deutsche Bildungseinrichtungen und Firmen beklagen sich über die EU-Kommission. Für kleinere und mittlere Unternehmen kann das Warten über ein ganzes Jahr Entlassungen oder sogar das Ende bedeuten. Schließlich ist die EU-Kommission unter Präsident Prodi entsetzt über die Schlampereien ihrer Vorgänger 1999 mit dem Versprechen angetreten, Fördertöpfe künftig leichter zugänglich zu machen und Programme schneller abzuwickeln. Eine Personalreform sollte eine bürgernahe und leistungsfähige Verwaltung schaffen."

„Für Personen, die zum ersten Mal mit Brüssel zu tun haben, könne die EU in solchen Ausnahmefällen schnell zum roten Tuch werden", versuchte der Moderator einzulenken und zu beschwichtigen, um das Thema zu wechseln. Doch auch Redner eines Verbands für Sozialarbeit und einer Dritte-Welt-Organisation erwärmten sich für die langsamen Mühlen der europäischen Bürokratie und die schlechte Zahlungsmoral als Thema. Da half selbst der Hinweis wenig, dass seit geraumer Zeit die Zahlung von Verzugszinsen bei der Kommission eingeführt worden ist.

„Es hat viele positive Veränderungen gegeben". versuchte der Moderator es mit einem neuen Ansatz. „Auch das seit ein paar Jahren eingesetzte Europäische Amt zur Betrugsbekämpfung OLAF ist ein Signal dafür, dass die Behörden sich von innen heraus erneuern und kontrollieren wollen."

Aus einem Dachverband für Sozialarbeit kam heftiger Widerspruch: „Als die Kommission Santer 1999 wegen Vetternwirtschaft zurücktreten musste, ergab die Untersuchung unabhängiger Weiser: Seit der Gründung hatte die Union eine ganze Reihe von Skandalen wie die schwarzen Kassen mit veruntreuten Millionen im Statistikamt Eurostat. Die Union leide unter fast schon organisierter Verantwortungslosigkeit."

„Hier entsteht der Eindruck, dass ganz gleich, wofür Europa Geld ausgibt, immer Missbrauch lauert", eilte ein EU-Abgeordneter der Kommission zur Hilfe. „Nehmen wir an, eine Stadt wie Frankfurt verfügte über einen Haushalt von 100 Milliarden für Subventionen: Was würde da wohl alles passieren? Mit Großprojekten haben selbst alte, sehr erfahrene Behörden Schwierigkeiten. In Europa hingegen arbeitet eine junge Verwaltung, die 27 verschiedene Denkweisen unter ein Dach bringen muss."

Ein deutscher Pressereporter meldete sich zu Wort: „Ranghohe EU-Mitarbeiter haben zu viel Macht an sich gerissen, hört man den Vizepräsidenten der EU-Kommission, Verheugen, öffentlich sagen. Er fordert, dass die Kommissare, nach dem Vorbild deutscher Minister, hohe Beamte auswechseln dürfen. Dafür hat er von mehreren Regierungen Lob geerntet. Nur, wo schlägt sich dieser zarte Reformwille im neuen Vertrag nieder?"

„Der Reformvertrag gibt nicht Antworten auf alle Fragen", gab der Europa-Abgeordnete zu bedenken. „Auch das gehört halt zur notwendigen Kompromissbereitschaft. Wichtiger erscheint mir die Tatsache, dass die EU nach den negativen Referenden mit der Reform die Sprache wiedergefunden hat. Solange sich die EU erneuert und im schnellen, globalen Wandel immer aufs Neue anpasst, kann sie die Zukunft meistern. Eine Stagnation würde das Aus bedeuten. Ein anderer Reformansatz erscheint mir wichtig, und zwar der Verweis im Reformvertrag auf die Grundrechtecharta aus dem Jahre 2000. Die Charta wird dadurch fast überall rechtsverbindlich und legt in 54 Artikeln neben Bürgerrechten wie Meinungsfreiheit auch das Recht auf gute Verwaltung fest."

Der Pressemann hakte nach: „Das ist sehr löblich. Ein Recht auf gute Verwaltung wird bei den Bürgern auf Interesse stoßen. Aber im eurokratisch verfassten Europa, so will mir scheinen, sind wir davon noch ein Stück entfernt. Wenn selbst ein Vizepräsident der EU-Kommission im Interview feststellt, dass der Widerstand gegen den Bürokratieabbau in der Beamtenschaft zu groß ist und es einen ständigen Machtkampf zwischen Kommissaren und hohen Beamten gibt, dann fragt man sich, wer in der Verwaltung eigentlich das Sagen hat. Demnach kommt es ja sogar vor, dass Beamte gegenüber den Mitgliedstaaten oder dem Europäischen Parlament ihre persönliche Sichtweise als die Haltung der Kommission darstellen. Während Kommissare von den Regierungschefs ausgewählt werden, und damit wenigstens indirekt von den EU-Bürgern, fehlt den Beamten schließlich jede demokratische Legitimation."

Der Moderator selber merkte an, dass die persönlichen Ansichten des deutschen Kommissars im Kreise der Kommission als Kollegium keineswegs unwidersprochen geblieben seien. Unter Hinweis auf das Eurobarometer rang er ungeschickt um einen Schwenk: „Seit der ersten Direktwahl des Parlaments durch die Unionsbürger im Juni 1979 ist die Wahlbeteiligung von damals 63 Prozent immer weiter auf unter 50 Prozent im Jahre 2004 zurückgegangen. In den neuen Mitgliedsländern, die vielleicht nicht genug Zeit für die Vorbereitung hatten, betrug die Wahlbeteiligung sogar nur 27 Prozent. Ob der neue Reformvertrag die Europaverdrossenheit wohl zu mindern vermag?", richtete er das Wort an einen führenden Aktivisten von „Demokratie Direkt".

„Man kann von den Bürgern nicht Begeisterung erwarten, solange Europa ihnen angemessene Bürgerrechte vorenthält. Im Reformvertrag wurde die zentrale Frage vernachlässigt: Wie kann unsere europäische repräsentative Demokratie im 21. Jahrhundert verbessert werden? Die Europäische Union vereint doch nicht nur Staaten, sondern auch Bürger. Dies impliziert, dass Beiden Rechte und Pflichten zustehen bei der Festlegung von Zuständigkeiten und Entscheidungsprozessen der EU sowie bei der Kontrolle der Tätigkeit der EU. Es geht nur um die Ausübung einer demokratischen Kontrolle der Regierenden durch die Regierten. Ohne eine bessere Beteiligung der Zivilgesellschaft sind weitere Abstrafungen vorstellbar, so wie bei den Referenden in den Niederlanden und in Frankreich."

Der Kommissionsvertreter konnte das nicht gelten lassen: „Sie scheinen da einiges außer acht zu lassen: Auch ohne den neuen Vertrag garantiert der Vertrag von Nizza den EU-Bürgern heute ein Freizügigkeits- und Aufenthaltsrecht, ein aktives und passives Wahlrecht bei den Wahlen zum Europaparlament und bei den Kommunalwahlen sowie einen diplomatischen und konsularischen Schutz. Hinzu kommt ein Petitionsecht vor dem Europaparlament, ein Beschwerderecht beim Bürgerbeauftragten sowie das Recht, in einer Amtssprache Anfragen an die EG-Institutionen zu richten und in derselben Sprache eine Antwort zu erhalten."

Der Mann von „Demokratie Direkt" ließ nicht locker: „Aber im Jahre 2007 fordern die organisierten gesellschaftlichen Gruppen die partizipative Demokratie ein, um ihren Stimmen Gehör zu verschaffen. Die Zivilgesellschaft verlangt eine Beteilung bei der Machtausübung."

„Es gibt Möglichkeiten der Partizipation", stellte der Kommissionsvertreter klar. „Zum einen praktiziert die Kommission ein Dialogverfahren mit der Zivilgesellschaft und zum anderen gibt es die Initiative vom europäischen Wirtschafts- und Sozialausschuss für ein Zusammentreffen mit der Zivilgesellschaft in einer Verbindungsgruppe. Der Reformvertrag sieht darüber hinaus ein neues Petitionsrecht vor. Mit einer Million Unterschriften können Bürger künftig die EU-Kommission auffordern, Gesetzesvorschläge zu machen. "

Ein Verband für Entwicklungshilfe meldete sich zu Wort: „Die Verbände „ActionAid", „Solidar" und „Friends of the Earth" sollen in einem Bericht über den Dialog mit der Kommission zu dem Schluss gekommen sein, dass die Generaldirektion Handel mit dem zivilgesellschaftlichen Dialog gar kein Anhörungsverfahren im Sinn hatte, sondern lediglich die Handelspolitik transparenter machen wollte."

„Meine Damen und Herren", engagierte sich ein Europa-Abgeordneter, „so wichtig die Beteiligung gesellschaftlicher Gruppen ist, sollten wir uns doch auch im Klaren sein, dass nur die demokratisch gewählten Abgeordneten mit einer Vertretungsvollmacht des Wählers ausgestattet sind. Und was den Reformvertrag angeht, ist die Demokratie der eindeutige Gewinner. Die Rolle der nationalen Parlamente wird im neuen Vertrag gestärkt, denn zukünftig sind Bundestag, *Assemblée nationale*, *Sejm* und Co. frühzeitig über europäische Gesetzgebungsvorhaben zu informieren. Es wird endlich einen europäischen Außenminister geben, auch wenn dieser anders heißt. Dabei möchte ich betonen, dass wir uns nicht zu den Vereinigten Staaten von Europa entwickeln und dass es die größte Herausforderung für Europa bleibt, gemeinsam zu handeln, ohne zu einem Staat zu verschmelzen. Aber Harmonisierung führt zu Synergie-Effekten mit Kosteneinsparungen. Da ist es nur konsequent, wenn die Kompetenzen der EU auf Energiepolitik, Raumfahrt, Tourismus und Sport ausgeweitet werden."

Der Vertreter eines gemeinnützigen Instituts mit dem wenig sagenden Namen „Markt und Gesellschaft" ereiferte sich: „Wenn die Kommission von der Notwendigkeit zu mehr Harmonisierung spricht, gehen bei mir alle Lampen an. Dahinter verbergen sich oft Zentralisierungsabsichten: heute der Telekommunikationsmarkt, morgen der Strommarkt und übermorgen? Bei den Argumenten für weitere Zentralisierungsschritte bei der Marktregulierung gewinnt man manchmal den Eindruck, dass selbst noch so kleine nationale Unterschiede als Problem hingestellt und dann als Vorwand für eine Zuständigkeit der EU genutzt werden. Statt von Pluralismus oder konkurrierenden Ansätzen zu reden, wird abwertend von Inkonsistenz oder Fragmentierung gesprochen. Ich vermisse eine gründlichere Abwägung der Vor- und Nachteile einer weiteren Zentralisierung." Das Gesicht des Sprechers kam Thorsten bekannt vor und er ärgerte sich, dass es ihm nicht gelang, ihm einen Namen zu geben.

Während er noch über das Gesicht rätselte, legte der Sprecher nach: „Dabei lassen sich die Kriterien für eine effiziente Kompetenzverteilung zwischen Brüssel und den Hauptstädten doch aus den Wirtschaftstheorien des Föderalismus ableiten, also zum Beispiel ernstzunehmende grenzüberschreitende Effekte, wie in der Klimapolitik, Einsparungen durch Größenvorteile, ein gesunder oder aber ruinöser Regulierungswettbewerb, Informationsdefizite auf zentraler Ebene und die Gefahr mangelnder Kontrolle durch den Abstand vom Bürger. Diese wichtigen Prüfungskriterien beruhen auf dem Subsidiaritätsprinzip und dem Grundsatz der Verhältnismäßigkeit, die beide im EG-Vertrag verankert sind."

Ein Zuhörer aus den hinteren Reihen drückte seinen Unmut so aus: „Worin liegt eigentlich der europäische Mehrwert bei der Zuständigkeit im Bereich Sport? Eine europäische Fußballliga haben wir doch auch so!"

Der Moderator hatte entweder wenig für Fußball übrig oder Angst, das Diskussionsniveau könne Schaden nehmen. Jedenfalls bog er die Fortsetzung der Diskussion mit einem kurzen Blick auf die Uhr ab. Er erinnerte an Winston Churchill, demzufolge Demokratie die schlechteste Staatsform ist – ausgenommen alle anderen – und fügte hinzu: „Die EU entpuppt sich immer wieder als europäisches Bauwerk mit einer ewigen Baustelle. Die

Umbauarbeiten im Zuge von Reformen zeugen von Anpassungsfähigkeit, die bei der immer schnelleren Globalisierung mit immer stärkerem Wettbewerb für alle Mitglieder von vitalem Interesse ist."

Beim anschließenden Cocktail mit *Smalltalk* in kleinen Stehgrüppchen ereiferte sich ein französischer Technokrat wild gestikulierend: „Die Briten haben uns bei den Verhandlungen um den Reformvertrag die europäischen Symbole wie Hymne und Flagge abgehandelt. Dabei rangieren sie bei den Unionsbürgern in der Beliebtheit ganz oben. Man stelle sich nur vor, was passiert wäre, wenn wir uns auf diese Ost-Amerikaner im Jahre 1940 eingelassen hätten. Damals dachten De Gaulle und Churchill an die Gründung einer britisch-französischen Union, bei der jeder französische Bürger unmittelbar die Staatsangehörigkeit von Großbritannien erhalten und jeder Brite ein französischer Bürger werden sollte. Soviel jedenfalls hat uns Jean Monnet in seinen Memoiren gebeichtet."

Eine Serviererin bot Lachs-Crêpe-Pralinenröllchen an, die den aufgeregten Franzosen einen Moment lang versöhnlich stimmten. Ein älterer italienischer Diplomat mit einer Krawatte in den Farben der Trikolore hatte Schwierigkeiten mit *Finger Food* und merkte an, dass die Einnahme belgischer Häppchen mit Zahnstochern eine ziemlich umständliche Angelegenheit sei. Italienische *Saltimboccas* sprängen fast von alleine in den Mund, so wie der Name verspricht. Ganz anders jedoch die europäische Demokratie. Diese müsse man mit viel Fingerspitzengefühl hegen und pflegen. Dann würde diese sogenannte Eurokratie vielleicht einst als die Höchstform der Demokratie in die Geschichte eingehen. „Wir wissen doch alle, dass wir dem europäischen Bauwerk den längsten Frieden in Europa zu verdanken haben. Deswegen finde ich es geradezu lächerlich, dass den Brüsselern nur steigende Immobilienpreise zu den europäischen Institutionen einfallen. Das ist mir einfach zu billig."

„Es ist bestürzend, dass manch einer unter Eurokratie nur einen Auswuchs von Bürokratie versteht", griff Daniel den Gedanken auf. „Für mich steht das Kürzel Eurokratie für eine noch unfertige Rezeptur für „Demokratie auf europäische Art", für ein vielversprechendes Staatsgebilde zwischen Bundesstaat und Staatenbund. Das Gebilde ist schwer auszutarieren bei 27 Ländern mit noch mehr regionalen Sprachen und Kulturen. Doch gerade für die Regionen könnte sich mit der Schwächung der nationalen Ebene langfristig die Chance auf größere Mitspracherechte verknüpfen."

Der italienische Diplomat hatte eine andere Sorge: „Dabei sollte die EU nicht der Versuchung unterliegen, dem Europarat nachzueifern. Wenn man sie auf 47 Mitgliedstaaten aufbläst, droht sie wie ein Luftballon zu zerplatzen. Nur die Bürger selber können solche Richtungsentscheidungen wie eine EU-Erweiterung legitimieren."

Der französische Technokrat schien auf dieses Stichwort gewartet zu haben und mischte sich ein: „Delors hat lange nach seiner Amtszeit eine Art Geständnis in Sachen Legitimation abgelegt. In seinen Memoiren räumte er 2004 ein, es sei Zeit mit der Methode der Gründungsväter zu brechen, einer Art sanfter Willkürherrschaft, die die geistige Kompetenz und Unabhängigkeit als Prinzip der Legitimität verankere, ohne sich immer im Vorhinein der Zustimmung der Völker zu vergewissern." Nach einer kurzen Pause fügte er hinzu: „Natürlich brauchen wir ein starkes Europa. Diesen Föderalismus-Irrsinn verdanken wir Euch Deutschen." Er schaute Thorsten an. Der wollte das nicht so stehen lassen und gab zurück: „Uns wurde der Föderalismus in den vierziger Jahren ja von den Alliierten beigebracht. Auf diese Weise schließt sich halt ein fruchtbarer Kreis."

Ein britischer Europagegner stellte sich zu ihnen, einer von 37 Abgeordneten der anti-europäischen Fraktion im Straßburger Parlament und ein Mitglied der britischen Unabhängigkeitspartei UKIP, die für einen Austritt des Vereinigten Königreichs aus der EU kämpft und 2004 zwölf Sitze errungen hat. Der Europagegner erkundigte sich nach einer Taxi-Rufnummer. Er kam ins Plaudern und beklagte sich, dass er bei der Anreise die halbe Nacht auf einem Flughafen verbracht habe, weil sein Anschlussflug ausgefallen sei: „Und all der Stress nur wegen dieser EU-Konferenz!"

Daniel griff sofort ein: „Da habe ich eine gute Rufnummer für Sie. Dort wird europaweit über Fluggastrechte informiert. Eine Regelung in der EU schreibt bei Nichtbeförderung wegen Überbuchung und bei Flugannullierung in vielen Fällen Entschädigungen von bis zu 600 Euro vor. Bei Verspätungen von mehr als fünf Stunden besteht Anspruch auf eine Erstattung des Flugpreises, wenn man nicht länger warten möchte." Zwischendurch waren Blätterteigröllchen mit frischem Schafskäse und Ahornsirup serviert worden. Der leicht verdutzte Europa-Skeptiker notierte sich zuerst die gebührenfreie Rufnummer: 00 800 6 7 8 9 10 11. Doch dann zerriss er den Zettel ganz schnell. „Versprechungen, nichts als Versprechungen. Da hat die Kommission den Mund bestimmt zu voll genommen!", echauffierte er sich zum Erstaunen der Umstehenden und schob ein paar Krümel in den Mund zurück. Für einen Moment trat Stille in der Stehrunde ein. Dazu trug auch bei, dass die Teilnehmer durch Matjestartar mit Radieschen- und Gurkenwürfeln auf runden Pumpernickelscheibchen verwöhnt wurden.

„Viele Mitgliedstaaten verweigern sich übrigens nicht unbedingt der Kompetenzverlagerung nach Brüssel", fand Daniel als Erster die Sprache wieder. „Die Zuständigkeit für Klimapolitik würden sie gerne ganz auf die EU abwälzen, um die Mitverantwortung für den Klimawandel zu kaschieren. Übrigens, als die gescheiterte EU-Verfassung mehr Klarheit über die Zuständigkeitenverteilung zwischen den Mitgliedstaaten und der Union schaffen wollte, mit Bildung und Kultur als letzter Exklusivdomäne der Mitgliedstaaten, muss irgendetwas in Deutschland gründlich missverstanden worden sein. Oder wie ist es sonst zu erklären, dass die Bibliothek im Brüsseler Goethe-Institut aufgelöst und die Bücher an belgische Universitäten verschenkt worden sind? Außerdem werden die Sprachkurse immer teurer. Da nimmt es kein Wunder, wenn Kurse wegen zu geringer Teilnehmerzahl gar nicht erst zustandekommen."

„Der radikale Rotstift des Bundesrechnungshofs verfolgt seine Opfer bis ins Ausland", meinte Thorsten und studierte die Namensschildchen. In seinen Augen war es ein illustrer Teilnehmerkreis: Wirtschaftsverbände und EU-Verbindungsbüros mit Namen wie Region Opolskie, Region Ostfinnland, Vertretung der walisischen Kommunen, Landkreistag Nordrhein-Westfalen, Italienische Region der Marken, Regionalbüro Warmia-Mazury und Vertretung der Region Süd-Donau, Vize-Marshal Region Lodz, Büro Castilla La Mancha und Gesellschaft für soziale Unternehmensberatung. Bei den Appetithäppchen machten alle den Mund auf, auch diejenigen, die diese Gelegenheit bei der Diskussion hatten verstreichen lassen.

Auf dem Nachhauseweg klärte Daniel ihn gründlich auf: „Brüssel beherbergt an die 80 zwischenstaatliche internationale Organisationen, 300 amtliche Vertretungen, 1.250 internationale Organisationen und Nichtregierungsorganisationen (in Paris 1.000), 2.000 Büros von multinationalen Unternehmen und 150 internationale Anwaltssozietäten. Die Europäische Kommission plant, 2008 ein Lobbyistenregister auf europäischer Ebene einzuführen. Alle Berater, Anwälte und Nichtregierungsorganisationen, die zukünftig als Lobbyist bei Konsultationen der Europäischen Kommission Stellung beziehen wollen, müssen sich vorab in das Lobbyistenregister eintragen. Es wird mit 15.000 Antragstellern gerechnet. Das Register soll vor allem Auskunft geben über Beraterhonorare, die Finanzierung von NRO's und die Höhe der Lobbykosten von Lobbyisten und Anwälten."

Hoch interessant, fand Thorsten. Mit dem Lobbyregister ist die Kommission ein Vorreiter und beispielgebend für Länder wie Deutschland. Aber er musste tief durchatmen, weil Daniel nicht mehr zu bremsen war. Hätte er ihn bloß nicht danach gefragt! „Der Informationsaustausch von Unternehmen, Verbänden, Interessengruppen, Parlament und Verwaltung ist wichtig. Aber", referierte Daniel, „es soll transparenter werden, wer mit welchen Informationen und welcher finanziellen Stärke auf die Gesetze Einfluss nimmt. Dabei bleibt zu wünschen übrig, dass sich auch andere europäische Institutionen, vor allem das Europäische Parlament, den Regelungen für ein Lobbyistenregister anschließen. Offen ist noch, wer die Angaben der Betroffenen überprüft und was bei inkorrekten Angaben geschehen soll. Außerdem bleibt die Frage offen, wo die Grenze zwischen Lobbyismus und Information liegt."

In Daniels Wohnung angelangt, erfuhr Thorsten, der immer im Rheinland gelebt hatte, von den Schattenseiten des Berufswechsels ins Ausland. Über Sprachkurse und Kollegen hatte Daniel zwar viele interessante Menschen kennengelernt, doch die richtige Flamme sei leider noch nicht darunter gewesen. Wie zu seinen Bonner Zeiten reise er am Wochenende gerne in die Heimat oder besuche Freunde. Zwei Jahre nach dem Umzug Daniels mit seiner Frau von Bonn nach Brüssel war die Ehe in die Brüche gegangen, auch weil seine Frau in Belgien keine Arbeitsstelle gefunden hatte. Thorsten merkte Daniel an, dass er begann, sich Sorgen zu machen, die mit fast 40 Jahren vielleicht berechtigt waren, für einen Single, der im Grunde ein Familienmensch ist. Irgendwann sprach Daniel von seinen Kennenlernversuchen. Und je länger er sprach, desto redseliger wurde er: „Ich war zwei Mal auf einem *Speed Dating*-Abend nach dem Motto „sieben Frauen – sieben Männer – sieben Minuten". Es war recht amüsant und ich habe sympathische Frauen kennengelernt. Wir haben uns auch wiedergesehen. Das ist aber schon alles. Entweder knisterte es nicht bei der Frau oder nicht bei mir." Einmal sei er als großer Frankreichfan sogar nach Frankreich gereist, um eine Frau zu treffen, mit der er monatelang verheißungsvolle E-Mails ausgetauscht hatte. Voller Ernüchterung sei er an einem Sonntagabend sehr spät heimgekehrt.

Als sie am nächsten Tag früh abends aus der Wohnung traten, hatte eine Nachbarin, etwa Mitte dreißig, gerade ihre Wohnung verlassen und lief die Treppe hinunter. Ihr kurzes Winken mit einem Lächeln als Erwiderung auf den Gruß der Männer ließ bei Thorsten die Frage aufscheinen, ob sie Belgierin sei oder zu dem Heer der Ausländer im Stadtzentrum gehörte. Daniel glaubte einen fragenden Blick in Thorstens Gesicht zu erkennen und meinte kurz angebunden: „Habe ich ein paar Mal gesehen. Wohnt seit einiger Zeit im Haus. Kenne ich aber nicht und ist nicht im Geringsten mein Typ." „Ich hab ihn gar nicht danach gefragt", sagte sich Thorsten im Stillen und fand außerdem, dass er ganz schön wählerisch sei.

Wie so oft mit Daniel, kamen sie auch am nächsten Abend zu spät ans Ziel. Mehrere Verbände hatten zu einer Podiumsdiskussion zum Thema

„*Lebensmittelsicherheit und Verbraucherschutz*" in das *Concert Noble* eingeladen, ein historisches Veranstaltungsgebäude aus dem 19. Jahrhundert. Daniel kannte das *Concert Noble* in der Rue d'Arlon im EU-Viertel bislang nur von Neujahrsempfängen der Vertretung Sachsens, vom Wiener Ball sowie vom ungarischen und russischen Ball, die dort alljährlich zur Karnevalszeit stattfinden.

Ein erfahrener Direktor von der Europäischen Kommission führte sachlich aus: „Die europäischen Verbraucher möchten, dass ihre Lebensmittel sicher sind und bestimmten Standards genügen. Die Kommission erkennt das Recht der Verbraucher an, anhand vollständiger Informationen über Herkunft und Inhaltsstoffe der Lebensmittel eine Auswahl zu treffen. Und die Lebensmittelskandale der 90er Jahre wie BSE, Maul- und Klauenseuche und Schweinepest sowie, in jüngerer Zeit, die Vogelgrippe haben uns gelehrt, dass es an der Zeit war, ein Frühwarnsystem aufzubauen. Dazu gehört auch die Rückverfolgbarkeit von Lebens- und Futtermitteln, über die gesamte Produktionskette hinweg. Die Errichtung der Europäi-schen Behörde für Lebensmittelsicherheit EFSA im Jahre 2002 war ein Meilenstein auf diesem Weg."

Als nächste sprach eine aufgebrachte Verbraucherschützerin: „Die Kennzeichnungspraxis ist unverständlich und widersprüchlich. Selbst wir Fachleute haben Schwierigkeiten, beim Kennzeichnungsrecht auf dem Laufenden zu bleiben. Angaben wie die E-Nummern sind für den Verbraucher oft nicht verständlich. Die Betriebe müssen stärker in die Verantwortung genommen werden. Die Kennzeichnung von Nahrungsmitteln, die gentechnisch veränderte Organismen enthalten, ist lückenhaft, da viele dieser Produkte derzeit nicht gekennzeichnet werden müssen, nur weil die gentechnisch veränderten Organismen im Endprodukt nicht nachweisbar sind. Die EU-Biokennzeichnung muss nachgebessert und das Futtermittelrecht dringend novelliert werden. Tierantibiotika in Futtermitteln und der Einsatz von Pestiziden bedürfen einer strengeren Regelung für einen wirksamen Verbraucherschutz."

Der Vertreter von der Kommission erklärte gelassen, man habe einen Vorschlag unterbreitet, um die Gesamtmenge für den Pestizideinsatz innerhalb der EU zu verringern. „Nun sind der Europäische Rat und das Parlament am Zuge. Auch Hormone als Wachstumsförderer bei Tieren sind seit Jahren EU-weit verboten. Im Übrigen hat die Kommission von 2002 bis 2006 Mittel in Höhe von 685 Millionen Euro für Forschung im Bereich der Lebensmittelqualität und -sicherheit bereitgestellt. Es ist auch gelungen, viele gemeinsame Bestimmungen für Lebensmittelzusätze wie Farbstoffe,

Süßungsmittel, Emulgatoren, Stabilisatoren und Geliermittel sowie für Nahrungsergänzungsmittel einzuführen."

Daniel flüsterte Thorsten zu: „Nicht mal in den Kantinen der europäischen Behörden in Brüssel kann man nachlesen, welche Zusatzstoffe dort verwendet werden, obwohl sie in jeder Frittenbude ausgehängt werden müssen. Erwartet da allen Ernstes jemand, dass unsere Beamten die europäischen Verbraucher lückenlos schützen?" Thorsten war überrascht über das Ausmaß von Daniels Selbstkritik.

Ein Vertreter der Fleischhandelslobby, der seinem Verband äußerlich alle Ehre machte, erhob erwartungsgemäß Einwände: „Was wir am wenigsten brauchen, ist Gängelei aus Brüssel. Schließlich haben wir in Deutschland beachtliche Fortschritte vorzuweisen: Die Schaffung des Bundesinstituts für Risikobewertung, das neue Bundesamt für Verbraucherschutz und Lebensmittelsicherheit sowie das Verbot antibiotischer Leistungsförderer im Futter bei der Tiermast und die Kennzeichnung von Lebensmitteln mit gentechnisch veränderten Organismen ab dem Schwellenwert von 0,9 Prozent. Hinzu kommt die Einführung des Bio-Siegels seit 2002. Das Siegel zeichnet bereits über 13.000 Produkte aus, die von 700 Unternehmen hergestellt werden. Das ist ein wichtiger Beitrag, um die Agrarwende zu erreichen. So kann der Marktanteil von Bioprodukten innerhalb weniger Jahre auf 20 Prozent steigen."

Die Kommission reklamierte: „Sie wissen doch so gut wie wir, dass das deutsche Bio-Siegel auf die EG-Öko-Verordnung zurückgeht. Außerdem wurden von der Europäischen Behörde für Lebensmittelsicherheit seit ihrer Errichtung vor nur fünf Jahren mehr als fünfhundert Lebensmittelstudien zur Risikobewertung in Auftrag gegeben. Dabei lassen wir jetzt auch kumulative Wirkungen beim Einsatz von Herbiziden und Pestiziden in der Landwirtschaft untersuchen. Von anderer Seite wird den Reaktionen verschiedener Produkte untereinander bisher gar nicht nachgegangen."

„Staatliche Stellen allein sind offenbar überfordert. Erst im August 2007 wurden wieder einmal elf Tonnen umetikettiertes Fleisch in Bayern beschlagnahmt. Und zwanzig Tonnen verdorbenes Fleisch waren bereits verkauft", beeilte sich die Vertreterin des Verbraucherschutzverbands hinzuzufügen. „Die Behörden haben mal wieder nichts bemerkt. Zum fünften Mal innerhalb eines Jahres wurde in Bayern tonnenweise Fleisch, das nur noch für Tierfutter taugte, mit neuen Etiketten beklebt und als Dönerfleisch verkauft. Der einzige Fortschritt gegenüber früheren Gammelfleisch-Skandalen ist: Diesmal haben die staatlichen Stellen sofort reagiert. Aber etwas anderes blieb ihnen auch gar nicht übrig, nachdem sie von einem Transportfahrer alarmiert worden waren. In Deutschland gibt es zu wenige Lebensmittelinspekteure und die schrecken oft davor zurück, sich mit den Fleischhändlern in ihren Kommunen anzulegen, weil diese wichtige Arbeitgeber und Steuerzahler sind."

„Auch deshalb ist unser europäisches Lebensmittel- und Veterinäramt mit Sitz in Irland wertvoll", hakte die Kommission genüsslich ein. „Die 100 Inspekteure des Amtes reisen kreuz und quer durch die EU und die ganze Welt, um nachzuprüfen, ob es ausreichende Kontrollmechanismen gibt. Schließlich ist die EU der weltgrößte Importeur von Lebensmitteln, Pflanzen und Tieren aus über 200 Herkunftsländern. Einzelstaatliche Regelungen und Kontrollmechanismen wären bei 27 Mitgliedstaaten einfach eine Farce! Wir müssen gemeinsam am Markt auftreten. Nur so können wir unsere hohen Standards bei den Partnern in der Welt durchsetzen. Auch das ist Verantwortung gegenüber dem Verbraucher. Ein Großteil unserer Probleme und Skandale in der Lebensmittelbranche geht nämlich auf Schwierigkeiten zurück, die irgendwo anders in der Welt ihren Ursprung haben, aber bei uns in die Nahrungskette einmünden, wie beispielsweise beim Dioxin-Skandal im Futtermittelbereich in Belgien."

Die Verbraucherschützerin monierte: „Gewiss, aber dieser Skandal ist weder von belgischen noch von europäischen Überwachungsbehörden aufgedeckt worden. Nur die Wirkung war aufgefallen. Die Hühner sind tot von der Stange gefallen. Und was die Rückverfolgung von Lebensmitteln angeht, sind nach unserer Auffassung Funketiketten überfällig. Mit der hochmodernen RFID-Technik wäre endlich eine lückenlose Überwachung der gesamten Prozesskette garantierbar. Nur so lassen sich hohe Pestizidbelastungen auch bei teurem Bio-Gemüse ausschließen."

„Wir lassen diese Entwicklung sorgfältig beobachten. Leider ist die Technologie für Funketiketten noch nicht ausgereift. Die EU hat die Weichen für die Zukunft aber insgesamt neu gestellt. Die traditionelle Agrarpolitik der EU förderte nämlich landwirtschaftliche Intensivmethoden mit Belastungen für Umwelt und Lebensmittelsicherheit. Dies führte zur Reform der Gemeinsamen Agrarpolitik, die nun nicht mehr die Produktion subventioniert, sondern die Einkommen der Landwirte durch Direktzahlungen. Auf diese Weise können gleichzeitig Anreize für hygienische Tierschutzstandards und für umweltfreundliche Herstellungsverfahren geschaffen werden."

Daraufhin nahm ein britischer Journalist vor allem seine Regierung ins Visier: „Die Rolle der Politik scheint mir heute Abend zu kurz gekommen zu sein. Es entbehrt doch nicht der Ironie, dass ausgerechnet ein Labor, in dem ein Impfstoff gegen die Maul- und Klauenseuche entwickelt wurde, für den erneuten Ausbruch der Seuche in Großbritannien 2007 verantwortlich ist. Viel hat sich seit 2001 nicht geändert. Damals hatte Premierminister Blair ein Impfprogramm beschlossen und 500.000 Präparate waren bereitgestellt worden. In letzter Minute wurde das Programm gestoppt, nur weil die Lebensmittelunternehmen es so wollten. Hätte man geimpft, dann hätte Großbritannien seinen Status als seuchenfreies Land verloren und mindestens ein Jahr lang keine Tierprodukte exportieren dürfen. Ohne die Impfungen dagegen konnte man schon drei Monate nach dem letzten Fall wieder exportieren. Auch für die Großbauern sind tote Tiere wertvoller. Geimpfte Tiere sind unverkäuflich und es gibt für sie keine Entschädigung, während jeder brennende Scheiterhaufen den Bauern Bares beschert. Daher wird die vernünftigste Alternative gar nicht in Betracht gezogen, nämlich nichts zu tun. Die Maul- und Klauenseuche ist für Menschen ungefährlich und die meisten Tiere überwinden sie nach wenigen Wochen."

Der Kommissionsvertreter überhörte geflissentlich die Anspielungen auf die Qualität der Subventionspolitik: „Die Einheitlichkeit der Vorschriften im europäischen Binnenmarkt ist zum Vorteil aller und aus dem Tagesgeschäft nicht mehr wegzudenken. Viele Unternehmer können noch ein Lied davon singen. Früher war es notwendig, Lizenzen, Qualitätsbescheinigungen und Ursprungszeugnisse zu beschaffen, die einen Schnellhefter füllten, nur um ein Fass Sauerkraut von Deutschland nach Belgien zu importieren. Inzwischen braucht man nicht einmal mehr an der Grenze anzuhalten. Es gibt keine Alternative zur schrittweisen Harmonisierung des Binnenmarkts. Nur auf diese Weise gelingt uns ein höherer Standard für alle in der EU. Auch wenn uns das den Vorwurf starker Regulierungsaktivitäten einbringt."

„Das ist nachvollziehbar", meinte die Verbraucherschützerin: „Nationale Politiker stilisieren sich gerne zu wehrlosen Opfern von regelungswütigen Beamten in Brüssel. Schließlich wissen die Bürger nicht, wie viele Vorschriften hausgemacht sind. Zum Beispiel die berühmt-berüchtigte Regelung über die Sicherheit von Traktorsitzen, die vor Jahren von Deutschland in Brüssel eingebracht wurde, weil ein deutscher Hersteller besonders sichere Sitze erfunden und gehofft hatte, durch eine Richtlinie seine Produkte besser verkaufen zu können."

„Oder nehmen Sie die Feuerzeugverordnung", beeilte sich der Kommissionsvertreter hinzuzufügen. „Drei Jahre wurde darüber gefeilscht, aber nicht in der Kommission, sondern im CEN, dem Europäischen Institut für Normung. Mit allerhand Versuchen durch Kinder, um die Kindersicherheit zu garantieren. Dort reden über 20 nationale Normungsinstitute mit. Die EU darf Normen für bestimmte Produkte nur festlegen, wenn sie dem Verbraucherschutz dienen, doch vorher müssen die Fachleute des CEN einen gemeinsamen Standard ausarbeiten."

Die Podiumsdiskussion dauerte gut 90 Minuten. Dann war das Publikum gefragt. Es meldete sich ein deutscher Zuhörer mit glatten, nach hinten gekemmten Haaren und blendend weißem Hemd unter pechschwarzem Sacko zu Wort: „Sie sagen Verbraucherschutz und meinen den Schutz der Verbraucher vor Mängeln in der Herstellung. Ich frage mich, wer den Verbraucher eigentlich vor einer Überregulierung bei Gurken und Bananen schützt." „Da war er wieder, der Vertreter dieses ominösen gemeinnützigen Instituts „Markt und Gesellschaft". Wer sich wohl dahinter verbirgt?", fragte sich Thorsten.

Im Übrigen war ihm klar, dass diese Einlassung für den alten Hasen von der Kommission ein gefundenes Fressen war. „Gestatten Sie, dass ich korrigiere?", sagte der. „Der Krümmungsgrad der Gurke und die Größe des Apfels sind zwar festgelegt, doch die Kommission schreibt keine Idealmaße vor. Die unterschiedlichen Handelsklassen beruhen auf weltweiten Standards und erleichtern die Vergleichbarkeit. Vergessen Sie bitte nicht: Als die Kommission zum Beispiel die Verpackungsverordnung abschaffen wollte, weil sie eigentlich überflüssig ist, war es ein Mitgliedsland, das protestierte. Paris beharrte darauf, dass Milch, Zucker und löslicher Kaffee in europaweit normierten Tüten und Dosen verkauft werden."

„In der Tat, oft ist es nur ein kleiner Schritt vom gut gemeinten Verbraucherschutz zur lästigen Überregulierung. Mit einer Sonnenschutz-Richtlinie wollte die Kommission Maurern und Landarbeitern anfänglich einen Hut verordnen. Das war geradezu lächerlich. Aber lassen Sie mich etwas ganz anderes zum Verbraucherschutz sagen", erklärte ein Vertreter der mächtigen Industrielobby, der sich bisher zurückgehalten hatte. „Wie Sie wissen, handelt die EU immer größere Kontingente für den Import chinesischer Waren nach Europa aus. 80 Prozent aller Spielsachen kommen aus China in die EU. Dieses Jahr hat der Kommissar der chinesischen Regierung ein Abkommen abgerungen, mit dem sich die Chinesen verpflichten, bei Spielzeug mehr auf EU-Standards zu achten. Doch da das Abkommen bei Verstößen keine Sanktionen vorsieht, nützt es auch dem Verbraucher reichlich wenig. Andererseits könnte sich jede Form von Handelsprotektionismus bald rächen. Nachdem China die USA als Exportnation eingeholt hat, ist es mehr und mehr im Stande, die Handelsbedingungen und die Qualitätsstandards zu diktieren. So wie kürzlich: Als Reaktion auf die Rückrufaktion gegen bleihaltige chinesische Babylätzchen durch einen US-Importeur hat China eine Lieferung von 270 amerikanischen Herzschrittmachern im Wert einer Viertel Million Dollar zurückgewiesen, da sie angeblich nicht die chinesischen Qualitätsstandards erfüllten und Patienten gefährdeten."

Thorsten flüsterte Daniel zu: „Pech für die Amerikaner. Noch vor 10 Jahren hätten sich die greisen chinesischen Führer einen solchen Schritt aus medizinischen Gründen gar nicht erlauben können!"

„Wir raten dringend", sagte die Verbraucherschützerin, „Spielzeug vor dem Kauf selber zu überprüfen. Kleine Teile, die sich lösen, können von Kleinkindern verschluckt werden und zur Erstickung führen. Ist ein Auge vom Teddy nicht richtig angenäht oder ein Rad am Spielzeugauto locker, birgt das bereits Risiken. Aber was passiert erst, wenn es sich um ein richtiges Importauto mit 4 Insassen handelt und sich das Rad löst? Oder wenn statt beim Teddy das Auge eines Patienten locker ist. Bei dem zunehmenden Krankentourismus und Operationstourismus nach China, Indien und Thailand kommt Schlimmeres auf uns zu. Doch zurück nach Europa: In den Discountern finden wir inzwischen massenweise Biowaren aus China und anderen Ländern mit großer Umweltverschmutzung. Die Produkte unterliegen aber keiner effizienten Kontrolle. Man kann sich fragen, ob die Bezeichnung „aus biologischem Anbau" in 5-10 Jahren noch einen großen Nährwert hat."

Ein Zuhörer mit sächsischem Dialekt hatte das Wort: „Der Mehrwert der EU ist sehr komplex und schwer zu definieren. Als Landrat liegt mir besonders die Bevölkerung ländlicher Regionen am Herzen. Mir scheint der Hinweis wichtig, dass erst durch die Verknüpfung der städtischen mit ländlichen Regionen die Kohäsionspolitik auf Dauer erfolgreich sein kann. Die Gestaltung der künftigen Strukturpolitik bedarf einer flexiblen Herangehensweise." Daniel flüsterte Thorsten zu: „Ob der wohl in der richtigen Veranstaltung sitzt? Ich glaube, nebenan findet eine Konferenz über die zukünftige Kohäsionspolitik statt."

Der Landrat fuhr fort: „… vor allem die Regionen, die noch auf dem Konvergenzweg sind, brauchen mehr Investitionen in die Infrastruktur. Die beste Eliteuniversität hilft nichts, wenn kein Milchwagen die Studentenkantine erreichen kann." Einige Teilnehmer rutschten nervös auf ihren Stühlen hin und her oder spielten mit dem Kugelschreiber. Irgendjemand musste husten. Der Redner war unbeirrbar: „Und die Kohärenz der Kohäsionspolitik mit anderen Politiken ist nur durch proaktive Evaluierungen zu gewährleisten …"

Da endlich schritt der Diskussionsleiter mit plumper Rhetorik erlösend ein: „Vielen Dank für den Hinweis. Sie sprechen vielen von uns aus der Seele und ein besseres Schlusswort hätte niemand formulieren können." Das war für Daniel das Zeichen, der Startschuss für eine praktische Anwendung der theoretischen Aussagen über Gaumenfreuden, die ein Stück weit Europa ausmachen, mit tschechischem Bier, deutschem Brot, französischem Käse, belgischen Pralinen und skandinavischem Aquavit. Hungrig und nervös hatte Daniel mit gewohntem Geschick eine gute Ausgangsposition für den Gang zum Büffet eingenommen.

Thorsten erhob sich nachdenklich und sah sich vergeblich nach seinem Freund um. Er fand ihn, wie nicht anders zu erwarten, vor dem Buffet, in der Hand einen Teller, auf dem er gerade Russenei stapelte. Peinlich berührt, empfand es Thorsten als beruhigend, dass ihn an diesem Ort so gut wie niemand kannte.

„Hoffentlich sind diese Appetithäppchen aus heimischer Erzeugung", meinte eine ausgesprochen vornehme Dame und angelte sich ganz schnell ein Lachsschnittchen vom Tablett einer vorbeigehenden Serviererin. „Ein Frischei, das hat die EU ausdrücklich geregelt, muss so produziert werden, dass es genusstauglich ist, also ohne Kot- und Schmutzreste. Nur, wie soll man das einer Henne beibringen?", sagte sie und kicherte in sich hinein. Das weckte Erinnerungen bei einem rumänischen Botschaftsangehörigen, der bei ihnen stand: „Tja, diese Frage stellte sich schon in den 80er Jahren manch ein rumänischer Bauer, als per Präsidialdekret an alle rumänischen Hühner die Aufforderung erging, täglich mindestens ein Ei zu legen."

Rudolf, der Bekannte Daniels, war mit seinem Praktikanten da, einem von jährlich hunderten Jungakademikern, die sich als Praktikum ein paar Monate bei der Kommission nützlich machen oder in EU-Vertretungen von Regionen und Verbänden Veranstaltungen mitorganisieren, Entwürfe von EU-Regelungen zusammenfassen oder auf ihre Auswirkungen untersuchen. Ob auch er vom Russenei inspiriert worden war, konnte Thorsten nicht einschätzen. Der Praktikant von Rudolf meinte jedenfalls: „Fleisch und Wurst aus Osteuropa schmecken auffällig anders. Sie haben einen tieferen, ursprünglichen Geschmack. Ich denke, das kommt nicht von ungefähr. Lebensmittel aus Osteuropa sind weitgehend als ökologisch einstufbar. Für die neuen Mitgliedstaaten der EU gilt das in abnehmendem Maße, wegen Anpassungsprozessen bei der Herstellung. In der russischen Landwirtschaft zum Beispiel werden nicht einmal zehn Prozent so viel Kunstdünger, Herbizide und Pestizide eingesetzt wie in der westlichen Welt. Wie könnte das ohne Auswirkungen auf den Geschmack bleiben!"

Ein Kellner kam vorbei und bot gefüllte Teigtaschen mit Meeresfrüchten und scharfer Sojasauce an. Rudolf kommentierte mit vollem Mund: „Diese *Dim Sum* stammen aus traditionellen Teehäusern in China und Südostasien. Dort gibt es unzählige Variationen dieser Häppchen, meist gedämpft oder frittiert und ursprünglich in kleinen Bambuskörbchen gereicht." Und Daniel hatte zu ergänzen: „*Dim Sum* heißt wörtlich „kleine Herzwärmer" und bedeutet soviel wie Leckerbissen".

„Ich nehme lieber noch von dem *öllen Gemüse* oder *Gemüse-Öl* oder wie die Dinger heißen", sagte der Praktikant betont cool.

Als Dolmetscher aus Leib und Seele ließ Daniel sich allzu leicht zu einem linguistischen Exkurs verleiten: „*Amuse-Gueule* heißt soviel wie „Maulfreude". Das ist ein appetitanregendes, mundgerechtes Häppchen, das auf Empfängen gereicht oder beim Menü als Aperitif auf Kosten des Hauses serviert wird."

Der Praktikant meinte: „Dabei dachte ich bei *Amuse-Gueule* vom Wort und vom Sound her viel eher an etwas Umgangssprachliches wie eine Labertasche, während *Amuse-Bouche* für meinen Geschmack mehr in Richtung Rhetoriker oder Redekünstler geht."

„Das liefe dann auf Ohrenschmaus hinaus", meinte Daniel. „Ich kann Dich aber beruhigen, mein Lieber. Der Ausdruck *Amuse-Gueule* gehört sozusagen zur sprachlichen *Haute Cuisine* in Frankreich. Ausländer ziehen nur aus falscher Scham den vornehmeren Ausdruck *Amuse-Bouche* vor, also deutsch „Mundfreude", weil sie denken, das sei politisch korrekter."

Thorsten wurde nachdenklich: „Wie lange wird es wohl dauern, bis uns diese *Dim Sum* im Halse stecken bleiben, aus Angst vor der chinesischen Großmacht? In China wurden dieses Jahr während der Frauen-Fußball-WM die europäischen Journalisten auf Schritt und Tritt bespitzelt. Man notierte, wann sie abends ins Hotel kamen, mit wem sie sprachen und wann sie morgens aufbrachen. Limousinen mit dunklen Scheiben folgten ihnen. Das ist China. Und da spielt die Zukunftsmusik, denn das Land gibt bald den Ton an. Der Wirtschaftsriese wird als zukünftige Exportnation Nummer Eins ein gutes Wörtchen mitzureden haben und uns am Ende die Regeln für die Sicherheit von Lebensmitteln und Spielzeug genauso diktieren wie die Spielregeln einer Demokratie. Nur ein einiges und starkes Europa hat dieser Entwicklung etwas entgegenzusetzen. Man muss sich das einmal vorstellen: Es gibt so gut wie keine Straßenkriminalität in China. Trotzdem gibt es 68 Straftatbestände für die Verhängung der Todesstrafe. Wir Europäer müssen gemeinsam alles daransetzen, dass wir uns nicht auf vielen Gebieten immer weiter nach unten anpassen müssen."

Der Praktikant stellte eine Tasse Kohlrabischaumsuppe mit Rote Bete-sprossen beiseite. „A propos Spielregeln der Demokratie: Nach dem Rücktritt der Kommission unter Präsident Jaques Santer hatte Kommissar Bangemann 1999 nichts Eiligeres zu tun als in den Dienst der spanischen Telefónica zu treten. So wie er haben viele hohe EU-Beamte den Weg zu hoch bezahlten Jobs im Privatsektor gefunden. Allein im Bereich Wettbewerb und Kartellrecht wurden eine Reihe hoch dotierter Posten frei, weil ihre Inhaber lukrative Angebote von Anwaltssozietäten angenommen haben. Mit ihrem Expertenwissen müssen sie für den neuen Arbeitgeber einfach Gold wert sein. Aber was bringt das den Menschen in Europa?"

Das wollte Daniel nicht so stehen lassen: „Sicherlich liegt noch manches im Argen. Aber inwieweit hast Du Dich überhaupt schon mit Europa beschäftigt? Weißt Du, was es früher bedeutete, an jeder Grenze Schlange zu stehen und Kontrollen über sich ergehen zu lassen? Zölle zwischen den Mitgliedstaaten sind glücklicherweise schon seit vielen Jahren abgeschafft. Wirklich grenzenlose Reisefreiheit genießen wir dank des Schengen-Übereinkommens grade mal zehn Jahre. Mit dem Erasmus-Programm konnten schon 1,2 Millionen Studenten einen Teil ihres Studiums in einem anderen Mitgliedsland absolvieren. Autobesitzer können ein neues Fahrzeug mit EG-Typgenehmigung unabhängig vom Kaufland in ihrem Heimatland anmelden. Dafür brauchen sie nur noch die europäische Konformitätsbescheinigung. Die neue Rahmenrichtlinie SEPA für den einheitlichen Euro-Zahlungsverkehr sorgt dafür, dass spätestens 2010 grenzüberschreitende Überweisungen und Kartenzahlungen ebenso einfach funktionieren wie inländische Zahlungen. Zugreisende haben bei großen Verspätungen oder Annullierungen ähnlich wie bei Flugreisen bald Anspruch auf Ausgleichszahlungen. Und die Liste lässt sich beliebig fortsetzen."

Der Praktikant nahm sich ein Stückchen *Coconut Chicken* vom Tablett einer Kellnerin und stichelte weiter: „Das hast Du aber fein auswendig gelernt. Und warum brauchen wir nach hoch subventionierten Milchseen und teuren Butterbergen nun einen Beamtenberg?"

„Hör mal!" Daniel musste sich bremsen. „Die Kommission hat etwa so viele Mitarbeiter wie die Stadtverwaltungen von Paris oder Köln. Und warum soll den expatriierten und mehrsprachigen Mitarbeitern nicht ein gutes Gehalt zustehen? Sie bekommen übrigens kein Weihnachtsgeld. Beim Zugang zu den Institutionen gibt es Chancengleichheit. Die Beamten sind aus langwierigen Auswahlverfahren als die Besten von tausenden Teilnehmern hervorgegangen und lassen sich ihre Arbeit für Europa nicht von Neidern verdrießen. Es steht jedem frei, sich zu bewerben." Der Praktikant erschien diesmal sprachlos, empfand Thorsten und dachte, man könnte da allenfalls einschränken, dass es im Jahre 1990 oft gerade mal 2.000 Bewerber gab, während es 2007 manchmal 20.000 waren, für 50 oder 100 zu besetzende Stellen. Zum Glück wurden Reiskräcker mit Kräuter-*Crème fraîche* und Forellenkaviar gebracht, so dass der Praktikant beschäftigt war.

Rudolf diskutierte mit einem spanischen Konferenzteilnehmer über Gütezeichen. Der Spanier las aus der Broschüre über das EU-Gütezeichen „garantiert traditionelle Spezialität" vor: „Das Gütezeichen *g.t.s.* wird nur für Erzeugnisse mit traditionellen Verfahren und Zutaten verwendet: Darunter fallen *Mozzarella* aus Italien, *Kalakukko*-Brot aus Finnland, *Kriek*-Bier aus Belgien und *Jamón Serrano* aus Spanien …" Dem Praktikanten gelang es, das Temperament des Spaniers auf die Probe zu stellen, indem er ihn in eine heftige Diskussion um *Corridas* und Tierschutz verwickelte. Der Spanier gestikulierte schon bald wie ein Torrero: „Das können Sie als Ausländer gar nicht beurteilen! Der Stierkampf ist eine hohe Kunst mit langer Tradition. Mit Tierquälerei hat das überhaupt nichts zu tun!" David und Thorsten zogen es derweil vor, wie zufällig ein Gespräch mit jemand anders einzufädeln. Für sie waren solche emotionsgeladenen Diskussionen mit strikten Traditionsanhängern erfahrungsgemäß wenig nützlich.

Als sie ihre Mäntel an der Garderobe abholten, sah Thorsten schon von weitem zwei Tische mit Informationsmaterial. Er versuchte auch noch, Daniel gesprächsweise davon abzulenken. Doch so etwas entging dessen Blicken nicht. Also verbrachten sie eine ganze Zeit mit dem Studium von Broschüren und Faltblättern von Gemeinschaftsinstitutionen, Bauernverbänden, Verbraucherverbänden, Arzneimittelverbänden und Bioindustrie, Seifen- und Waschmittelindustrie, Tierschutzverbänden und vielen anderen. Thorsten war froh, als sie zu Hause ankamen. Seine Arme waren lang geworden von einer Leinentasche Daniels voller Info-Material.

Daniel ist halb Deutscher, halb Schotte. Brite zu sein, bedeutet ihm weniger. Er betont immer den eigenständigen Charakter Schottlands: „Der Form nach ist schottisches Recht englisch geprägt, dem Inhalt und der Denkweise nach römisch und kontinentaleuropäisch, also wie geschaffen als Modell für ein zukünftiges europäisches Recht", behauptet er gern.

Mit der zweisprachigen Erziehung war gewiss ein Grundstein für Daniels Dolmetscherstudium gelegt. Trotz seiner Zweisprachigkeit hatte er nie deutscher Übersetzer bei der EU werden wollen. „Das hätte bedeutet", sagte er gewöhnlich, „dass ich vor allem englische Texte ins Deutsche zu übersetzen hätte. Griechen, Finnen, Polen, alle schreiben sie heute auf Englisch. Ob sie es können oder nicht. Und dann sollst Du als Übersetzer erraten, was sie wirklich meinen." Er zog seine Arbeit als Dolmetscher vor, wobei er das gesprochene Wort von Muttersprachlern ins Englische dolmetscht. Wenn er nach Hause ging, war seine Arbeit gewöhnlich erledigt, während seine Übersetzerkollegen an ihren Texten manchmal tagelang feilen mussten, verbunden mit langen terminologischen Recherchen, die sie zuweilen bis ins Bett verfolgten. Daniel war jahrelang Mitglied von Debattierclubs gewesen, in denen man freies Reden, Rhetorik und Schlagfertigkeit trainiert, um sie bei spannenden Diskussions-Wettbewerben vor einer Jury unter Beweis zu stellen. Auch während seiner Studienzeit in Deutschland, wo es mittlerweile einen Verband der Debattierclubs an den Hochschulen gibt. Im Mutterland England gibt es sogar spezielle *Debating Chambers* an vielen Universitäten. Und fünf britische Premiers haben ihre Rhetorik in der traditionsreichen *Oxford Debating Union* erlernt.

Anderntags, es war Thorstens letzter Abend in Brüssel, waren die Freunde gegen 21 Uhr unterwegs zum bayerischen Oktoberfest auf dem Place Jourdan im Europaviertel. Sie gingen vorbei an glitzernden Glasfassaden, die die Institutionen der EU beherbergen. Unterwegs fielen Thorsten all die Schilder an den Häusern auf: chinesische Nachrichtenagentur Xinhua, Vereinigung der Bierbrauer in Europa, europäisches Wirtschaftsprüfer-Institut. Lobbybüros, wo er auch hinschaute. *European Asphalt Organisation* stand an einem alten Bürgerhaus ausgerechnet in einer Kopfsteinpflasterstraße. Es war die Rue de l'Industrie. Ein Stück weiter, am Square de Meeûs, wies Daniel ihn auf das Verbindungsbüro des Deutschen Bundestags hin. „Der Bundestag ist hier erst seit diesem Jahr vertreten." Schnell waren sie am hell erleuchteten Europäischen Parlament. „Wird da noch gearbeitet?", frug Thorsten nach. „Oder hat das Versicherungsgründe?" „Nur in dem kleinen Rotlichtviertel ein paar Straßen weiter brennt nachts noch länger Licht", kam es knapp zurück.

Thorsten und Daniel genossen einen Moment lang den Blick auf den Parc Léopold mit seinem Teich und auf die angrenzenden Bauten im Stil von Neoklassizismus, Jugendstil und Art Déco auf einem Hügelrücken. Sie kamen an einem hundert Jahre alten, fast schlossartigen Bau vorbei. „In dem ehemaligen *Institut Pasteur du Brabant* von Jules Bordet ist die bayerische Landesvertretung untergebracht. Für seine Vertretung mit 28 Mitarbeitern hat der Freistaat Bayern 2004 für 30 Millionen dieses Gebäude am Europäischen Parlament erworben. Von Spöttern wird es Schloss Neuwahnstein genannt. Damals hatte sich die Presse erzürnt, Bayern habe durch die Abschaffung der Lernmittelfreiheit Geld gespart und sich in Brüssel eine EU-Landesvertretung im Stil einer Großmacht eingerichtet.

Übrigens, das *Scotland House* steht direkt am Rond-Point Schuman", klärte Daniel seinen Gast auf. „Bayern und Schottland betreiben eine enge Partnerschaft. Im Mittelpunkt steht die Zusammenarbeit des schottischen *Silicon Glen* mit dem bayerischen *Isar Valley*. Schottland hat sich wie Bayern vom Agrarland zum *Top-High-Tech-Land* in Europa entwickelt."

„Alle Bundesländer haben Vertretungen in Europas Hauptstadt, wenn auch etwas bescheidener. Sie sollen die Regierungen mit Informationen aus erster Hand versorgen und mit Vorträgen, Kulturveranstaltungen und feucht-fröhlichen Festen Werbung machen. Die Länder wirken in dem beratenden Ausschuss der Regionen mit. Die deutschen Bundesländer entsenden insgesamt 21 von 317 Mitgliedern und sind stark engagiert, weil Brüssel immer mehr Materien regelt. Darunter fallen auch Zuständigkeiten, die früher den Regionen gehörten, z. B. die Einführung einheitlicher Masterstudiengänge. Gelegentlich sitzt ein Ländervertreter mit am Tisch des Ministerrats, wenn eine Materie verhandelt wird, die ganz in die Kompetenz der Länder fällt. Stehen beispielsweise einheitliche Bildungsabschlüsse auf der Tagesordnung des Rats, so kann schon mal der Kultusminister eines Landes für die Bundesrepublik sprechen. Dafür muss er sich freilich mit den Kollegen der anderen Länder kurzschließen. Viele Regionen in Europa beneiden die deutschen Länder um ihre starke Position in Brüssel. Andererseits kann diese Stärke auch zu einer Schwächung der deutschen Position führen. Franzosen, Spanier und Polen verstehen häufig nicht, wer denn nun für Deutschland spricht. Schon der frühere Kommissionspräsident Jacques Delors spottete einst, die Union bestehe aus den vielen Mitgliedstaaten – und den 16 Bundesländern", dozierte Daniel.

Die beiden Freunde waren quer durch das Europaviertel gelaufen. Daniel berichtete von den Klagen der Brüsseler über den betonierten Ausverkauf des ehemals so eleganten Viertels. Kaum eine andere Stadt habe einst so viele prachtvolle Gebäude besessen. Von etwa 15.000 Gebäuden im Jugendstil seien nur einige Hundert übriggeblieben. Für diese Zerstörungswut sei sogar ein Wort geprägt worden: „Brüsselisierung". Eine kleine Ausnahme im Europaviertel bilde der Place Jourdan, wo so etwas wie eine Kneipenkultur entstanden sei. Um die Mittagszeit sei er bisweilen ein beliebter Treffpunkt für Parlamentarier. Und alle zwei Jahre gebe es das Oktoberfest, das hier tatsächlich im Oktober stattfinde.

Auf der Place Jourdan tauchten die beiden Freunde in das original Münchener Festzelt ein. Bei *Maß und Musi* erwartete sie eine typisch bayrische Stimmung. Der frisch gekürte neue Landesvater war erschienen und mischte sich unters Volk. Ob viele Lobbyisten darunter waren? Einer war es ganz gewiss. Am Nebentisch erkannte Thorsten den Vertreter dieses ominösen gemeinnützigen Instituts „Markt und Gesellschaft". Aber diesmal fiel ihm blitzartig ein, woher er ihn kannte. Vor einigen Jahren war er ihm in Bonn als ein Vorstandsmitglied eines großen deutschen Stromkonzerns vorgestellt worden. „Auf wessen Gehaltsliste der wohl jetzt stehen mag?!", fuhr es Thorsten durch den Kopf.

Auf der Zugfahrt nach Bonn dachte Thorsten über den Abschied nach. Dieser Sammler hatte ihm doch tatsächlich ein saftiges Paket mit – wie er sich auszudrücken pflegte – „hoch interessanten Broschüren" ans Herz und zum Gepäck gelegt. Er musste bei dem Gedanken schmunzeln, dass es ihm gelungen war, die prall gefüllte Leinentasche im letzten Augenblick zum Schein auf der Toilette zu vergessen. Jetzt fühlte er sich müde und würde bald einschlafen. Für seinen Geschmack grenzte Daniels Abendprogramm an Freizeitstress. Und für eine Weile war sein Bedarf an Appetithäppchen gedeckt. Diese fünf Tage in Brüssel hatten fürs erste gereicht. Amuse-Gueules und Champagner schienen das Einmaleins der Eurolobby zu sein.

Drei Wochen nach seiner Rückkehr erhielt Thorsten einen Anruf von Daniel. Das war ungewöhnlich. In der Regel hielten sie Kontakt per E-Mail. Daniel wollte wissen, ob Thorsten gut angekommen sei und lud zu seiner Geburtstagsparty ein. Gemeinsame Freunde sollten mit von der Partie sein. Nach einer Weile erzählte er, dass er eine Kleinanzeige in einer Mitarbeiterzeitung aufgegeben hatte, um einen Badmintonpartner zu finden. Auf Umwegen hatte sich irgendwann jemand gemeldet. Eine Frau, die sich ebenfalls für diese Sportart erwärmt. Da sie eine sympathische Stimme hatte und genau wie Daniel ein paar Jahre Spielerfahrung, hatte er sich mit ihr zum Badminton verabredet. Später waren sie auch miteinander zum Essen ausgegangen. Und diese Frau sollte nun auch zu seiner Geburtstagsparty kommen. Der Clou an der Sache war, und das sagte er erst jetzt, dass es sich bei dieser Frau um jemanden handelte, den Thorsten angeblich kannte. „Du hast sie schon einmal bei mir gesehen." Daniel, der ansonsten durch seine eher rheinisch-direkte Art bestechen konnte, schien heute mal ein britisches Diplomatenmäntelchen zu tragen. Daher drängte Thorsten ihn: „Kannst Du nicht etwas deutlicher werden?!" Nach einigem Hin und Her erfuhr Thorsten endlich was Sache war: „Also, Du erinnerst Dich doch noch an die Frau aus meiner Nachbarwohnung, eine vermeintliche Nachbarin. Sie ist es, sie stammt aus Frankreich und arbeitet für einen europäischen Dachverband. In der Nachbarwohnung hatte sie lediglich eine Zeit lang die Blumen versorgt und sich um die Post gekümmert. Für eine Freundin, die ein paar Monate im Ausland war."

Aussicht von einer Kommissionskantine: Dachformationen und Dachorganisationen
mit einem durchmischten Bau- und Politikstil im Dunstkreis der Europäischen Union.

Gipfelsturm im Wasserglas – Europa-Politsatire

Hohe Politsaaltiere ringen um „EU-Phorie" statt „EU-Phobie"

BRÜSSEL, 14. DEZEMBER 2005: Vertreter der sechs EWG-Gründerstaaten kommen am Vorabend des zweitägigen EU-Gipfels, der das Ende der britischen Präsidentschaft im Rat der Europäischen Union markiert, schon fast gewohnheitsgemäß zu einem rein informellen Meinungsaustausch zusammen. Dabei geht es bei weitem nicht nur um das Kernthema des bevorstehenden Gipfels (das EU-Budget 2007 bis 2013).

TEILNEHMER sind die Staats- und Regierungschefs der EU, Jan Peter Balkenende (Niederlande), Silvio Berlusconi (Italien), Jacques Chirac (Frankreich), Claude Juncker (Luxemburg) sowie Guy Verhofstadt (Belgien) als Gastgeber. Zum ersten Mal ist auch die neue deutsche Bundeskanzlerin Angela Merkel mit von der Runde. Der Kreis betrachtet sich als den harten Kern der Europäischen Union und trifft sich dieses Mal in der traditionsreichen Gastwirtschaft *Le Mort Subite* in der Nähe des mittelalterlichen *Grand Place / Grote Mart* im Zentrum Brüssels.

CHIRAC *(mit stark französischem Akzent)*: *Mes chers amis*, meine lieben *Amis*! Isch freue misch, dass am eutigen Vorabend des Gipfels der achte Kern der EWG-Gründerstaaten nun endlisch wieder ssu einem swanglosen Gedankenaustausch beisammensitzt. Die Referenden in Frankreisch und in den Niederlanden aben geßeigt: Die Bürger laufen uns bald scharenweise davon. Dabei aben wir ihnen die europäische Verfassung so schmackaft gemacht wie möglisch. Sogar garantierte Grundreschte…
MERKEL: Verehrte Kollegen! Als deutsche Bundeskanzlerin meine ich zuallererst einmal: Die Menschen müssen wieder das Gefühl bekommen, dass die Politiker für die Menschen da sind, nicht umgekehrt. Und deswegen sage ich …
CHIRAC: *Oui*, Angela, exakt, wir müssen wieder ans Schpiel kommen. Die deutsch-fransösische Achse muss sich wieder wie geschmiert drehen.
BERLUSCONI *(spricht mit italienischer Satzmelodie und stark gerolltem „r". Selbstzufrieden und mit breitem Lachen fährt er sich mit der Hand über die glatt nach hinten gekämmten glänzenden Haare.)*: *Va bene, amici.* Wenn was zu schmieren ist, also ich kenne da eine *Procedura sicura*…

CHIRAC: Nun, isch weiß nisch, ob italienisches Olivenöl für alles ein wirksames Eilmittel ist... Wir schtecken in großen Schwierischkeiten. Das Interesse der Wähler an Europa singt. Deswegen brauchen wir dringend vorßeigbare Intitiativen, einen prachtvollen Gipfel auf den *Champs Elysée* oder an einem Eldengrab meinetwegen... Elmut Coll und François Mitterrand atten manschmal eine ganz simple Idee, wie die symbolische Geste des Ändealtens in *Verdun*, die sisch dann als genial entpuppte. So einen *colle*, isch meine Klebschtoff, brauchen wir wieder, so etwas verbindendes swischen Politiker und Bürger.

JUNCKER *(in leicht mosel-fränkischem Akzent, mit Anklang ans Rheinische)*: Exakt! Eine neue Euphorie für Europa ist das Gebot der Stunde. So wie in den Sechzigern, als junge Menschen die Schlagbäume fortrissen um für den Grenzabbau in Europa zu demonstrieren.

BERLUSCONI: *Bravo Claudio*, hm, Claude! Sie sind ein pfiffiges Kerlchen. Sie haben das Zeug zu mehr. Aus Ihnen könnte mal ein großer Politker werden. Der *piccolo* Mann von die *Strada* ist europamüde. Wir Politiker müssen jetzt die Signale setzen. Was meinst Du *Giacomo*, hm..., Jacques? Wir sollten selber mal wieder eine Grenze besetzen oder einen Schlagbaum einreißen. Vielleicht lässt sich der *cittadino* dann von unserem *Entusiasmo europeo* mitreißen...

CHIRAC *(bei dem jedes Wort von starker Gestik und Mimik getragen wird und der jedes Mal den Eindruck einer wichtigen Fernsehansprache an die Grande Nation hinterlässt, ist empört)*: *Mon cher* Silvio, Sie belieben wohl zu scherzen! Das kauft uns doch niemand ab und obendrein ist das illegal. Unsere franßösischen Jugendlischen setzen in den Pariser Vorstädten pro Nacht 200 Autos in Brandt. Möchten Sie, dass isch misch daran auch noch beteilige?

BERLUSCONI: *Perfecto, Giacomo*, ich meine Jacques! Vielleicht befinden wir uns heute an einem Wendepunkt und die Politik muss neue Wege gehen. Eine solche Aktion läge im Trend und könnte vielleicht zum Durchbruch beim Abbau der Euro-Skepsis verhelfen. Damit hätten wir das verbindende Element mit dem *cittadino*. Wenn dann auch noch eine *risonanza positiva* in den Medien hinzukommt... Also, was die italienischen Fernsehanstalten angeht, kann da gar nix schiff gehen.

MERKEL: Also, wenn ich da noch mal, Kollegen... Ich denke, den Menschen muss doch eher wieder das Gefühl vermittelt werden, dass es aufwärts geht mit der Arbeitslosigkeit, ich meine wirtschaftlich gesehen, und spüren, dass da oben in Brüssel jemand ist, der ihre Sorgen ernst nimmt, der Perspektiven aufzeigt...

BALKENENDE: *Ik weet niet.* In die Nederlande is het Ende van die Fahnenstange erreickt. *Maken* wir uns *nix voor.* Die Mensen willen in Ruhe gelaten worden un willen keene Stärking van die europäische Bürokratie, *ook* keene Verfassing un schon gar niet mit de Name „Grondgesetz".

BERLUSCONI: *Mi caro* Balkenstange…

BALKENENDE: Balkenende *alstublieft!*

BERLUSCONI: Also Balkenende oder Fahnenende meinetwegen! Machen Sie nicht alles gleich wieder kaputto. Sie klingen überreizt, mein Lieber. *Salute*, lassen Sie uns alle auf das Wohl von Europa und auf eine neue Initiative für einen europäischen Verfassungsvertrag anstoßen…

JUNCKER: Meine Herren, das klingt sehr versöhnlich. Eine Versöhnung war der Ausgangspunkt Europas und eine Versöhnung brauchen Ost und West bei der aktuell hitzigen Debatte um Niederlassungsfreiheit und freie Berufsausübung für Bürger der neuen osteuropäischen Mitgliedstaaten. Bei der Dienstleistungsrichtlinie sollten wir uns dringend auf einander zubewegen. Wir brauchen endlich auch einen Mindestsockel an europaweit gültigen Arbeitnehmerrechten, um unserer sozialpolitischen Verantwortung gerecht zu werden. Zukünftige Generationen werden unseren Erfolg gerade an den Rechten der Arbeitnehmer messen.

VERHOFSTADT *(irritiert): Pardon!* Wie meinen Sie das mit den rechten Arbeitnehmern? Ich plädiere immer für eine ausgewogene Sozialpolitik.

BERLUSCONI: *Que vuole dire…?* Wir müssen dem *Parlamento Europeo* besser auf die Finger schauen. Wer weiß, wie seine Stellungnahme zur Dienstleistungsrichtlinie aussehen wird! Wahrscheinlich werden die Abgeordneten wieder typisch endlos par…lamentieren… Von mir aus können die polnischen Restaurateure ruhig kommen. Haha! Konkurrenz belebt das Geschäft. *Basta!*

VERHOFSTADT: Tja, unsere Reinigungshilfe ist auch Polin, wirklich, eine tüchtige Frau. Immer pünktlich und grundehrlich. Und jeden Sonntagmorgen geht sie in den überfüllten polnischen Gottesdienst in der Brüsseler Altstadt. *(schmunzelnd:)* Durch den zahlreichen Zuzug von Polen wird Brüssel eben wieder etwas katholisch…

BERLUSCONI: Wahrscheinlich ist Ihre Putzfrau nicht nur katholisch und ehrlich, sondern auch bescheiden, indem sie auf die Sozialversicherung und ihr Urlaubsgeld nolens volens verzichtet… Wie selbstlos!

JUNCKER: Meine Herren, wahr ist, dass Europa einen charakterlichen Anspruch an Bürger wie an Politiker bedeutet…

BERLUSCONI: *Allora*, nun wird er gleich wieder so ungemütlich. An dem Junker ist ein richtiger kleiner Philosoph verlorengegangen. *Per favore*, es kommt doch immer mehr auf die Europarlamentarier an, deren politisches Gewicht durch die vielen Mitspracherechte des Parlaments in den letzten Jahren aufgebläht worden ist. Und da ist *Germania* mit 99 Abgeordneten *naturalmente* überrepräsentiert...

MERKEL: Also, ich muss schon sehr bitten, Herr Berlusconi...!

JUNCKER: Herr Kollege Berlusconi! Mal abgesehen von dem zugrunde liegenden Proporz wollen wir doch nicht vergessen, welchen historischen Beitrag die Deutschen mit der Aufgabe ihrer Deutschmark für Europa geleistet und...

CHIRAC (*genießerisch*): ...natürlich immer in enger Abschprache mit Frankreisch und unter unserem guten Ssureden, wenn isch das einmal so formulieren darf...

BERLUSCONI: Haha, *Giacomo*, hm Jacques, die Deutschen, *si, si*, die haben Europa ein Geschenk gemacht, für ihre Einheit... Aber, wenn Sie gestatten, wo ist eigentlich der französische Beitrag? Wann wird Frankreich endlich einlenken, damit der Zweitsitz des *Parlamento Europeo* verlagert werden kann?

VERHOFSTADT: Tja, wenn Sie gestatten. Also, es wäre sicherlich am vernünftigsten, zukünftig alle Plenarsitzungen in Brüssel abzuhalten, so wie es auch für Ausschusssitzungen und die besonderen Plenarsitzungen der Fall ist. Die Kommission mit ihren Beamten und ihren Akten befindet sich nun mal in Brüssel. Und es kostet den Steuerzahler mehrere hundert Millionen Euro pro Jahr, weil Beamte des Parlaments und der Kommission jeden Monat fünf Tage mit Umzugskartons in Möbelwagen auf Dienstreise nach Straßburg fahren.

JUNCKER: Genau da liegt einer der Gründe für den Europa-Überdruss mit Ansätzen einer EU-Phobie. Wir müssen uns fragen, wie viel Schelte und Polemik wir uns noch leisten können. Ich erinnere nur an den Streit vor einigen Jahren zwischen Belgien und Frankreich, mit Schmutzkampagnen in den Medien und wilden Beschimpfungen: Die einen nannten das Brüsseler Parlamentsgebäude „*Caprice des Dieux*" und die anderen das Gebäude in Straßburg „*Crotte du Diable*". Jetzt sind die Namen leider nicht mehr fortzudenken aus dem Volksmund. Diese ganze Debatte muss ein Ende finden. Das Generalsekretariat des Parlaments befindet sich seit eh und je in Luxemburg. Und Sie kennen alle das europäische Engagement meiner Regierung. Also, kostenloses Bauland ließe sich ohne langwieriges Genehmigungsverfahren...

CHIRAC: Jetzt fangen Sie bloß nischt auch noch an, *mon cher* Claude!

BERLUSCONI: *Mi caro Giacomo*, hm, Jacques! Die Kollegen haben doch

Recht, der Wandercircus ist auf Dauer zu teuer. Die Aufteilung des *Parlamento Europeo* auf Brüssel und Straßburg schadet auch unserer Wählergunst. Deshalb hat die italienische Regierung einen Plan entwickelt, der Sie alle interessieren wird. Bei der nächsten italienischen Präsidentschaft im Ministerrat lade ich Sie alle zu einer Reise in das liebliche *Alto Adige* ein. Die Österreicher nennen es hartnäckig Südtirol oder Oberetsch. Es liegt exakt im Herzen Europas, in den dolomitischen Alpen. Und von der Hauptstadt *Bolzano* sind es nur wenige Kilometer bis nach Slowenien, nach Österreich, nach Tschechien, Deutschland oder Frankreich. Mit Italienisch und Deutsch ist die Region zweisprachig, wie Brüssel und Luxemburg. Also ein idealer Standort für das *Parlamento Europeo*. Die Abgeordneten können sich dort ganz auf ihre Arbeit konzentrieren und werden nicht durch Casinos und Opernhäuser abgelenkt.

KELLNER: Hätten Sie noch einen Wunsch, meine Herrschaften?

VERHOFSTADT: Noch eine Runde Bier und ein Glas Mineralwasser ohne Gas für Madame bitte... *(Er wendet sich Angela Merkel zu:)* Übrigens, Frau Bundeskanzler, ich hörte, Sie sind zu Fuß von Ihrem Hotel herüberspaziert, um einen Blick auf unsere Altstadt zu werfen. Wie gefällt Ihnen unser Brüssel denn?

MERKEL: Ich bin äußerst angetan. Die Architektur am *Grand Place* hat mich völlig überwältigt. Das *Manneken Piss* ist aber offen gestanden viel kleiner als ich es mir nach den Fotos im Reiseführer vorgestellt habe.

BALKENENDE: Wie war das noch mit Bozen? In Südtirol kann man *toch ook lecker* Skifahren! Wie lange braucht man mit einem Wohnwagen eigentlich *naar* Bozen...?

CHIRAC: *Mais ça alors!* Waren Sie noch niemals in *Val d'Isère* oder *La Plagne*...? Sie müssen die franßösischen Alpen kennenlernen! *Alors, mon cher*, hm, Silvio. Isch glaube, Ihre Regierung at den Kopf verloren. Wo bleibt der Respekt für meine Nassion? Schlagen Sie sich diesen Umßug aus dem Kopf. Da kommt Frankreisch noch eher auf den alten Vorschlag von Elmut Coll an Mitterrand Mitte der achtziger Jahre ssurück, aus *Strasbourg* ein großes *Centre européen* mit den Sitzen von allen Institutionen su machen. Am Ende kommt noch jemand auf die Idee, das *Parlement européen* nach Istanbul su verlegen, gleich neben den *Grand Bazar*.

BERLUSCONI *(köstlich amüsiert)*: *Non fa niente. Il viaggio* von *Strasburgo* nach Istanbul führt über Italien. Dort werden unsere *Carabinieri* die Umzugswagen einfach zum Anhalten zwingen.

BALKENENDE: Ik denke, die Niederländer werden dem Beitritt der Türkei in einem Referendum *niet tustimmen*...

MERKEL: Werte Kollegen, wenn wir schon bei dem Thema sind: Wir haben die moralische Verpflichtung, bei unseren türkischen Freunden keine zu hohen Erwartungen zu wecken. Wir sollten ehrlich sein und Optionen unterhalb einer Vollmitgliedschaft im Auge behalten, wenn die Beitrittsverhandlungen beginnen. Wir von der Union, ich meine Christlich-Demokratischen Union, finden, das Modell einer privilegierten Partnerschaft…

CHIRAC: Erlauben Sie, *ma chère* Angela, klingt das nischt ein bisschen wie eine wilde Ehe?

MERKEL: Die Beziehungen können von einer Art christlich-muslimischen Ökumene begleitet werden. Dabei wird es auch darauf ankommen, einen neuen Entwurf für eine europäische Verfassung auszuarbeiten, in der Raum für unsere christlich-abendländischen Wurzeln ist.

BERLUSCONI *(springt beinahe auf)*: *Inspirazione di Roma!* Ich werde den Eindruck nicht los, *Signora Merkel,* dass Sie sich als protestantische Pastorentochter mit dem neuen katholischen Oberhirten im *Vaticano*, Ihrem Landsmann *Benedicto*, arrangiert haben und sich einen Redenschreiber teilen. Ist das Ihr neues Sparkonzept? Haha!

VERHOFSTADT: Nun lassen Sie doch bitte diese albernen Späße, *Signor* Berlusconi. Belgien ist jedenfalls immer bereit, konstruktiv an einem neuen Verfassungsprojekt für Europa mitzuarbeiten. Das belgische Föderalismusmodell steht gern Pate für die europäische Verfassung. In keinem anderen Land der EU gibt es so viele Garantien für Sprachminderheiten. Denken Sie an das jahrzehntelange friedliche Nebeneinander von Flamen, Wallonen und Deutschsprachigen.

CHIRAC: *Mon cher collègue*, mein Land at es nischt nötisch, sisch von Belgien eine staatsreschtliche Lekßion erteilen ssu lassen. Als Nachbarn sind wir swar beeindruckt, wie Sie es schaffen, ein Land su regieren, in dem die Bürger aufgerufen werden, sieben Parlamente su wählen, wenn man das *Parlement européen* in *Strasbourg* mitreschnet…

VERHOFSTADT: …in Brüssel wollten Sie sagen!

CHIRAC: Nein. Isch meinte *Strasbourg*!

BERLUSCONI: *Phantastico!* Belgische Wahlpflicht als Modell für Europa, mit Bußgeldern gegen Nichtwähler. Dann nähern wir uns einer 100 Prozent-Wahlbeteiligung, wie zu sowjetischen Zeiten…

MERKEL: Werte Kollegen, lassen Sie mich bitte schön zu dem Standort-Dilemma noch etwas sagen. Vielleicht gibt es ja einen Ausweg. Wie wäre es, wenn wir den Gedanken eines europäischen Forschungszentrums in Straßburg wieder aufgriffen, als Kompensation für ein französisches Entgegenkommen in der Parlamentsfrage. Damit könnten wir Europa in der

Spitzenforschung voranbringen und erstklassige Wissenschaftler aus den USA zurückgewinnen, die uns den Rücken zugekehrt haben.

BALKENENDE: Frau Bundeskanzler, bedenke Sie bitte die Kost van diese Großprojekt...

MERKEL: Wenn damit der lang ersehnte Frieden einkehrt, ist meine Regierung gerne bereit, ein solches Projekt zu prüfen und sich im notwendigen Maße an den Kosten zu beteiligen.

VERHOFSTADT: Verehrte Kollegen, ich denke, darauf müssen wir anstoßen! Die nächste Runde geht auf Belgien. Madame Merkel, wie wäre es mal mit einem Glas Bier anstatt Wasser ohne Gas? Unser Land hat 800 verschiedene Biere zu bieten...

MERKEL: Das ist beachtlich. Ich denke, es gibt sogar an die 1.500 Biere im vereinigten Deutschland.

BERLUSCONI: Vereinigtes Bier ist Bierpanscherei...

VERHOFSTADT: In Belgien gibt es herrliche dunkle Klosterbiere, die haben es in sich! *Duvel* oder *Leffe Brune.* Für den Sommer haben wir sehr erfrischendes Weißbier aus Hoegarden und von Brügge...

MERKEL: Wir beobachten seit Jahren mit wachsender Sorge, wie der belgische Brauereikonzern *Inbev-Interbrew* in Nachbarländern im großen Stil kleine und mittlere Brauereien aufkauft.

VERHOFSTADT: Die aufgekauften Brauereien dürfen ihr Geschäft unter der alten Marke weiterführen.

BALKENENDE: Ausgesprochen großzügig! Zum Glück gibt es ja ook noch unsere niederländische Kommissarin für Wettbewerbsfragen Neelie Kroes, um auf die Monopolbilding opzupassen.

MERKEL: Übrigens, die deutschen Medien drängen immer mehr darauf zu erfahren, wofür und an wen die sechs Milliarden Euro Agrarsubventionen, die 2004 nach Deutschland geflossen sind, gezahlt wurden. Mich würde interessieren, wie Ihre Regierungen mit dieser delikaten Frage umgehen und welche Ihrer Regierungen an eine detaillierte Information der Öffentlichkeit denkt, nach dänischem oder niederländischem Vorbild.

BERLUSCONI *(mit breitem Grinsen)*: Die öffentlich-rechtlichen Fernsehanstalten unterstehen doch Ihnen, Signora Bundeskanzlerin. Ihre TV-Programme gleiten Ihnen wohl aus den Händen...

MERKEL: Ich bin glücklicherweise nicht in der dubiosen Lage, über ein Medien-Imperium zu verfügen. Bei uns fallen Rundfunk und Fernsehen hauptsächlich unter regionale Autonomie und sind recht unabhängig.

JUNCKER: Meine Vorschläge als Vorsitzender des Ministerrats im Juni 2005 zum Subventionsabbau im Agrarsektor sind von mehreren Seiten hintertrieben worden. Europa kann es sich nicht mehr leisten, den französischen und den deutschen Anbau von Zuckerrüben und Raps zu bezuschussen, ganz abgesehen von den Flächenprämien für Baumwolle. Oder nehmen wir die Exportsubvention für Rinder: Pro Jahr werden 200.000 Tiere zur Schlachtung nach Ägypten und in den Libanon ausgeführt und für jedes Tier werden dem Exporteur 231 Euro gezahlt. Wie lange wollen wir das dem europäischen Steuerzahler zumuten?

CHIRAC: *Mon cher collègue*, isch dachte es sei bekannt, dass Frankreisch in den Verandlungen für einen Subventionsabbau im Agrarsektor immer kompromissbereit war. Leider atten sisch unsere Freunde vom anderen Kanalufer an ihrem Sonderrabatt festgeklammert.

MERKEL: Als deutsche Bundeskanzlerin meine ich, dass es vor allem auf korrekte Verwendung von Zuschüssen aus EU-Töpfen ankommt.

BERLUSCONI: *Molto interessante, Signora Merkel*! Als „*Chancelière allemande*" wissen Sie sicher auch, dass das Europäische Amt für Betrugsbekämpfung, unser OLAF, Ihr Land dieses Jahr ganz oben sieht, allerdings bei den Unregelmäßigkeiten in der Verwendung von EU-Beihilfen im Agrarsektor. Mit über 500 Fällen liegen Sie auf Platz zwei, hinter Spanien und noch vor Frankreich. *Congratulazioni*!

JUNCKER: Es gehört leider mit zum Binnenmarkt, dass die grenzüberschreitende Zusammenarbeit auch für Betrüger gut funktioniert. Ich erinnere mich noch gut an den Skandal vor 20 Jahren, als einem Beamten in Brüssel auffiel, dass italienische Viehbauern extrem viele Prämien zum Abbau von Rinderherden kassiert hatten. Bei einer Kontrolle *sur place* stellten die Beamten zu ihrem Entsetzen fest, dass ein Teil des italienischen Rinderbestands sein Leben ohne Ohren fristen musste. Die waren nämlich als Tötungsnachweis für die Bezuschussung eingereicht worden.

BERLUSCONI: *Mi caro collega* Fahnenjunker! Sie schwenken permanent die falsche Flagge. Ische bekomme allemählich den Eindruck, dass Sie sich auf meine Kosten profilieren wollen. Sie haben doch mehrfach den Vorschlag abgelehnt, Kommissionspräsident zu werden. *Allora*, was wollen Sie dann? Wollen Sie sich vielleicht als Minister im Kabinett von der Signora Merkel salonfähig machen…?

JUNCKER: Nun gehen Sie entschieden zu weit. Das ist doch der Gipfel!

VERHOFSTADT: Genau, der Gipfel. Gestatten Sie bitte die Unterbrechung, werte Kollegin und Kollegen. Es ist spät und der Gipfel beginnt in zwölf Stunden im Gebäude *Justus Lipsius* am *Rond Point Schuman*. Ich höre, die Wagen stehen bereit, um Sie in Ihre Hotels zu bringen.

Überragende Baukunst: eine alte Bahnhofsfassade vor dem kolossalen Glaspalast des Europäischen Parlaments in Brüssel mit seiner überragenden Kuppel.

Der Apfel, an dem etwas faul war

Wenn ein Urlaubsapfel in Nizza zum Zankapfel mutieren will

Meine Begleiterin und ich warteten auf unseren Triebwagen-Zug im *Gare du Sud*, der uns nach La Foux d'Allos in die Alpen der Provence bringen sollte. Die drei Tage hier in Nizza waren eine willkommene Abwechslung zum tristen Winter im nördlichsten Winkel des französischen Sprachraums in Europa, da wo die Frankofonie eine verschwommene Sprachgrenze mit dem germanischen Sprachraum bildet und die sogenannte Hauptstadt Europas liegt. Denn hier in Nizza gibt es im Jahresmittel doppelt so viele Sonnenstunden wie in Brüssel.

Nizza hat nach offiziellen Statistiken 350.000 Einwohner. Und im Sommer leben dort mindestens zwei Mal so viele Einwohner wie im Winter. So hatte man mich als Zuschauer an der *Piste de Pétanque* am Berghang zur ehemaligen Zitadelle aufgeklärt. Diese fünf Boule-Bahnen gehören einem Club, der sich an einem Wintertag Ende Dezember glücklich schätzen darf, dass seine Mitglieder auch mal bei 20 Grad Celsius in der Sonne spielen können. Bei einem Jahresbeitrag von 30 € kann wohl kein Solarium konkurrieren. Rund um den sog. Schlosshügel gibt es vier Boule-Clubs an seinen Hängen. Doch „unserem" Club reicht das natürliche Steilgefälle als Herausforderung nicht. Daher grub der Club hier und dort Steine in die Pisten ein, die leicht aus dem Boden herausragen.

Doch die eigentliche Sehenswürdigkeit des 100 Meter hohen Berges zwischen Altstadt und altem Hafen sind für die Touristen wohl nicht die Ruinenreste der 1706 geschleiften Zitadelle, sondern ein Park mit einer Café-Terrasse und einem riesigen Kinderspielplatz auf der Bergkuppe, die man sich auf einem 20-minütigen Fußweg über hunderte von Treppenstufen ersteigen muss. Auf dem Weg nach oben, gesäumt von mediterraner Flora, entdeckt man einen zehn Meter hohen und mindestens genauso breiten Wasserfall. Ein wunderschönes Panorama lädt immer wieder zum Innehalten ein. Der Ausblick lässt den steilen Anstieg vergessen. Von oben kann man die Stadt mit all ihren Türmen überblicken: katholische Kathedrale, reformierte Kirche, russische Kirche und Kathedrale, Synagoge, katholische Kirchen, Türme, Türmchen und noch mehr Türme. Unvergesslich bleibt ein Blick über das Meer, den Hafen und die Küste bis hin nach Antibes.

Eine frische Brise kam vom Meer herüber. Diesen frischen Wind mussten auch die Bauherren Europas verspürt haben, als sie sich im Dezember 2000 im Vertrag von Nizza auf Veränderungen für die Union einigten. Der Vertrag brachte nämlich Fortschritte bei den Abstimmungen des Rates der EU, da er seither öfter Beschlüsse mit Mehrheit trifft anstatt nach dem Prinzip der Einstimmigkeit. Außerdem proklamierten in Nizza die Staats- und Regierungschefs (der sog. Europäische Rat) feierlich die Charta der Grundrechte der Europäischen Union. Weniger bekannt ist, dass durch Nizza das System ständig wechselnder Tagungsorte aufgegeben und der Vorrang der belgischen Hauptstadt als Tagungsort des Rates festgeschrieben wurde. Dank Nizza kann sich Brüssel brüsten, Gastgeber bei allen ordentlichen Tagungen des Europäischen Rates zu sein.

Wir warteten also auf unseren kleinen Triebwagen-Zug im *Gare du Sud*, der uns nach La Foux d'Allos in die *Alpes de Provence* bringen sollte. Meine Begleiterin brauchte zwei neue Batterien für den Fotoapparat. Ich bot an, zum nahe gelegenen Supermarkt Intermarché zu gehen. Das war ich ihr schon aus Sicherheitsgründen schuldig, denn erst gerade war ein junger Bursche am Fahrkartenschalter zweideutig um mich herumgeschlichen, just als ich 100 Euro aus meiner Kleidung fingerte. Ich war nicht überrascht, denn das Viertel um den Südbahnhof wirkte recht armselig und heruntergekommen. Davon hatten wir uns auf dem zehnminütigen Fußweg vom SNCF Hauptbahnhof zum Südbahnhof überzeugen können, der einem privaten Kleinbahn-Unternehmen gehört. Der Fußmarsch war zwar anstrengend gewesen, mit Rucksack, Skiern, zwei Koffern und einer Reisetasche, andererseits war er ein gutes Training für den Pistensport.

Im Intermarché angekommen konnte ich nichts als Lebensmittel erblicken. Darum erkundigte ich mich bei einer Verkäuferin, wo ich Batterien finden könne und hielt ihr die beiden ausrangierten Exemplare entgegen, die wie neu funkelten. „Die finden Sie in dem kleinen Laden im Untergeschoss." Ich eilte auf eine unbesetzte Kasse zu und geschickt an der kleinen Sperrschranke vorbei. Dem pro Forma aufgestellten Wachtposten einer Sicherheitsfirma schenkte ich kaum Aufmerksamkeit; er macht ja nur seine Arbeit und sorgt dafür, dass die Preise nicht wegen exorbitanter Diebstähle heraufgesetzt werden müssen. Bis der Wachmann sich hinter der Kasse des fast menschenleeren Supermarktes unerwartet vor mir aufbaute. Er war etwa Ende Zwanzig, dunkelhäutig und schien irgendwie stolz auf seine Uniform zu sein. Bevor er zu Wort kam, öffnete ich bewusst zuvorkommend und kooperativ schnell meine Hand mit den beiden funkelnden Batterien und erwähnte hastig, dass ich für so etwas wohl eher in den Laden nach unten gehen müsse. Ich wollte schon an ihm vorbeihuschen, als er einen Schritt zur Seite machte und mir den Weg versperrte. Auf der Stelle wurde mir heiß. In Gedanken sah ich den Zug ohne mich aus dem Bahnhof fahren. Und das wo er nur dreimal täglich verkehrt! Was sollten unsere Freunde denken, die uns in La Foux erwarteten? Wollte er mir vielleicht ein Ding andrehen, um die Erfolgsstatistik für seine Aufstiegschancen aufzupolieren? Dann musste er den Schrecken, der mir aus dem Gesicht sprach, mit Befriedigung zur Kenntnis genommen haben.

Wir sahen uns tief in die Augen und da sagte er schnörkellos: „Et la pomme alors?" – Und was ist mit dem Apfel da? Erst jetzt wurde mir bewusst, dass ich nebenbei einen Apfel aß. Verdammt, dachte ich, der will mir doch wohl aus einem lächerlichen Apfel keinen Strick drehen. „Deutscher Tourist wegen Ladendiebstahls vorübergehend festgenommen." So oder ähnlich würde es die Boulevard-Presse aufgreifen. Wohlmöglich bekommt dieser Kerl einen erfolgsorientierten Lohn. Wieder schoss mir meine wartende Begleiterin und all das Gepäck durch den Kopf. Hinzu kam die in wenigen Minuten bevorstehende Abfahrt des Zuges. Sollte ich auf die Barrikaden gehen und mich beschweren für solche Anspielungen? Schließlich war ich für dieses Viertel recht gut gekleidet, mit einem guten Wintermantel und sauberen Stiefeln. Ich könnte ja auch nach dem Direktor fragen, irgendeinen Vorgesetzten musste es doch in der Nähe geben! Doch die Aufgeregtheit war nutzlos. Während ich den halb aufgegessenen goldgelben Apfel ungewollt wie eine Kasperle-Puppe mit einem Ausdruck vor meine Augen hielt, als ob ich sagen wollte: „Nanu, Du kleiner Strolch, was machst Du denn hier?", brach es plötzlich unkontrolliert aus mir hervor: „Ach der Apfel!" Dabei musste ich prustend auflachen. „Nun, das ist mein Reiseproviant, ich komme vom Bahnhof." Meine spontane Reaktion musste die beste gewesen sein. Der Wachmann taute auf und zeichnete so etwas wie ein Lächeln in sein Gesicht. Sofort kam er mir sympathischer vor. Mit einem unverständlichen Murmeln gab er schließlich den Weg frei.

Ohne mich umzudrehen ging ich so normal wie möglich an ihm vorbei. Auf dem Weg nach unten wurde meine Stirn allmählich kühler. Nur meine Schultern blieben angespannt. Eins hatte ich dem Uniformierten nicht verraten: Zwar hatte ich den Apfel nicht im Supermarkt gestohlen. Dennoch war mein Gewissen schwer belastet wegen Anstiftung zum Diebstahl. Und das gegenüber einer Amtsperson! Meine Begleiterin, eine langjährige Staatsanwältin, hatte sich nämlich von mir überreden lassen und unter größter Überwindung von unserem Frühstücksbuffet im Hotel als Reiseproviant Obst abgezweigt.

„Auch das noch!", entfuhr es mir draußen plötzlich. Ich ging unwillkürlich einen Schritt schneller und sah mich um, während ich an meine rechte Mantelseite fasste und, durch das Futter hindurch, Bananenproviant ertastete.

Andalusische Lichtblicke

Wasser-Läufe: Gluckser Spritzer
Sonnen Strahlen Sanfte Glitzer
Landschafts Zauber Rausch der Düfte
Knospen Früher Frühlings Lüfte

Touristen-Ströme: *Light* statt Leid
Al-Andalus Belichtungs Zeit
Mauren Architekturen Sprechen:
Grauer Alltag Mauern Brechen

Fotografen Spiel im Schatten:
Licht-Bilder Bericht Erstatten
Himmel Blau auf Weißer Wäsche
Trocken Zeit für Flache Dächer

Kirchen Türme Glocken Spiel
Kinder Lachen Eis am Stiel
Tapas Pan Jamón Tortilla
Oliven Tinto zu Paella

Sonnen Strahlen Lichter Glanz
Flamenco Rhythmus Blut im Tanz
Augen Zwinkern Mienen Spiel
Form Vollendet Sagen Viel

Hunde Streunen Leinen Los
Täubchen Suchen Hälse Wenden
Anzieh Kräfte Schultern Bloß
Augen Blicke Geist-Reich Blenden

Zitrus Früchte Knospen Spreize
Männer Blick Fang Runder Reize
Farben Hitze: Lippen Stiften
Seelen Schmetterlinge Driften

Schwirren Prickeln Flimmer Tanz
Harmonie der Dissonanz
Gedanken Schwärmen und Entgleisen
Formen Farben Gehn auf Reisen

Winter Tage Seelen Modern
Frühling Dickicht Holz Schlag Zeit
Lichtungen wo Strahlen Lodern
Seelen vom Gestrüpp Befreit

Gedanken Gut in Wärme Wonne
Sonnen Strahl statt Stahl Kolonne
Winter Schwarz in Schwarz Verdichten
Lichtblicke Schwarze Gedanken Lichten

Euregio Aachen –

Der Orden wider das ernstliche Tier

Freddy Frosch (D) und Igor Igel (B) im Grenzgespräch

„Die Froschwallfahrt schon längst vorbei
hüpfst Du allein durch Wald und Flur.
Ist Tradition Dir einerlei,
mein deutscher Freund, wohin denn nur?"

„Ach Igel, Monschau war mein Plan,
durch Malmedy – Baraque Michel.
Hab mich im rechten Weg vertan,
kein Vollmond, es war nicht sehr hell.

Seit Eure Vennbahn kam zu Fall:
beseitigt, stillgelegt und so,
nehm ich zuweil *Routes Nationales*
durch Sourbrodt, Bütgenbach und Co.

Zur Nahrungssuche angenehm,
zum Balzen gut und für die Laich
Hochmoor und Heide war'n bequem
im Hohen Venn, gar kein Vergleich.

Die *Alljohrwieda* Frühjahrskur
bei Spa mit heißer Hochmoorpackung
und Bio-Frischfroschzellen pur
dient Geist und Körper zur Entschlackung.

Naturpark Eifel ist mein Ziel,
dort wachsen Wildnarzissen wieder.
Nur Schwarzstorch, Luchs sowie der Biber
jagt uns den Angstschweiß in die Glieder."

„Ein Laster macht zwar auf Asphalt
uns Igel und Euch Frösche kalt.
Doch weil die Autobahnen heller,
sieht man in Belgien Füchse schneller.

Dort drüben an dem lichten Busch
stehn Lastwagen in großer Zahl,
am Autorastplatz Lichtenbusch
da hast Du völlig freie Wahl."

„Du meinst ich soll auf Laster springen
als quasi blinder Passagier?
Das Spielchen kann doch nicht gelingen,
die Brummis fahren nicht, mein Tier.

Bis Sonntagabend gegen zehn
gibt es in Deutschland Fahrverbot
und zwingt die Lkw's zum Stehn
beim Grenzland-Pausenbutterbrot."

„Du deutscher Grenzgänger als Lurch,
ein Laster sollte jeder haben.
Sei doch kein Frosch ganz durch und durch,
sonst hüpfst Du stundenlang im Graben.

Lass Deinen Horizont verdecken
nicht Disziplin noch Eifelhecken.
Wird Dir ein Laster zum Verhängnis,
kommt der Gescholtne ins Gefängnis.

Ostkantonesen wissen all:
Der Richter deutsch in Eupen spricht
bei Tierschutz und Verkehrsunfall
beim belgischen *jüngsten Gericht.**

Bei Zeus, drum lass den Kopf nicht hängen.
Europa lächelt zwinkernd weise
und wünscht vom nahen Örtchen Schengen
de Lux: an Grenzen freie Reise."

„Du stichelst, Igel, recht satierisch,
weder banal noch eingeigelt,
gar weltgewandt, bisweilen lyrisch,
vor Königstreue glatt geschniegelt.

Als Grenzbewohner Pionier
in Dialekten und in Sprachen
so tierisch gut, verdienst Du Dir
Europas Karls-Preis der Stadt Aachen."

„Bei der Laudatio bin ich platt.
Dein Rheinland-Mundwerk nicht von Pappe
fängt sicher spielend leicht und glatt
zwei Fliegen mit nur einer Klappe.

Alaaf! Trotz allen Frösche-Morden
wahrst Du Humor, darum sei Dir
dereinst verliehn der Aach'ner Orden
wider das Ernstliche im Tier."

* Das deutschsprachige *Gericht Erster Instanz* nahm seine Arbeit am 1.9.89 auf.

Rheinische Weinnacht
mit musikalischen Leckerbissen

Mit den Clocharles zwischen Siebengebirge und Rheinhöhenweg

Es muss über zehn Jahre her sein. Wir kamen gerade von einem Besuch des Drachenfelsens im Siebengebirge, mit diesem unvergleichlich schönen Blick auf das Rheintal. Plötzlich setzte ein Unwetter ein und die Landstraße war im Nu nass. Wir mussten uns etwa auf der Höhe der Rheininsel Nonnenwerth befinden, die überwiegend zu Rheinland-Pfalz gehört und deren Privatgymnasium nur über eine klostereigene Fähre zugänglich ist. Müdigkeit, Hunger und das scheußliche Wetter hatten uns einen gewaltigen Strich durch die Rechnung gemacht. Wir wollten nicht weiter fahren. Uns war vielmehr nach einer gemütlichen Gaststätte und einer komfortablen Matratze zumute, um eine Stärkung zu uns zu nehmen und bald zur Ruhe zu kommen. Schließlich wollten wir am nächsten Tag unsere Wanderung über den „Rheinhöhenweg" beginnen.

Dabei hatte der Tag so schön begonnen. Wir hatten das Kölner Schokoladenmuseum im schönen Rheinauhafen der Südstadt besucht. Seine gläserne Produktionsanlage stammt von dem Kölner Traditionsunternehmen Stollwerck und bietet dem Betrachter vollen Durchblick bei der Herstellung von Hohlfiguren. In dem Museum, das inzwischen von einer Schweizer Firma übernommen wurde, gibt es historische Ausstellungsstücke zur Geschichte der Schokolade, ein Tropenhaus mit Kakaobaum und einen kleinen Pralinenkursus. Wer vor gar nichts zurückschreckt, der kann im Museumsladen, aus 300 gr. Schokolade, einen Kölner Dom erwerben.

„Rhein in Flammen zwischen Linz und Bonn", sagte mein Kumpel Roland unvermittelt, „ist immer am ersten Samstag im Mai." Noch unvergesslicher sei aber das Höhenfeuerwerk in Koblenz, das am Deutschen Eck, beim Moselzufluss, von der Festung Ehrenbreitstein abgeschossen werde. „Letztes Jahr standen eine halbe Million Besucher entlang der Rhein- und Moselpromenaden." „Was der alles kennt!", dachte ich.

In der Dunkelheit konnten wir bei prasselndem Regen durch die beschlagene Windschutzscheibe die Straße nur schwer erkennen. Wir fuhren rheinaufwärts und ließen uns von der unwiderstehlichen Ausstrahlung des gewaltigen Stroms mitreißen, der hier im Tal in Gedanken immer gegenwärtig ist, auch wenn er sich dem Blick entzieht. Als meinem Beifahrer

Roland gelang, ein Ortsschild zu entziffern, murmelte er irgendetwas von Remagen. Mein Magen stand auf Sturm. Ich gab reflexartig „Saumagen" zurück und merkte an, dass es den weiter südlich im pfälzischen Landesteil gebe, und den Saumagen mit Kartoffelbrei und Kohl bekanntlich in Oggersheim. Der Gedanke an eine deftige Mahlzeit ließ mich den Hunger noch stärker spüren.

„Die preußische Rheinprovinz reichte 1878 von Kleve im Norden bis Saarlouis im Süden und von Malmedy im Westen bis Koblenz im Osten", klärte mich Roland auf. „Nach dem Zweiten Weltkrieg gehörte der überwiegende Teil Preußens zur britischen Besatzungszone, ohne den südlichen Teil der preußischen Rheinprovinz. Im Sommer 1946 entschied die britische Regierung, den „britischen" Teil der Rheinprovinz, also Nordrhein, mit Westfalen zu einem Bundesland zu vereinen. Das Lipperland kam erst 1947 hinzu. So kam es zu der Spaltung des Rheinlands in zwei Gliedstaaten." Es war erstaunlich, wie gut informiert mein norddeutscher Freund über die Geschichte des Rheinlands war. Ich warf ein, seine Jugendzeit im Rheinland hätte ihm wohl gutgetan, wenngleich er sie in der Landeshauptstadt verlebt habe. Denn schließlich reiche die aufklärerische Ausstrahlung der Kulturhauptstadt des Rheinlands, mit dem Anfangsbuchstaben K wie Kultur, weit über ihren Regierungsbezirk hinaus.

Als ich wieder einmal die Scheibe herunterkurbelte, entdeckten wir im schwachen Licht einer Laterne erleichtert einen Hinweis auf ein Weinlokal. Es war nicht leicht, der Beschilderung zu folgen. Nach einigem Suchen gelangten wir schließlich zu einem rustikalen Weingut mit Gasthaus vor der Kulisse einer traumhaften mittelalterlichen Klosterruine.

Statt „Mainzer mit Musik" am Käsebuffet gibt es heute „jecke Tön us Kölle", gab der Chef des Hauses übermütig zum Besten, nachdem er bei unserem Eintreten sogleich auf uns zugeeilt war. „Gehen Sie ruhig durch in den großen Saal, die Jungs spielen schon eine ganze Weile", und er wies mit einer einladenden Geste auf eine Flügeltüre am Ende des langgezogenen Raumes hin. Wir befanden uns unweit des Siebengebirges, der nördlichsten Weinanbauregion am Rhein und so war es nicht verwunderlich, dass wir Mitte September in ein großes Weinfest gerieten.

Über Wein kamen wir mit dem Hausherrn, einem gebürtigen Rheinländer, der sich nebenbei als Chefkoch des Hauses herausstellte, schnell ins Gespräch. Als wir bei der Tischwahl im Gastraum zögerten, winkte er uns kurzerhand herüber und zeigte uns überschwänglich seinen randvollen Weinkeller. Nach einer praxisbetonten Einführung in die Önologie in meinem mich nostalgisch einstimmenden Heimatdialekt führte er uns in die

Küche. Dort herrschte rege Geschäftigkeit und eine familiäre Stimmung. Für das leibliche Wohl seiner Gäste setzte der Chef persönlich Himmel und Erde in Bewegung, nicht zuletzt indem er kurzerhand mit einem Stampfer in einem riesigen Topf sein ganzes Gewicht zur Geltung brachte. Dabei summte er eine Melodie, die mich nicht mehr losließ, weil mir der Name nicht einfallen wollte. Nach einer Weile übergab er an einen Koch aus Hamburg. Dieser verdiente sich dort das Geld für sein Studium der Germanistik. Er stellte uns auch die anderen Mitarbeiter vor. Außer einem weiteren Koch namens Peter Silie gab es da noch zwei Damen. Zuerst eine etwas ältere Dame mit herrischem Auftreten. Der Hamburger Koch titulierte sie hinter vorgehaltener Hand mit Motzer Ella. Eine Dame mittleren Alters, die alle bloß Winniegrett nannten, zog ein säuerliches Gesicht, als ich ihr die Hand zum Gruß entgegenstreckte. Da endlich fiel mir das Lied ein: „Wir kommen alle in den Himmel", ein Lied der 50er Jahre von dem Mann mit dem urtypischen Kölner Namen Jupp Schmitz.

Ein Kellner brachte eine Bestellung über „Heringsschlot mit Quellmännern" herein. Der Hamburger nahm die Bestellung entgegen, jedoch nicht ohne die „Spitzenkwalitet noad-deutscha Heer-Ringe" zu loben. Auch der Hamburger Fischmarkt sei eben der beste. Rolands Augen begannen zu leuchten. Der Hamburger haute gerade Eier in die Pfanne und bekam sofort sein Fett weg: „An-Chovis ham wer hier an und Pfirsich genuch in d'r Giche!", murmelte eine Kellnerin, die damit verriet, dass sie aus Sachsen kam, und blies nochmals ins gleiche Horn: „Ich stehe mehr auf knackige Tür-Ringer". „Stör – mich nicht beim Kochen!", zischte es sogleich zurück. „Mensch, bist Du heute wieder barsch!", beschwerte sich die Sächsin. „Barsch mundet besser als Sprotte.", konterte der Koch mit diebischer Freude, dass er wieder einmal das letzte Wort hatte.

Der Chef eilte plötzlich nach draußen und machte einen auffälligen Bückling zur Begrüßung einer vornehmen Dame. Sie musste ein wichtiger Stammgast sein. „Hast Du Eisbeinchen?", rief ein Kellner dem Hamburger zu. „Gott behüte!" lautete die kühle Antwort. So ging es hin und her zwischen Kellnern und Koch. Anschließend stritten sie sich um „Schwein-Elendchen", „Kammerbär-Käse" und „Spar-Gel". Nach einer Weile wurde uns schwindelig und wir entschieden, unser Glas im Lokal weiterzutrinken. Außerdem hatten wir einen Riesenhunger.

Im Speiseraum war ein Buffet aufgebaut. Beim Anblick eines großen Tabletts mit fein garnierten Canapés musste ich unwillkürlich ausrufen: „Die sehen echt lecker aus, so richtig zum reinlegen." Nach einer Stärkung folgten wir den Klängen durch einen Verbindungsgang in den großen Saal.

Dort lud eine Band gerade mit dem „Erschten Walz" zum Tanze ein. Ich erkannte ein Akkordeon, eine Violine, zwei Gitarren, ein Banjo, einen Kontrabass und ein Schlagzeug. Die Musikgruppe spielte Evergreens der 30er bis 70er Jahre, in leicht wechselnder Besetzung. Roland schielte sogleich nach links und rechts und forderte jemanden zum Tanzen auf. „Ich muss mich warm machen für den Rheinhöhenweg.", sagte er. Ich warf ihm hinterher, dass wir unsere Wandertour noch planen wollten.

Nach „Du schwarzer Zigeuner" sowie „Tango Bolero" kehrten die Tänzer gut gelaunt an ihre Tische zurück und ein Mitglied der Band ergriff das Wort. Er musste der Spiritus Rector der Gruppe sein und so war es auch, wie sich später herausstellte. Ja, er war sogar so etwas wie Rektor oder Hochschullehrer, hatte lange weiße Haare und bedeckte seinen recht stattlichen Umfang mit einem knappen Umhang, einer originellen Rentier-Lederweste. Und reden konnte dieser Mann! Er, der geistige Vater der Musikband, hatte für alles enthusiastische Explikationen parat, sprach von der Gründerzeit der Band vor weit über zwölf Jahren, als sie noch zu Dritt im Clochard-Outfit auf Familienfesten spielten. Danach stellte er die Musiker einzeln vor. Was war das bloß für eine Truppe! Nicht weniger als vier Lehrer zählte ich. Doch es sollte noch besser kommen, denn ein Richter und ein Verwaltungsbeamter waren auch darunter. Nicht auszumalen! Da war ein Richter spielender Akkord..., oder vielmehr ein Richter, der Akkordeon spielte? „Sehr geehrte Damen und Herren, greifen Sie zu bei den Musikhäppchen von Ihrem zuständigen Amtsrichter! Oder das Landgericht, das durch den Magen geht". So und ähnlich gingen mir fiktive Ankündigungen durch den Kopf. Klang das nicht beinahe unappetitlich? Ach was, diese Berufe mussten sie sich einfach als Gag ausgedacht haben!

Der Schlagzeuger stellte sich im Gespräch gar als Musiklehrer heraus und Kenner par excellence der Kölner Musikszene. Eigentlich kein Kunststück, sagte sein Kollege, schließlich mische er überall mit. Denn seine Nebenbeschäftigungen seien seine Hauptbeschäftigung. In deren Anfangszeit habe er sogar Verbindung zu den Kölner *Bläck Fööss* gehabt.

Im Rheinland hatte ich schon ein paar Mal von dieser Band namens Clocharles gehört, jedoch hatte ich live noch nicht das musikalische Vergnügen mit ihnen, da sie auf handverlesenen Geburtstagen und Hochzeiten zum Tanz spielten und selten reine Konzerte gaben. Es war nicht schwer, mit dem Gründer der Gruppe ohne Umschweife ins Gespräch zu kommen. Dieser Namensgeber der Band hatte eine ganz besondere Ausstrahlung. Er war ein guter Zuhörer und es war faszinierend, ihm über ethnische Fragen der Sinti und Roma oder über die Lappen in Skandinavien zuzuhören, wo er jeden Sommer verbrachte. Der Bandname Clocharles ging auf eine Verbindung von *Clochard* mit *Charles* zurück, so wie er selbst mit Vornamen hieß. Der Pädagoge hatte auch etwas in seinem charismatischen Wesen, das sich schwer beschreiben lässt. Er barg einen Schuss „Zigeunerhaftigkeit" in sich und hatte damit kleine Züge derjenigen angenommen, die er in seiner Eigenschaft als Ethnologe gut kannte.

Wir erklärten, dass wir „rheinzufällig" zu dem Fest gefunden hatten. Ich werde nie seine Reaktion mit einem leichten Anklang an eine Mischung aus sächsischem und rheinischem Akzent vergessen, die er aus tiefer Inbrunst aussprach: „Das ist aber ein dicker Hund." Bald darauf spielte die Band das Stück Kriminaltango, nein, ich muss es so formulieren: Sie brachte den Kriminaltango mit schauspielerischen Mitteln gekonnt zur Aufführung. Die Nummer war einfach mitreißend.

Einer der Gitarristen opferte sich im Laufe des Abends amüsanterweise immer wieder unnachahmlich als Vorkoster oder Vortänzer, indem er sich abwechselnd selbstlos auf das Buffet oder an eine tanzlustige Dame warf, deren Begleiter das Gespräch mit einem Silvaner oder einer Scheurebe vorzog. Er war ein hervorragender Tänzer und heizte die Stimmung auf der Tanzfläche zusätzlich an.

Die „Session" mochte an die 40 Minuten gedauert haben, da machte die Band mit lautem Lachen – denn irgendeiner hatte immer eine hintersinnige Bemerkung auf den Lippen – eine Pause. Einer der Gitarristen schien derweil eingeschlafen zu sein. Oder doch nicht? Kurz darauf erhob er sich unvermittelt von seinem Stuhl und eilte zum Buffet. Einige der Musiker standen beisammen und beeilten sich, den Wein nicht warm werden zu lassen. Von Neugier ergriffen, stellte ich mich ein wenig dazu. Der mit dem Banjo sprach immerzu von seiner Bratpfanne, die er nicht alleine stimmen könne und dass er seinen Notenständer vergessen habe. Der mit der Geige lief nervös hin und her, weil er mit seinem Ständer aushelfen wollte, konnte ihn aber nirgendwo finden.

Ein kleiner Spanier wurde mir als großer Maler vorgestellt. Als ihr ehemaliger Percussionist war er der Gruppe seit Jahren verbunden und für dieses Engagement extra aus Spanien angereist. Beim aushilfsweisen Kontrabasszupfen hatte er sich jämmerliche Blasen an beiden Händen zugezogen. Er klagte mehrfach, Bass „pielen ohne Grenzen" sei nicht möglich, sonst bekomme er „Schwielen ohne Grenzen". Manchmal wusste man nicht, ob er „panisch prach" oder Deutsch. Ein lustiger Akzent deutete auf seine andalusische Herkunft hin. Plötzlich wandte er sich dem Gitarristen zu, der aus Richtung des Buffets kam und fragte: „Sameckata gut?"

„Bis doch nit esu mutzisch!", hörte ich einen vorbeigehenden Kellner zu Winniegrett sagen, als sie sich zu Zweit anschickten, das Nachtischbuffet abzuräumen. Es waren Reste Roter Grütze, rheinischen Obstkuchens sowie anderer Spezialitäten übrig geblieben. Mir lief das Wasser im Munde zusammen, dort lagen mit Puderzucker bestreute Krapfen aus Rosinenteig sowie rheinische Mutzenmandeln, die mir aus der Kindheit im Rheinland so vertraut waren: aus Butter, Eiern und Rum, mit geriebenen Mandeln und Sauerrahm, schön bestreut mit einer Puderzucker-Zimt-Mischung. Doch damit nicht genug. Obendrauf strahlte glänzend, wie zur Krönung, das letzte Makrönchen.

Der Banjospieler und ein Gitarrist machten sich gerade am Nachtischbuffet zu schaffen. Ich sprach sie an und fragte, wo die Truppe denn sonst auftrete. Der Banjospieler erzählte von einer Drei-B-Achse, auf der die Band schon fast zuhause sei: Brüssel, Bonn, Berlin. Und dann erzählte er voller Begeisterung von den Touren der Band quer durch Deutschland, vielen Auftritten in Rheinland, Eifel, Westerwald und Bergischem Land. Aber auch von Berlin, München, Sevilla, Brüssel, Ostbelgien und der französischen Normandie war die Rede. Zwei der Musiker hätten ihre spätere Ehefrau auf den Reisen kennengelernt. Doch als ich den Banjospieler auf Skiffle-Musik ansprach, taute er so richtig auf. Ja, zum Repertoire gehörten natürlich auch solche Stücke wie „Ice Cream" und „Am Sonntag will mein Süßer mit mir Segeln gehn" und dann drückte er mir mit Worten, die vor der großen Geräuschkulisse nicht ganz verständlich waren, eine Art „Glossar vom Clochard" in die Hand. Das war eine Speisekarte mit dem Titel „Musikalische Leckerbissen".

Ich wollte diese Speisekarte studieren, konnte aber nicht auf Anhieb schlau daraus werden. Mir wurde bewusst, dass ich einen Schwips hatte. Doch diese Karte wollte ich verstehen. Irgendetwas stimmte da nicht, ich konnte mir keinen Reim darauf machen. Ob es wohl mit der Rechtschreibreform zu tun hatte? Reflexartig rieb ich mir die Augen. Oder war ich ganz einfach zu müde? Nach einer Weile gab ich auf, schließlich war dafür auch am nächsten Tag noch Zeit. Ich entschloss mich zum Tanz.

Eigentlich wollte ich an diesem Abend früh zu Bett gegangen sein. Glücklicherweise gab es zwar freie Zimmer im Haus, weil eine Gruppe kurzfristig abgesagt hatte. Doch an ein Zubettgehen war einfach nicht zu denken bei dieser einzigartigen Stimmung, die vor allem von der Band auszugehen schien. Es war wie ein Feuerwerk der Gefühle. Jung und Alt waren auf den Beinen und alle genossen gleichermaßen die Rhythmen scheinbar untergegangener Melodien. Als die Gruppe dann noch „Pigalle" spielte und hinterher „Hello, Mary Lou", fing der ganze Saal an zu kochen. Fast alle Gäste waren auf den Beinen und bewegten sich begeistert zur Musik. Sogar Winniegrett und Motzer-Ella konnte ich zwischendurch in der Menge ausmachen. Nur ein etwas älterer, zurückgezogener Herr in der äußersten Ecke des Saals verzog kaum eine Miene, machte aber keinerlei Anstalten nach Hause zu gehen, denn er unterhielt sich allem Anschein nach prächtig mit „Müller-Thurgau". Seine Frau gefiel sich derweil auf der Tanzfläche, mit einer Freundin.

Zur allgemeinen Begeisterung wurde ein Sirtaki gespielt und ich begann meinerseits das Konditionstraining. Als mit dem Sirtaki auch diese „Session" unter einem mordsmäßigen Applaus zu Ende ging, hielt ich nach meinem Kumpel Ausschau. Roland war nirgends zu sehen. Dabei hatten wir doch eigentlich unsere Wanderung über den „Rheinhöhenweg" in Ruhe besprechen wollen. Wir hatten geplant, einige Etappen des 240 km langen linksrheinischen Wanderwegs durch Wälder und Weinberge, vorbei an Burgruinen und anderen Sehenswürdigkeiten, zu laufen. Wir hatten die Etappen von Rolandseck bis Boppard ins Auge gefasst. Der noch attraktivere rechtsrheinische „Rheinsteig" befand sich leider noch in der Planung und sollte erst in einigen Jahren fertiggestellt werden. Erst im Laufe dieses Abends war uns aufgegangen, dass es ganz in der Nähe auch noch den „Rotweinwanderweg" gab.

Auf die Frage, wo die Clocharles denn sonst zu hören seien, sagte der bärtige Akkordeonist mit kleinen Löckchen im Haar gestochen scharf wie bei einer Urteilsverkündung: „Es wird da gespielt, wo getanzt wird, wo die Stimmung angenehm ist und die Clocharles integriert werden. Das heißt zum Geburtstag, zur Hochzeit wie zur Tiefzeit und bei Fremden genauso wie bei Freunden." Junge, der kam aber in Fahrt! Und dann war er auf einmal gar nicht mehr zu bremsen. Sein Redefluss war in den großen, breiten Strom übergegangen, den von allen Landsmannschaften die Rheinländer am besten kennen. Er deklamierte eindrucksvoll, dass er mit dem Haupt-Melodieinstrument die Kärrner-Arbeit leiste, während sich alle Musiker den Kerner-Genuss teilten und die Saiteninstrumente außerdem für den wichtigen musikalischen Unterbau verantwortlich zeichneten. Als er vom Violinisten sprach, legte sich seine Stirn in Falten. Er formulierte ziemlich scharf: „Unser sogenannter erster Geiger gibt sich leider bei aller *bescheidenen Falschheit* gerne als Westentaschen-Paganini aus." Doch selbst das sei noch Hochstapelei. Außerdem mische er sich als Frontmann mit Vorliebe unter das Publikum und scheue keinen Scheinwerfer, und sei er noch so hell.

Plötzlich war ich in Gedanken vertieft. Es war mir in der Tat nicht entgangen, dass der Violinist, und da durfte man sich nicht von seinem schweren dunklen Bart täuschen lassen, nicht nur bisweilen eigenwillige Hüftschwünge vollzog, sondern insgesamt eine sportliche Figur abgab, wenn er, hingerissen vom Publikum, gleichsam schwebend in das selbige hineintänzelte, um spielend die Herzen der Zuhörer zu erobern.

Zurück im Gespräch, wollte ich etwas über das Schifferklavier wissen. Aber da war ich auf dem falschen Dampfer: „Mein Instrument ist ein Akkordeon und ich mag keine quer gestreiften Hemden!" Während mein Gegenüber feinsinnige Gedanken zu spinnen begann, schob er immer und immer wieder mit dem Zeigefinger den Brillensteg nach oben auf die Nase, um gleich anschließend mit derselben Hand zunächst kurz durch den Bart zu fahren und dann über seinen Solar Plexus zu streichen. Mein Lachreiz machte es mir schwer, mich auf das Gespräch zu konzentrieren. Auch dieser liebenswerte geistreiche Mann hatte also einen kleinen Tick. Es war schön festzustellen, dass Unvollkommenheit irgendwie schön unter den Menschen verteilt ist. Je mehr ich ihrer Musik lauschte und je näher ich ihnen kam, desto sympathischer wurden mir diese Kerle.

Einige Zeit später schoss mir der Rheinsteig wieder durch den Kopf. „Oder war es der Höhensteig?", fragte ich mich und fing an, mich über mich selber zu wundern. Es musste mit dieser unendlichen Schwere zusammenhängen, die ich in mir aufsteigen spürte. Doch jedes Mal, wenn ich mich anschickte, aufs Zimmer zu gehen, gab es eine neue interessante Begegnung mit den Musikern oder eine musikalische Überraschung in der stimmungsgeladenen Weinnacht. Ich stellte mein Glas ab. Als ich in den Sakkotaschen nach meiner Uhr suchte, fiel mir diese „Speisekarte" wieder in die Hände. Wie hieß es da noch gleich? „Eine kleine Frühlingsmeise", na ja, das ging ja noch so gerade. Aber „Zwei Apfelsinen in Haar"? Nein. Ein Leckerbissen dieser Art war zu vorgerückter Stunde ein schwer verdaulicher Gedanke. Als ich auf die Uhr schaute, sagte jemand hinter mir: „Halb zwei." Es war Roland. Endlich hatten wir Gelegenheit, über die Wanderung zu sprechen. Bei der Wahl der Wanderroute kamen wir gleich ins Stocken: „Hoher Rheinsteinweg oder Roter Weinsteinweg …?"

Da gesellte sich der sogenannte „Meister des Saitensprungs" zu uns. Er umklammerte sein Weinglas fester und schwang sich „rieslings" auf einen freien Stuhl. Diesen Spitznamen besaß er seit Jahren, da dem Gitarristen mit der sanft klingenden Ovation-Gitarre gewöhnlich bis zu drei Mal pro Abend eine Gitarrensaite riss. Er hatte den Spiritus Rector noch als Dozenten an der Pädagogischen Hochschule in Köln erlebt, und erzählte, jener liebe und lebe Unmittelbarkeit im anthropologischen Sinne. Solche Unmittelbarkeit bedeute für ihn zum Beispiel Musik ohne Verstärker und gelassene Autofahrten auf den Landstraßen anstatt auf Autobahnen, in seinem urigen, selbst gebastelten Reisemobil, längere Reisezeiten unaufgeregt in Kauf nehmend. Ich war unmittelbar beeindruckt. Und da bewegte sich der große Mann auch schon auf uns zu. Er hatte unbenommen eine stattliche Erscheinung. Doch eine Frage drängte sich mir auf. Ob er wohl Griechisch oder Latein konnte? Aus der Ferne betrachtet und mit dem Weinpokal in der Hand hatte er eine gewisse Ähnlichkeit mit Bacchus angenommen.

Dieser „Bacchus" erzählte sehr eindrucksvoll, dass es im chinesischen Tianjin ein 100 Jahre altes deutsches Stadtviertel gibt, dessen Restauration unter dem Namen „Rhein-Städtchen" geplant sei. Das Rheinland übe eben eine große Faszination auf Fremde aus und habe auch ihn seit seinem Zuzug vor vier Jahrzehnten nicht mehr losgelassen. Und dann hatte er einen „dollen Einfall", wie er sagte und zog mit seiner Begeisterung gleich die ganze Gruppe in seinen Bann: „Mensch, spürt Ihr nicht auch, wie sich die Stimmung auf dem Weinfest förmlich überschlägt? Welch ein Geschenk der Götter, dass wir als eine wunderbare Truppe so schöne Momente hier in dieser Tiefe erleben dürfen!? Was würdet Ihr davon halten: Wir weihen diese Nacht unserer Gruppe und wiederholen sie fortan jedes Jahr, wie eine feste Institution?" Sofort malten wir uns aus, nächstes Jahr wieder mit von der Partie zu sein. Und dann war zu hören, dass der „geistige Vater" der Gruppe eine ganze Reihe Hörspiele produziert und vor einiger Zeit auch ein bemerkenswertes Theaterstück geschrieben hatte. Er hatte es sogar selber arrangiert und 1988 mit einigen der Musiker uraufgeführt. Das Stück handelte vom Leben und Schicksalswirken des Friedrich Wilhelm Raiffeisen zur Zeit der großen Hungersnöte in Deutschland. Raiffeisen hatte im Westerwald den ersten Hilfsverein zur Unterstützung der Not leidenden ländlichen Bevölkerung ins Leben gerufen und im weiteren Gefolge 1864 die erste Genossenschaft im Raiffeisenschen Sinne gegründet. So viel war zu erfahren. Und es war begreiflich, dass Charles als vielseitig schöpferisch begabter Seniormusiker die anderen mitreißen konnte. Kurz darauf setzten sie an zur letzten *Session* mit „Those were the days my friend". Und ich sang unwillkürlich mit: *"Once up on a time there was a tavern, where we used to raise a glas or two ..."*

Unter den Gästen waren die unterschiedlichsten Typen vertreten und es war eine Wonne, sie am Glas vorbei zu beobachten: Da war zum Beispiel dieser junge Theologiestudent. Nach ein paar Gläsern hatte er nur noch Silvaner im Blick. Und hatte er zu Beginn des Abends noch hier und da hochgeistig in lateinischen Lauten sinniert, so sprach er am frühen Morgen fließend „Silvanisch". Am Nebentisch saß eine Familie aus der Eifel. Die Tochter zeigte sich scheu wie ein Reh. Doch mit jedem Glas Scheurebe legte sich das mehr. Ab Mitternacht zerrte sie einen nach dem Anderen zum Tanzen nach vorne. Für niemanden gab es ein Entrinnen. Ihr Vater, der pausenlos starken Rauch aus mächtigen Zigarren ausblies, ähnelte in seinem Habitus zusehends einem Grauburgunder, verschnitten mit Spätburgunder. Bei seiner Ehefrau ließ sich nicht verbergen, dass sein Gusto in Richtung „ausdrucksstark" und „körperreich" tendierte.

Charles ergriff das Wort. Und als ich ihn so da stehen sah, musste ich an eine Spezialität aus Belgien denken, an Brotaufstrich aus Schokolade von „Charlemagne Chocolatiers" und an ihre Pralinen, kleine quadratische Täfelchen mit elf Geschmacksrichtungen, darunter Veilchen, Kaffee und Ingwer. Ich malte mir aus, wie überzeugend er Werbung für dieses Haus machen könnte. Er kündigte sein „Lieblingsstück Schöne Lisa" an. Danach sang der Spanier zum Abschluss „Besame Mucho" und als dann die Geige dazu weinte, waren die Gäste so hingerissen, dass sie eine Zugabe forderten. Als Antwort auf soviel Zuspruch schob die Band „Ice Cream" von Chris Barber und „Bye bye, my Love" von den Bläck Fööß nach.

Später saß „der Alte", wie die Musiker Charles manchmal liebevoll nannten, am Klavier und improvisierte breit und temperamentvoll, ganz seinen Stimmungen hingegeben, sodass es seinen Mitstreitern schwer fallen musste, den Rhythmusübergängen zu folgen. Danach trug der Akkordeonist ein humoreskes Stück von Georg Kreisler vor: „Geh mer Tauben vergiften im Park". Und bald ergab eine Melodie die andere. Es wurde also so schnell nichts mit dem Zubettgehen. Im Saal herrschte immer noch allgemeine Begeisterung und ausgelassene Stimmung. In den Pausen standen wir mit den Musikern beisammen. Witze wurden zum Besten gegeben, Anekdoten aufgewärmt und sülzige Komplimente ausgeteilt. Beim gemeinsamen Singen und Klönen verflog die Zeit wie im Nu.

Als ich irgendwann doch in meinem Bett lag, nahm ich weder das laute Schnarchen von Karl dem Großen mit den weißen Haaren wahr, das aus dem Nebenzimmer durch die Wand drang, noch die ersten Sonnenstrahlen, die durch den Vorhang drangen. Auf meinem Nachttisch lag eine Speisekarte, deren Buchstaben das Tanzen gelernt zu haben schienen. Mit wohligen Melodien im Kopf und tanzenden Rhythmen im Blut schlief ich so unmittelbar wie ein Anthropologe und in dem weinseligen Gedanken ein, dass ich den Rhein ja schließlich auch einen Tag später noch besteigen könne.

MUSICAL DELICACIES
MUSIKALISCHE LECKERBISSEN
GOURMANDISES MUSICALES

♫ *Flotte Rhythmen heiß serviert von den Clocharles* ♫

Starters *Vorspeisen* Hors d'Oeuvres

Eischneewalzer	4,90 ♪
Tsirtaki (griechische Spezialität mit Knoblauch)	3,50 ♪
All of me (gemischte Pastete vom Schwein)	5,20 ♪

Main Dishes ♫ *Hauptgerichte* ♫ Plats Principaux

Eine kleine Frühlingsmeise	13,40 ♪
Capri Fische	15,50 ♪
2 Apfelsinen in Haar (C'est si bon !)	9,20 ♪
Flatterie	18,90 ♪

Salads ♪ *Salate* ♪ Salades

Tulpen aus Amsterdam	1,40 ♪
Weißer Flieder	3,60 ♪
Petite Fleur	4,90 ♪
Autumn Leaves	2,10 ♪

Dessert ♫ *Nachspeise* ♫ Dessert

Ice Cream	6,00 ♪
Chattenougat Chou Chou	4,00 ♪
Honey Pie	4,50 ♪
Sweet Georgia Brown	9,00 ♪

Warm Beverages ♪ *Warme Getränke* ♪ Boissons Chaudes

Café Oriental	3,00 ♪
Zucker in Kaffee	3,80 ♪
Azul	5,20 ♪

Drinks ♪ *Alkoholische Getränke* ♪ Boissons Alcoolisées

Griechischer Wein (0,25 l)	3,90 ♪
Oh Champus Elysée (0,7 l)	39,00 ♪
99 ways (Cocktail)	11,90 ♪
Es gibt kein Bier aus Hawai!	

For children only ♪ *Für unsere kleinen Gäste* ♪ Pour les enfants

Ein bunter Luftballon	♫
Puppet on a string	♫

Tobacco *Rauchwaren* Tabacs

Brasil (25 Min.)	1,95 ♪
Adiós Muchachos (3 Min.)	0,20 ♪

Weitere internationale Leckerbissen auf Anfrage beim
Partyservice Ohrenschmaus von ♪ Anuschka und ♪ Marina, Tel. 49 11 210696

Mythische Symbolkraft: Blick vom Drachenfels im Siebengebirge (321 m und im 19. Jh. ein Steinbruch für den Kölner Dom) auf das Rheintal und die Insel Nonnenwerth.

Kölsch: vom Gerstensaft
zu Mundart und LebensArt

Ein heiterer Vortrag zu später Stunde im Früh am Dom zu Kölle am Ring[1]

Verehrte Damen und Herren! Wie Sie bereits feststellen konnten, läßt sich Kölsch in der sog. Kölner Stange in flüssiger Form gut zu Munde führen, auch wenn der ein oder andere im ersten Augenblick denken mag, es handele sich um ein Reagenzglas. Und wer Gelegenheit hatte mit echten Kölnern zu parlieren, etwa einem Taxifahrer, der weiß, dass Kölsch auch – auf umgekehrtem Wege – gut aus dem Munde hervorsprudeln kann: in fester Form diesmal, wobei freilich von Wortbrocken die Rede ist, in kölnischem Dialekt. Linguisten sprechen hierbei etwas distinguierter von Polysemie.

Die Kölner Mundart ist eng verknüpft mit dem Kölner Humor, der sich in Kurzerzählungen offenbart, und zwar sog. *Krätzchen* und *Verzällchen*. In vielen Witzen ist von den beiden Originalen Tünnes und Schäl die Rede. Es gibt Leute in Köln, die ihre Umgebung einfach nach Tünnes und Schäl katalogisieren: Dabei ist der kleine dicke Tünnes (Kurzform für Antonius) einfältig, wohlwollend, halbbrav; der lange schlanke Schäl (der Schielende) ist mit Dreigroscheneleganz gekleidet und vom Charakter her gerissen, falsch und listig, wenn auch in Maßen. Wenn von Tünnes und Schäl die Rede ist, identifiziert sich der Kölner irgendwie mit ihnen, mit ihren Schwächen und mit ihrem guten Herzen.

Humor wird abgeleitet vom lateinischen Wort *humor*: Feuchtigkeit, Saft, Lebenssaft. Humor reichert gewissermaßen Lebenssaft an und trägt zum typischen Milieu bei: Eines Tages fragt der Schäl: *„Tünnes, woröm häus de dich immer expree op dinge eijene Finger?"* Daraufhin antwortet ihm der Tünnes: *„Och, weißte Schäl, et es esu e schön Jeföhl, wenn der Schmerz nohlöß."*

Als Witz ist dieses Krätzchen albern, aber als Humor transportiert es für den, der im Kölner Milieu zuhause ist, eine bezaubernde Stimmung. Die Wolken des Schicksals lassen sich nicht regulieren, denn sie hängen unerbittlich über uns. Also bereitet sich unser Tünnes eine Entspannung in

---

[1] Vortrag aus dem Jahre 2002 für die Teilnehmer einer sprachwissenschaftlichen Konferenz zum abendlichen Beiprogramm im alten Kölner Brauhaus *Früh am Dom*.

anthropologischer Haltung, um sich mit der Überzeugung zu durchdringen, dass es irgendwann doch einmal aufhört, dass es irgendwann auch mal aufwärts geht. Und in eben solcher Überzeugung hat die Stadt einen respektvollen Wiederaufbau geleistet, nachdem 90 Prozent des innerhalb der Ringe liegenden Stadtkerns im Zweiten Weltkrieg zerstört waren. Viele romanische Kirchen sind glücklicherweise verschont geblieben und noch heute Zeugen der Vergangenheit.

Im Humor des Kölners kommt zum Ausdruck, dass er in einer langen kirchlichen Tradition gewachsen ist. Er neigt nicht zu übertriebener Frömmigkeit, sondern eher zu der Ansicht, dass man das Gute nicht durch zu häufigen Gebrauch abnutzen solle. Gleichwohl steht er mit Gott und den Heiligen, die in den alten Krätzchen häufig vorkommen, auf recht freundschaftlichem Fuß. So erzählt Tünnes einmal, er habe geträumt, dass er in den Himmel gekommen sei. Gewandt stellt er sich mit einer leichten Verbeugung dem lieben Gott auf Kölsch vor, denn der liebe Gott spricht selbstverständlich auch Dialekt: *„Jestatten Se, Tünnes.“* Dieser erwidert voll Höflichkeit *„Leeve Jott“*. Tünnes berichtet weiter: *„Un der leeve Jott ließ sich sojlich in en Jespräch mit mer en.“* (Dem Kölner fehlt es nicht an Selbstbewusstsein. Außerdem kennt er den Lieben Gott von früher Kindheit an.) *„Da sagte ich zum leeven Jott: „Wieviel sinn für Dich eijentlich tausend Johr?“ – „E Minütche.“* war die Antwort. – *„Wieviel sinn für Dich denn e'ne Millijon Mark?“ – „Och, ne Jrosche.“ – „Dann lieh* (leihe) *mer ens ne Jrosche“*, erbittet Tünnes. – Daraufhin entgegnet der Liebe Gott: *„Dann waht ens e Minütche!“*

Das Verhältnis des Kölners zur Kirche belichtet auch die folgende Begebenheit: Mitte der neunziger Jahre wurde bei einem feierlichen Hochamt im Kölner Dom die Mozartmesse gespielt. Die Besucher sind so ergriffen, dass sie am Ende des Stückes spontan klatschen. Kardinal Meißner[2] geht zum Mikrofon und meldet sich mit dem Hinweis: „Applaus ist der Würde des Hauses nicht angemessen.“ Die so Zurechtgewiesenen sind tief betroffen und im Dom herrscht atemlose Stille. Der Kardinal begibt sich wieder zum Hochaltar, um die Messe fortzusetzen. In dem Moment, da er der Gemeinde den Rücken zukehrt, bricht hinter ihm tosender Beifall aus.

Souveränität macht den Kölner gefeit gegen dogmatische Strenge der Obrigkeit. Die letzten freien Wahlen vor der Nazizeit wurden am 31. Juli 1932 abgehalten. Die wenigsten Pro-Nazi-Stimmen von ganz Deutschland

---

[2] Er wurde auf indirekten Druck aus Rom im dritten Wahlgang vom Bischofskollegium zum Kardinal gewählt. Erst nach Meissners Wahl segnete der Papst schließlich das Ergebnis ab.

gab es hier in Köln mit 20,2 Prozent. Der Reichsdurchschnitt lag bei 37,3 Prozent. Während in Köln nur jeder fünfte Mensch NSDAP-Wähler war, war es in Frankfurt an der Oder und in Hannover nahezu jeder Zweite. (Im sozialistischen Berlin stimmten 24,6 Prozent nationalsozialistisch.) In dieser Zahl drückte sich die Katholizität aus, in der man fühlte und dachte, nicht jedoch im Sinne von Klerikalismus. Angesprochen auf ihr Verhältnis zur Kirche brachte dies eine Kölnerin einmal wie folgt auf den Punkt: *„Isch ben jot katholisch, ävver isch jläuve an nix."* Es überrascht auch nicht, daß eine Vielzahl von kölschen Ausdrücken religiösen Bezug haben: *„Do kriß jetz eine op dä Tabernakel"* will sagen „Du kriegst einen vor den Kopf". Ein hoch aufgeschossener dummer Mensch *„is ne jroße Tabernakel un en klein Heiligtum"*.

Nach 20 Jahren französischer Rheinprovinz wurde Köln auf dem Wiener Kongress Preußen zugeschlagen, bekam strenge Herren und dazu einen König; zu Zeiten der Freien Reichsstadt hatte der Kaiser sehr fern in Wien gesessen. Köln war ein eigenmächtiger, freiheitsbewusster Stadtstaat. Die 20jährige französische Besatzung hatte den Kölnern immerhin religiöse Freiheiten für Minderheiten, eine unabhängige Gerichtsbarkeit und das erste Kölner Adressbuch gebracht (übrigens in französischer Sprache). *Eau de Cologne* wird seit 1742 weltweit als Markenzeichen verstanden. Das kölnische Heil- und Duftwasser hat weit zurückliegende Vorfahren, die bis in die Römerzeit reichen. 1792 warb die Familie Mülhens mit dem Markenzeichen „4711" für ihr *Eau de Cologne* und erlangte bis heute ein Quasi-Monopol. 4711 ist die Hausnummer, die dem Stammhaus zugeteilt wurde, als die französischen Besatzer alle Häuser mit einer Hausnummer versahen.

Das elfköpfige Leitungsgremium im Kölner Sitzungskarneval wird von vielen auf die französische Revolution zurückgeführt. Der Elferrat stellte ursprünglich eine Persiflage auf die Revolutionstribunale dar und sollte zur Zeit der Besetzung des Rheinlandes Forderungen als Narreteien hinstellen. Sein Name ist demnach von der Abkürzung „ELF" für *égalité, liberté, fraternité* abgeleitet, dem Motto der französischen Revolution. Bunte Uniformen von Prinzengarde, Ehrengarde und Roten Funken mit Gewehrimitaten mit Blumen im Lauf haben ihren Ursprung in einer komischen Parodie auf die napoleonischen Besetzer. Auch diese Beispiele zeigen die souveräne Haltung des Kölners gegenüber der Obrigkeit und politischem Zwang. Humor wird zum befreienden Ventil in Zeiten der Unterdrückung.

Dass Köln eine geschichtsträchtige Stadt ist, zeigt sich an der reichen Verwendung von Fremdwörtern in der Alltagssprache. Sie stammen aus dem Kirchenlatein, aus den benachbarten Niederlanden und aus dem vielfältig verbundenen Frankreich. Auch heute noch hört man Ausdrücke wie *Forschettchen* (von frz. *fourchette*), *Kawelöres* (von *chevalier* für den Kavalier eines Mädchens), die Straße hat ein *Trottewar* (von *trottoir*). Auch *Plavumm* (von *plafond*) und *Mirewar* (von *miroir*) sind einigen Kölnern noch gut bekannt. „*Do nemme mer schnell noch en Allewittsche*", eine schnelle Mahlzeit, gemeint ist eine Kleinigkeit (von *allez vite*, macht schnell). „*Un hat mer kein Nüssele, dann muß mer kötten jon.*" *Kötten* kommt von französisch *quêter* (betteln).

Fährt der Kölner mit der *janzen Bagasch* in Urlaub, meint er die gesamte Familie mitsamt Oma und Hund, ohne an franz. *baggages* für Gepäck zu denken. „Du Quatschkopf" heißt *Do Lellbeck*, wörtlich „Du lallender Schnabel". *Do bess ne Labbes* bedeutet „Du bist ein schlacksiger närrischer Mensch". *Labbes* kommt vom niederländischen *Lobbes* (etwa „lieber Kerl"). Spöttig werden Zugezogene in Köln *Imis* genannt, für imitierte Kölner. *Bälch, Blagen, Fetze, Pänz, Puute, Quante, Quöös* und *Ströpp* sind Ausdrücke für Kinder, mit jeweils besonderer Nuance. *Pänz, Pänz* ist übrigens der bekannte Titel eines alten *Bläck Fööß*-Lieds. Diese *Bläck Fööß* (hochdeutsch „Nackte Füße") sind in Köln ebenso beliebt wie der verstorbene Volksschauspieler Willy Myllowitsch und die Kölsch-Rockgruppe BAP, um nur wenige bekannte Größen zu nennen.

Auf Holländisch heißt der eingesalzene Dorsch *labberdaan* (der luftgetrocknete Dorsch ist bekannt als Stockfisch). In Köln war das *Labberdönche* eine gestärkte Hemdbrust, die man sich vorband und die flach wie ein Stockfisch aussah. Charakterwörter sind in jeder Mundart stark vertreten: Ein Mann, der seine Nase in alles hineinsteckt, wird vom Kölner kurzerhand *Naserines* genannt. Der ganze Mann ist sozusagen Nase geworden. Vielleicht fallen Ihnen Parallelen auf zu hochdeutsch *Naseweiß* oder englisch *nosy*. Andere Charakterwörter sind *ne Kühmbroder*, jemand, der ständig kühmt und klagt. Ein *Speimanes* ist jemand, der beim Sprechen Mundwasser verspritzt. Den berühmtesten Kölner *Speimanes* kann man im kölschen Hänneschen-Theater in der Altstadt erleben. Das beliebte Marionettentheater ist meistens Wochen vorher ausverkauft.

Fies ist etwas zwischen unangenehm und ekelhaft. *Fies* ist sowohl der schmuddelig Ungepflegte als auch ein Mensch mit bonbonhaft klebrigen Gefühlen. *Knüsselig* heißt eher schmuddelig. Auch fiese Wörter gehören zur Mundart: In diesem Sinne gehört der *Mömmes* für den Kölner zum Basiswortschatz. Ein herausgeholter *Mömmes* bezeichnet einen Nasenpopel, technisch ausgedrückt *getrockneten Nasenschleim*. Das Wort hat mit

„sich vermummen" zu tun, mit „einrollen", „einwickeln". Den ertappten Nasenbohrer hänseln die Kameraden: „*Do Mömmeskonditer*"! Und ein Geizkragen wird *Knieskopp*, oder auch auch *Mömmesfresser* genannt.

Vom vielbemühten *Mömmes* ist es kein weiter Weg bis zum Mummenschanz und so bin ich diesem Wörtchen ausgesprochen dankbar für diesen weichen Übergang, denn es ist sozusagen Klebstoff für die Verbindung mit dem Karneval, auf Kölsch *Fastelovend*: Der Mummenschanz hatte den Stadtvätern ja schon im Mittelalter viel Kopfzerbrechen bereitet und zu mancherlei Verboten des „Vermummens und Verstuppens" geführt. Auch im siebzehnten Jahrhundert kommt es wiederholt zu Verordnungen zum Verbot von „Mummerey und heidnischer Tobung". Heutzutage gilt der Karneval im Rheinland unverrückbar als die fünfte Jahreszeit. Über Funk und Fernsehen ist der offizielle Karneval beinahe so etwas wie ein Exportartikel geworden, doch dies führt auch zu bedauernswerten Missverständnissen. Gewisse Feinheiten sind nur im Stadtrahmen verständlich und belustigend, werden aber zu peinlichen Plattheiten, wenn sie nach draußen gelangen. Bayrisch etwa und Wienerisch lassen sich bedingt exportieren, Kölsch nicht. (Selbst Konrad Adenauer hat den rheinischen Dialekt auf Bundesebene nicht dauerhaft politikfähig gemacht.) Der Ruf nach *Kamelle* (Bonbons) schallt den Wagen beim Rosenmontagszug hunderttausendfach entgegen. Es handelt sich im Grunde genommen um eine spöttische Ovation für eine nichtige Gabe. Dieser Schrei kommt dem Kölner schon mal automatisch auf die Zunge, auch bei profanen Umzügen außerhalb des Karnevals, so etwa beim historischen Stadtbesuch von Präsident De Gaulle oder der englischen *Queen*. Er unterdrückt dann den reflexartigen Ausruf *Kamelle* meist im letzten Augenblick, aber er denkt ihn.

Zur Lebensphilosophie des Kölners gehört das Leben und das Leben lassen, auch wenn man beim Anblick mancher Dinge zunächst eine ablehnende Haltung einnimmt, sei es bei dem Anblick eines unvorstellbaren Kunstwerks von Salvador Dali oder eines auffälligen Punks: „*Jede Jeck is anders*" heißt eine leicht abfällige Redensart, die zur Lebensphilosophie gehört. Ihr wohnt aber auch Versöhnliches inne, das er manchmal mit dem Zusatz zum Ausdruck bringt: „*Ävver jet jeck sin mer all.*"

Von Leib und Seele sagt ein altes Sprichwort: „*Esse un drinke hält Liev un Siel zosamme.*" Die traditionelle Küche ist nicht das was man eine feine Küche nennt. Sie ist deftig, schmackhaft und abwechslungsreich. Ihr wird man am ehesten mit der Ettikette Hausmannskost gerecht. Dem Wort hat man einen sozialkritischen Beigeschmack angehängt, so als ob es ein Verrat sei „Schwein-Elendchen" oder besser gesagt „Schweine-Lendchen" bürgerlich zu bestellen, weil es eine Konzession an die Spießerei sei. Wer sich das zueigen macht, ist selber schuld: er bringt sich um den Genuss von *Suure Kappes* (Sauerkraut), *Ääzezupp* (Erbsensuppe) und eines *Hämchens* (eine riesige gekochte Schweinshaxe). *Schawu* ist Wirsing und *Sprütcher* sind Rosenkohl. Ein urkölnisches Gericht ist auch *„Himmel und Ähd met Blootwoosch"*. Das ist ein Gemisch aus Apfelmus und Kartoffelbrei mit gebackener Blutwurst, die man *Flönz* nennt und zu der man *Öllig un Mostert* (Zwiebel und Senf) isst. Und was ist nun der *kölsche Kaviar*? Ganz einfach, *Flönz* mit Senf und einem Brötchen. In Kölner Gastwirtschaften gibt es vielerorts als Bierhappen den berühmten *„halven Hahn"*. Er erscheint dem auswärtigen Besucher höchst preiswert, doch es handelt sich um ein halbes *Röggelchen*, das heißt ein frisches Roggenbrötchen, mit einer dicken Scheibe Holländer Käse. *Rievkoche* (Reibekuchen) ähneln Berliner Kartoffelpuffern und sind so etwas wie das kölnische Nationalgericht. Sie kommen mit Schwarzbrot und Apfelkompott oder Apfelkraut auf den Tisch. Ein lustiges altes Wort für Fleischrouladen ist *Vüjel ohne Köpp* (Vögel ohne Köpfe), in Belgien als *oiseaux sans tête* bekannt. Und wer sich verschluckt, entschuldigt sich: *„Isch han ner Grümmel in der Trööt."* (einen Krümel in der Trompete).

Schmecklecker nennt man in Köln Feinschmecker, was sich aber nicht nur auf Speisen, sondern auch auf die Damenwelt beziehen kann. *Mangs* bedeutet in kulinarischer Hinsicht ein fülliger Geschmack und gut durchgekocht. Doch auch ein Mädchen kann *mangs* sein, das ist so etwas wie der Höhepunkt der Mädchenhaftigkeit überhaupt. Hier heißt *mangs* soviel wie physisch und psychisch gerade richtig, vielleicht ein wenig vergleichbar mit dem italienischen Ausdruck *„al dente"*. Dieses *mangse* Mädchen weiß der Kölner gut zu unterscheiden vom *Möbbelche*, einem rundlichen Mädchen und außerdem von einem *lecker Paketchen*, sprich von einem molligen Mädchen, das gut mundet.

Wenn Eltern zu ihren Sprösslingen sagen „Und mach mir ja keine *Visematentchen!"* bedeutet dies „Mach bloß keine Dummheiten!" Nach einer weniger amtlichen Interpretation rührt der Ausdruck her von frz. *„Visitez ma tente"*, einer Aufforderung französischer Soldaten gegenüber jungen Damen während der Besatzung durch napoleonische Truppen im frühen 19. Jahrhundert.

Ein *Fisternöll* ist eine kleine Liebelei oder ein heimliches Verhältnis. So ein *Fisternöll* mag auch im folgenden Fall zugrundeliegen. Die höchste Erhebung im Kölner Stadtgebiet bildet der Fernnmeldeturm „Colonius", der im Volksmund ganz einfach *Pimmel vun d'r Post* genannt wird. Falsch ist die Behauptung, dass es sich dabei um das rheinische Gegenstück zur *Schwangeren Auster* von Berlin handelt.

Und nun zur Sprachform: Im deftigen Volkston des Kölschen liegt oft ein spöttischer und fast aggressiver Klang. Kölsch ist weniger liebenswürdig als etwa das Wienerische bisweilen. Platt Kölsch sprechen heißt *schnüssig* sein: mit Schnauze, also unfreundlich. Was die Kölner Mundart durch inhaltlich bedeutungslose Worte klanglich und rhythmisch zu suggerieren vermag, sei an einem Beispiel vorgestellt: Zwei Frauen und die Tochter der einen fahren gemeinsam im Eisenbahnabteil. Das ungezogene Mädchen vertreibt sich inmitten der eifrig schnatternden Mütter die Zeit damit, *Mömmese* an die Wand des Eisenbahnabteils zu kleben. Die eine Frau spricht daraufhin die Mutter des Mädchens erstaunt an und folgender Dialog entwickelt sich: Es sei vorausgeschickt, dass in Köln weibliche Vornamen mit dem sächlichen Artikel verbunden werden. *„Darf dat dat?"* – Die Mutter antwortet: *„Dat darf dat!"* Daraufhin bricht es aus der ersteren bestürzt hervor: *„Dat dat dat darf!"*

Dem Gesprächsablauf wohnt auch sprachlich eine eigene Bedeutung inne. Der Sprachrhythmus ist breit und phlegmatisch. Es gehört nämlich zur Lebensweisheit des Kölners, dass er die Ruhe behält, selbst wenn es in der Weltgeschichte orkanhaft zugeht. Der dumpfe und erdschwere Klang erinnert an das obergärige Kölsch, die beim Kölner bevorzugte Bierbrauart.[3] Das Kölner Fremdenverkehrsamt bietet Stadtrundgänge *vun Weetschaff zu Weetschaff* an, auf dem sog. Brauhaus-Wanderweg. Dort erfährt man alles über *Köbesse*, Beichtstühle und die rund 20 Sorten Kölsch.

Und mit dem Einzugsgebiet von Kölsch-Bier wird 50 km nördlich auch die Kulturgrenze zum Altbiergebiet um Düsseldorf markiert. Die beiden Kontrahenten vom Rhein, das geschichtsträchtige Köln als Kunst- und Medienzentrum und die „sogenannte Landes-Hauptstadt" ..., lassen nicht nur im Karneval keine Gelegenheit aus, einen Seitenhieb auszuteilen.

Als *Pittermännche* wird ein 10–12 Liter schweres Kölsch-Fass bezeichnet, eigentlich eine Koseform des Namens Peter und im übertragenen Sinn auch das Bäuchlein des Biertrinkers. *„Köbes, die Foderkaat!"* (wörtlich: „Jakob, die Futterkarte bitte!") ist eine alte Bestellformel in Kölner

---

[3] Kölsch ist ein kohlensäurearmes Weißbier mit starkem Hopfengehalt, das man seit Anfang des 15. Jahrhunderts in Köln braut. Der Gärprozess dauert kaum eine, die Lagerzeit sieben Wochen. Kölsch gehört zu den obergärigen Bieren, weil bei der Gärung die Hefe nach oben steigt und dann abgeschöpft wird. Beim Pils und vielen bayrischen Bieren sinkt sie hingegen. Wegen seines geringen Kohlensäuregehalts würde das Bier in größeren Gläsern als den 0,2 Liter fassenden Kölner Stangen recht schnell schal.

Wirtschaften, was nicht heißen soll, dass in Köln alle Kellner Jakob hießen oder der Kölner gar auf Tierfutter närrisch wäre.

Der Kölner Köbes ist für seinen schnoddrigen Ton berühmt. Wenn man ein Wasser bestellt, sollte man sich nicht wundern über seine Rückfrage, ob er auch Seife und Handtuch mitbringen solle. Und man sollte sich auch nicht zu sehr wundern, wenn der Köbes hin und wieder auf die trockene Luft im Lokal hinweist ...

Wenn man von Vorteilen und Geschäften spricht, fällt in Köln unweigerlich das Wort vom *kölschen Klüngel*. Klüngeln wird in allen Lebenslagen gebraucht, besonders in der Politik natürlich. Das Wort ist nicht umsonst weit über das Rheinland hinaus bekannt geworden. Es ist mehr als Vetternwirtschaft und Korruption. Diese Perfektion des Mauschelns ist ein komplizierter Vorgang und bedeutet, nicht den geraden Weg zu gehen, Kontakte zu nutzen und geheime Absprachen zu treffen. So ist es nur konsequent, dass im kölnischen Sprachgebrauch ein *Lappöhrche*[4] machen viel harmloser klingt als hochdeutsch schwarzarbeiten.

Auch in der Kunst gibt es Klüngel. Und in der Kunst stößt man bekanntlich auch auf falsche *Fuffziger*, Fälschungen also. So sagte ein Antiquar, als ihm ein alter Korpus gebracht wurde, trocken: *„Och, den han ich doch noch als Keeschbaum* (Kirschbaum) *jekannt."* Und als „Kunststück" im Sinne besonderer „*Mund-Art*" darf vielleicht der folgende Ausdruck herhalten: Was dem Österreicher sein „Küss die Hand", das war dem Ur-Kölner lange Zeit der *Baselemanes*.[5] Aus dem Spanischen hergeleitet von *„beso las manos"*, ein Indiz für jahrhundertealte Weltoffenheit der ehemaligen Hansestadt.

Ich bedanke mich für Ihre Aufmerksamkeit. Sie haben gewiss Verständnis dafür, dass es in diesem Rahmen nicht möglich war, das dreibändige Kölsch-Wörterbuch von Prof. Wrede zu besprechen oder die kürzlich erschienene erste Kölsch-Grammatik. Sollte ich mit diesen *Krätzchen un Verzällcher* bei Ihnen aber unstillbaren Durst nach mehr Kölsch hervorgerufen haben, so wenden Sie sich bitte an den *Köbes* oder aber ... an die „*Akademie för uns Kölsch Sproch*". Denn dort kann man seit über 20 Jahren ein Kölsch-Diplom erwerben.

---

[4] Verniedlichung zu *Lappohr*: Lederfleck, Flickarbeit (A. Wrede, 1976: Greven Verlag Köln)
[5] Auch für Umschweife, Gehabe, Getue (vgl. *Jedöns*).

Blick vom Kölner Dom über die Altstadtdächer der Kulturmetropole und den Rhein bis zu den Konturen des rheinischen Siebengebirges am Horizont (Foto von 1988).

Belgo-Deutsch für Fortgeschrittene

1. Deutsch in Belgien

Mit Niederländisch, Französisch und Deutsch besitzt Belgien drei offiziell anerkannte Sprachen mit höchst unterschiedlichem Verbreitungsgrad. Aufgrund der geringen Anzahl deutscher Muttersprachler spielt Deutsch in vielen Bereichen nur eine sehr untergoerdnete Rolle. Es leben annähernd 100.000 – überwiegend belgische – Deutschsprecher im Osten und etwa 20.000 Deutsche, Österreicher und deutschsprachige Schweizer im Raum Brüssel / Antwerpen. Der Gebrauch der deutschen Sprache ist vor allem in den Ostkantonen Eupen und Sankt Vith und teilweise in Malmedy von Bedeutung. Aber auch in der wallonischen Region und in der föderalen Gesetzgebung findet Deutsch Berücksichtigung. Dafür sorgen weitgehende Schutzrechte für Sprachminderheiten im Land.

1.1 Staatsrechtliche Reformen ohne Ende

Als Belgien 1830 unabhängig wurde, gab es einen Einheitsstaat mit einer Verfassung in französischer Sprache, einem König an der Spitze, einem einzigen Parlament und einer einzigen Regierung im Land.

Im Jahre 1963 wird die Sprachgrenze zwischen dem niederländischen Norden und dem französischen Süden des Landes endgültig festgelegt. 1971 wurde Belgien durch eine Verfassungsänderung in vier Sprachgebiete (einschließlich des zweisprachigen Gebiets Brüssel Hauptstadt und zwei deutschsprachiger Kantone im Osten) sowie in drei Regionen und drei Kulturgemeinschaften eingeteilt. So entstand auch die Deutsche Kulturgemeinschaft im äußersten Osten des Landes. Im Jahre 1973 wurde ein aus 25 Mitgliedern bestehender deutscher Kulturrat mit Sitz in Eupen eingerichtet. Deutsch kann spätestens ab diesem Zeitpunkt zu den Landessprachen Belgiens gerechnet werden, wenn auch auf gesamtstaatlicher Ebene sein Gebrauch begrenzt bleibt.

Eine erneute Staatsreform im Jahre 1980, als Folge der Forderungen aus den beiden großen Landesteilen nach mehr Kulturautonomie, brachte ein äußerst kompliziertes Kompetenzgeflecht. Für die frankofonen Belgier, also Wallonen und französischsprachige Brüsseler, ist auf kultureller Ebene der aus dem Kulturrat hervorgegangene Rat der Französischen Gemeinschaft mit eigener Regierung (vier Minister) zuständig. Die wallonische

Region erhielt einen Regionalrat mit einer *Exekutive* (sieben Minister). Auf flämischer Seite hingegen wurden die Aufgaben des Kulturrats und des Regionalrats bei dem neuen Flämischen Rat zusammengefasst. Auch er besitzt eine *Exekutive*, die flämische Regierung (mit elf Ministern). Bei flämisch-regionalen Angelegenheiten dürfen die im Flämischen Rat vertretenen Abgeordneten aus Brüssel nicht mitstimmen. Aus der Deutschen Kulturgemeinschaft im Osten des Landes wurde die Deutschsprachige Gemeinschaft (DG).

Im Jahre 1988 verabschiedeten die Abgeordnetenkammer und der Senat eine erneute Verfassungsänderung zur Umwandlung Belgiens in einen föderativen Staat. Am 01.01.1989 wurden durch die vorletzte Verfassungsreform die flämische und die wallonische Region sowie (als seither dritte Region) die Hauptstadt Brüssel in der Wirtschafts-, Handels- und Finanzpolitik sowie in der Arbeits-, Energie- und Umweltpolitik weitgehend autonom. Seitdem ist die Umwandlung in einen föderativen Staat vollzogen. Der Brüsseler Zentralregierung verblieben Zuständigkeiten in den Bereichen Außen- und Verteidigungspolitik, Wirtschafts- und Währungspolitik, Sozialpolitik und Justiz.

In den Jahren 1993-94 kommt es zu einer vierten großen Staatsreform. Die dreisprachige Verfassung von 1994 regelt in französischer, niederländischer sowie in deutscher Sprache ein föderatives Staatsgebilde aus drei Regionen, neun Provinzen (ab 01.01.1995 zehn Provinzen wegen der Teilung der Provinz Brabant in die zwei Provinzen Flämisch-Brabant und Wallonisch-Brabant) sowie drei Sprachgemeinschaften. Die Kompetenzen der Sprachgemeinschaften erstrecken sich hauptsächlich auf kulturelle Fragen (Sport, Tourismus, Radio, Fernsehen u. a.), Unterrichtswesen, Sozialhilfe, Gesundheitspolitik, Familienpolitik, Sprachenpolitik, internationale Beziehungen und Zusammenarbeit zwischen den Gemeinschaften.

Nach den Parlamentswahlen im Juni 2007 traten politische Parteien Flanderns und der Wallonie in monatelange Sondierungsgespräche zur Bildung einer neuen belgischen Koalitionsregierung. (Es ist zu berücksichtigen, dass die Parteien keine Organisationsstruktur auf Bundesebene besitzen.) Dabei beharrte die flämische Seite mit Nachdruck auf weitergehenden Staatsreformen mit mehr Zuständigkeiten für Flandern und eine Teilung des umstrittenen Wahlbezirks Brüssel / Halle / Vilvoorde. Nach über einem halben Jahr zäher Verhandlungen kommt es lediglich zur Bildung einer dreimonatigen Übergangsregierung. Manche politischen Beobachter sehen Anzeichen dafür, dass es mittelfristig zu einem Auseinanderfallen des Landes kommen könnte.

1.2 Die Stellung der deutschen Sprache

Die Stellung der deutschen Sprache ist naturgemäß vor allem in der Deutschsprachigen Gemeinschaft (DG) von Gewicht, welche sich über die beiden Kantone Eupen und Sankt Vith im äußersten Osten des Landes erstreckt. Die DG verfügt über eine weitgehende Kulturhoheit und hat seit 1973 eine eigene parlamentarische Vertretung mit Sitz in Eupen. Die Bürger der Deutschsprachigen Gemeinschaft wählen als parlamentarische Vertretung einen aus 25 Mitgliedern bestehenden Rat, der Dekrete mit Rechtskraft innerhalb der DG beschließen kann und der die Regierung der Deutschsprachigen Gemeinschaft wählt. Diese Regierung besteht aus drei Ministern sowie dem Ministerpräsidenten und hat die Möglichkeit Erlasse zu verabschieden.

Innerhalb der DG dominiert Deutsch als die offizielle Sprache in den Institutionen wie Parlament, Regierung, Behörden, Gerichte und Schulen. In anderen ostbelgischen Kantonen ist Deutsch eine Minderheitssprache. Aber nur im französischsprachigen Kanton Malmedy wird die deutschsprachige Minderheit durch Spracherleichterungen geschützt, und zwar ähnlich dem Schutz französischsprachiger Einwohner in sechs flämischen Randgemeinden von Brüssel (in den sogenannten Fazilitätengemeinden Drogenbos, Kraainem, Linkebeek, Sint-Genesius-Rode, Wemmel sowie Wezembeek-Oppem).

Die Verfassung von 1994 schreibt in Artikel 129 vor, dass im Gesetz näher bezeichnete föderale und internationale Einrichtungen, deren Tätigkeiten mehr als eine der drei Sprachgemeinschaften betrifft, von der Sprachregelungszuständigkeit der Sprachgemeinschaften ausgenommen sind. Und in einer Auflistung im Gesetz über den Sprachgebrauch vom 02.08.1963 werden unter anderem die Nationalbank, das belgische Amt für Normung, die nationalen und regionalen Eisenbahngesellschaften, die regionalen Verkehrsbetriebe, Rundfunk und Fernsehen, die Berufsgenossenschaften der Ärzte und das Belgische Rote Kreuz genannt.

Der belgische König legt seinen Amtseid nicht nur in französischer und niederländischer, sondern auch in deutscher Sprache ab. Kraftfahrzeug-Zulassungsscheine werden wahlweise in Französisch, Niederländisch oder Deutsch ausgestellt. Die Telefongesellschaft Belgacom verfügt über eine deutschsprachige Fernsprechauskunft (Inland: 1407, Ausland: 1404), die von allen Landesteilen aus erreichbar ist. Der Belgische Rundfunk (BRF) mit Sitz in Eupen ist eine deutschsprachige Einrichtung. Immer mehr nationale Rechtsvorschriften werden ins Deutsche übertragen und im Belgischen Staatsblatt bekanntgemacht.

Für föderale Gesetze gibt es beim Staatsrat eine offizielle Koredaktion auf Französisch und Niederländisch zur sprachlichen Koordinierung. Soweit deutsche Übersetzungen bestehen, kommen sie jedoch nicht vom Staatsrat. Gemäß ständiger Rechtsprechung von Schiedshof und Kassationshof entbindet das teilweise Fehlen amtlicher deutscher Gesetzesfassungen den deutschsprachigen Belgier jedoch keineswegs von der Pflicht zur Einhaltung der Gesetze.

1.3 Amtssprache Deutsch

Bis 1898 war Französisch die einzige offizielle Sprache in Belgien, obwohl auch damals mehr als die Hälfte der Bevölkerung Niederländisch sprach. Die Zweisprachigkeit in der Verwaltung ab 1898 wurde im Jahre 1932 von der regional bestimmten Einsprachigkeit (Französisch bzw. Niederländisch) abgelöst. Von da an hing die Amtssprache einer Gemeinde über lange Zeit von der jeweiligen Bevölkerungsmehrheit ab. So verfestigte sich die das Land durchziehende Sprachengrenze zwischen Niederländisch im Norden und Französisch im Süden.

Grundsätzlich ist der Sprachgebrauch heute territorial geregelt. Grundlage bildet Artikel 129 der belgischen Verfassung mit den dort verankerten Prinzipien für den Gebrauch der drei Sprachen. Ausführliche Bestimmungen enthalten die Koordinierten Gesetze über den Sprachengebrauch in Verwaltungsangelegenheiten, eine am 18.07.1966 verabschiedete Gesetzessammlung (Belgisches Staatsblatt vom 02.08.1966). Das Gesetz sieht vor, dass die Sprache einer Amtshandlung davon abhängt, wo die eine Amtshandlung vornehmende Verwaltung ihren Sitz bzw. wo die antragstellende Person ihren Wohnsitz hat. Dabei wird nach Region, Provinz und Verwaltungsbezirk unterschieden. Es wird eine Einteilung in vier Sprachgebiete vorgenommen, und zwar in eine Region niederländischer Sprache (flämische Provinzen), eine Region französischer Sprache (wallonische Provinzen) und ein deutschsprachiges Gebiet bestehend aus Gemeinden deutscher Sprache um Eupen und Sankt Vith sowie das zweisprachige Gebiet der Hauptstadt Brüssel (Frz./Ndl.), zu dem die Stadt Brüssel und 18 weitere Gemeinden gehören.

Für die deutschsprachige Minderheit im frankofonen Kanton Malmedy (so wie in umgekehrter Weise für die frankofone Minderheit in den deutschsprachigen Kantonen Eupen und St. Vith) wurden durch die Staatsreform von 1988 sprachliche Erleichterungen verfassungsmäßig verankert. Die Erleichterungen (sog. *Fazilitäten*) für deutschsprachige Belgier im Kanton Malmedy bestehen darin, dass öffentliche Bekanntmachungen für

Einwohner oder für Unternehmen neben Französisch zusätzlich auf Deutsch vorzunehmen sind. So wie in den sechs flämischen „Fazilitätengemeinden" am Rande Brüssels sind auch dort die örtlichen Behörden verpflichtet, den Schriftverkehr auf Wunsch der betreffenden Einwohner in der geschützten Minderheitensprache zu führen.

1.4 Unterrichtssprache Deutsch

Deutsch ist Unterrichtssprache in der Deutschsprachigen Gemeinschaft (DG), das heißt in den beiden Kantonen Eupen und Sankt Vith. Es sind aber auch Klassenzweige auf Französisch oder Niederländisch zum Schutz von Minderheiten vorgesehen. Seit dem Jahr 1990 besitzt die DG selbst die Zuständigkeit für die Regelung des Unterrichtswesens. Das orthografische Regelwerk für die deutsche Sprache aus dem Jahre 1901 war bis dato die Lehrgrundlage an den Schulen. So wie Deutschland, Österreich und die Schweiz hat auch die DG die Neuregelung der Deutschen Rechtschreibung an den Schulen und im Öffentlichen Dienst eingeführt.

1.5 Gerichtssprache Deutsch

Im Jahre 1935 wurde durch ein Gesetz über den Sprachengebrauch an Gerichten die jeweilige Gebietssprache (Französisch bzw. Niederländisch) auch zur Gerichtssprache. Seit 1985 spricht man von einer Gleichstellung der deutschen Sprache an belgischen Gerichten gegenüber den beiden anderen Landessprachen. Seither bildet das offiziell deutschsprachige Gebiet auch einen eigenen Gerichtsbezirk, der sich aus den Gerichtskantonen Eupen und Sankt Vith zusammensetzt. Die Sitze des Gerichts Erster Instanz, des Arbeitsgerichts und des Handelsgerichts befinden sich in Eupen. Die dortigen Gerichtsverfahren werden in deutscher Sprache geführt.

Die belgischen Gerichte sind grundsätzlich einsprachig. (Die zweisprachige Hauptstadtregion Brüssel stellt insofern eine Ausnahme dar.) Gesetzliche Regelungen sorgen für sprachliche Erleichterungen im Umgang mit den Rechtsprechungsorganen, wie das folgende Beispiel veranschaulichen soll: Wird ein Beschuldigter, der nur Deutsch beherrscht oder sich in der deutschen Sprache besser ausdrücken kann, vor ein belgisches Polizeigericht oder ein Gericht Erster Instanz mit niederländischer oder französischer Verfahrenssprache geladen, kann der Richter auf Antrag des Betreffenden das Gerichtsverfahren an das Polizeigericht oder das Gericht Erster Instanz in Eupen (mit der Verfahrenssprache Deutsch) verweisen. Für deutschsprachige Ausländer kann es von Bedeutung sein, dass diese Möglichkeit nicht auf belgische Staatsangehörige beschränkt ist.

2. Deutschsprachige Rechtsterminologie

2.1 Problemstellung

Inhaltliche Unterschiede zwischen staatlichen Ordnungen spiegeln sich auch in der Sprache wider. So ist es nicht verwunderlich, dass staatsrechtliche Benennungen, Berufsbezeichnungen, zivilrechtliche Ausdrücke usw. im Vergleich zu anderen deutschsprachigen Staaten nicht selten terminologische Besonderheiten aufweisen.

Wer als Ausländer hin und wieder die ostbelgische Tageszeitung Grenz-Echo liest oder aber den deutschsprachigen Belgischen Rundfunk einschaltet, hat vielleicht schon einmal von Schöffen gehört und war im ersten Moment verwirrt. Denn was man in Deutschland oder Österreich gemeinhin unter Schöffen versteht (bestimmte Richter), deckt sich keineswegs mit dem belgischen Begriff des Schöffen („Ressortleiter" des Gemeinderats unter Vorsitz des Bürgermeisters). Deutsche, Österreicher und Schweizer stoßen in Belgien immer wieder auf andere deutschsprachige Bezeichnungen für gleiche oder ähnliche Gegenstände und Begriffe.

Die deutsche Sprache kann in Belgien nicht wie in Deutschland, Österreich und der Schweiz auf eine über Jahrhunderte gewachsene Rechts- und Verwaltungsterminologie zurückblicken. Daher ist es verständlich, dass der Fachwortgebrauch in der Praxis noch nicht einheitlich ist. Der Rückgriff auf Fremdwörter sowie Entlehnungen aus dem Niederländischen oder Französischen sind Merkmale der deutschen Rechts- und Verwaltungsterminologie in Belgien: *annullieren, Budget, Greffier, Magistrat, Projekt, Regent, Studienbörse*. Die partielle Dreisprachigkeit des Landes sowie vielfältige Berührungspunkte mit Französisch und Niederländisch gehören zu den Ursachen für solche Rückgriffe. (In Österreich ist *annullieren* ein üblicher Ausdruck. Man annulliert Termine, Eintragungen usw. In Deutschland ist die Bedeutung jedoch stark eingeschränkt, und zwar i. S. v. *etwas (amtlich) für ungültig erklären*.)

Einige Fachwörter wie *Athenäum, Lyzeum, Schöffe* sind auch in Luxemburg deutschsprachiger Standard. Bei vielen Besonderheiten handelt es sich aber um umgangssprachliche Wörter, z. B. *großjährig* (für volljährig).

Andere Ausdrücke sind durch ihre Veröffentlichung in der dreisprachigen Verfassung oder in der Datenbank DEBETERM amtlich festgeschrieben und tragen auf diese Weise zum Entstehen einer eigenen belgischen Terminologie bei (z. B. *Generalprokurator, Miliz, Schöffe*). Trotz ihrer Vielzahl haben deutschsprachige Belgizismen bis auf den heutigen Tag kaum Eingang in Wörterbücher gefunden.

2.2 Eine Auswahl deutschsprachiger Fachwörter

Nachstehend wird eine Reihe von Fachwörtern aus deutschen Texten der Deutschsprachigen Gemeinschaft, aus amtlichen Übersetzungen belgischer Gesetze, aus der dreisprachigen belgischen Verfassung bzw. aus der Terminologiedatenbank SEMAMDY aufgeführt:

Abgeordnetenkammer (frz. *Chambre des Représentants*, ndl. *Kamer van Volksvertegenwoordigers*): Wenn in Belgien von einer Kammerdebatte die Rede ist, handelt es sich um eine Diskussion in der belgischen Volksvertretung (Deutschland: Bundestagsdebatte).

Anwerbungsprüfungen sind Auswahlverfahren bzw. Einstellungstests im öffentlichen Dienst. (Fundstelle: Funktionshaushaltsplan 2006 des Parlaments der DG; SEMAMDY)

Athenäum (frz. *athénée;* ndl. *atheneum*): Ähnlich dem *Lyzeum* (Schule der Provinz) führt die Schulausbildung am *Athenäum* (Schule der Sprachgemeinschaft), bei jeweils sechs Jahren Primarschule und Sekundarschule, bis zur 12. Klasse. Mit dem Abschlusszeugnis der Oberstufe der Sekundarschule erwirbt man die Hochschulzulassung.

Belgisches Staatsblatt (frz. *Moniteur Belge,* ndl. *Belgisch Staatsblad*): Darin werden Gesetze und andere wichtige Rechtsvorschriften veröffentlicht. Es entspricht der Funktion nach dem Bundesgesetzblatt der Bundesrepublik Deutschland bzw. der Republik Österreich. Bis vor wenigen Jahren konnte man des Öfteren auch die Bezeichnungen „Belgischer Staatsanzeiger" oder „Bundesgesetzblatt" antreffen.

Bevölkerungsregister (frz. *registre de la population*, ndl. *bevolkingsregister*) bei den Gemeindeverwaltungen. Vergleichbar mit dem *Einwohnermelderegister* in deutschen Städten und Gemeinden.

Deutschsprachige Gemeinschaft (frz. *Communauté germanophone*, ndl. *Duitstalige Gemeenschap*): Diese terminologische Festlegung in der Verfassung auf Deutschsprachige Gemeinschaft weist mehr Trennungsschärfe auf als *Französische Gemeinschaft* (frz. *Communauté française*, ndl. *Franse Gemeenschap*), denn *deutschsprachig* anstelle von *deutsch* grenzt begrifflich deutlicher zur Bundesrepublik Deutschland ab und verhindert Verwechslungen.

Diener des Kultes (frz. *ministre du culte*, ndl. *bedienaar van de eredienst*): Die dreisprachige belgische Verfassung spricht von *Dienern der Kulte*. In Deutschland spräche man eher von *Geistlichen, Seelsorgern* oder *Bediensteten der Religionsbehörden*.

Domizilierung (frz. *domiciliation*, ndl. *domiciliëring*): Bei belgischen Banken ist der Gebrauch des Fachworts *Domizilierung* auch im bankenrechtlichen Kontext anzutreffen, und zwar synonym für *Einzugsermächtigungsverfahren.* In Österreich wird *Domizilierung* und *domizilieren* für *wohnen, sich niederlassen* gebraucht. Im bundesdeutschen Sprachraum ist *Domizilierung* nur ein wechselrechtlicher Ausdruck.

Föderalstaat (frz. *Etat fédéral*, ndl. *federale Staat*): In der belgischen Verfassung heißt der offizielle Terminus *Föderalstaat*. Die Bezeichnung Bundesstaat (bzw. bundesstaatliche oder föderative Ordnung) ist die übliche Bezeichnung in Deutschland sowie in Österreich. Die föderativen Elemente des belgischen Staates sind vielschichtiger als in Deutschland und Österreich. Neben der gesamtstaatlichen Ebene gibt es Regionen sowie Sprachgemeinschaften mit jeweils eigenen Parlamenten und Rechtsetzungskompetenzen.

Graduat (frz. *graduat*; ndl. *graduaat*): Nichtuniversitärer Hochschulgrad für Absolventen kurzer Hochschulstudien (Dauer zwei bis drei Jahre).

Greffier (frz. *greffier*; ndl. *griffier*): In anderen Rechtsordnungen etwa Gerichtskanzler, Gerichtsschreiber oder Urkundsbeamter.

Grüne Nummer (frz. *numéro vert*, ndl. *groen nummer*): Besonderer Anschluss für kostenlose Telefonanrufe. Die *Deutsche Telekom AG* spricht heute teilweise von *Freephone-Nummer*, während noch im Telefonbuch 1997/98 der *Deutschen Telekom* nur *kostenfreier Anruf* angegeben ist. Die *Deutsche Bundespost*, Vorläufereinrichtung der *Deutschen Telekom*, gebrauchte als Teil der öffentlichen Hand seinerzeit den Ausdruck *gebührenfreie Rufnummer.* (Fundstelle: Presse-Info des belgischen Landespensionsamts vom 14.01.2005)

Kandidatur (frz. *candidature*, ndl. *kandidaat*) bezeichnet den zwei bis drei Jahre dauernden ersten Studienabschnitt an einer belgischen Hochschule. In Deutschland bezeichnet das Wort die Bewerbung um ein Mandat oder eine Funktion.

Kollektives Arbeitsabkommen (frz. *convention collective de travail;* ndl. *algemene arbeidsovereenkomst*): Vergleichbar etwa mit dem *Tarifvertrag* in Deutschland, mit dem *Kollektivvertrag* in Österreich und mit dem *Gesamtarbeitsvertrag* in der Schweiz.

Lizentiat (frz. *licencié,* ndl. *licentiaat*): Ein akademischer Grad (*das Lizentiat*) bzw. der Inhaber dieses akad. Grads (*der Lizentiat*), nach einem Studium mit langer Regelstudienzeit (sog. „*type long*").

Magistrat (frz. *magistrat*, ndl. *magistraat*) bezeichnet in einigen deutschen Bundesländern sowie in Österreich die *Stadtverwaltung* und in der Schweiz ein *Mitglied der Regierung* bzw. *der ausführenden Behörde.* In Belgien Bezeichnung für *Richter und/oder Staatsanwälte.*

Milizpflicht (frz. *obligations de milice*, ndl. *militieverplichtingen leger-dienst*). In Deutschland und Österreich *Wehrpflicht*.

Schöffe (frz. *échevin*, ndl. *schepen*): „Ressortleiter" des Gemeinderats unter Leitung des Bürgermeisters. Zum Vergleich: In Nordrhein-Westfalen gibt es die „Ressortleiter" der Gemeindeverwaltung die man *Beigeordnete* nennt. In Deutschland heißen diese teilweise auch *Dezernenten*, während *Schöffen* ehrenamtliche Richter im Strafverfahren sind (Österreich: Laien-richter im Strafverfahren).

Sprachliche Erleichterungen (frz. *facilités linguistiques*, ndl. *taalfacili-teiten*): Sonderregelungen der Sprachengesetze (basierend auf Art. 129 der Verfassung) für den Gebrauch einer Minderheitensprache in 27 sog. Fazi-litätengemeinden. Die Einwohner haben das Recht, sich im Behördenver-kehr der Minderheitensprache zu bedienen und den Unterricht in dieser Sprache zu belegen. Diese Spracherleichterungen gelten für sechs Rand-gemeinden Brüssels, für mehrere Gemeinden entlang der Sprachengrenze sowie für die deutschsprachige Minderheit im Kanton Malmedy. Daneben gibt es größere Spracherleichterungen in gerichtlichen Angelegenheiten.

Studienbörse (frz. *bourse d'études;* ndl. *studiebeurs*): Studienbeihilfe, Stipendium. Es handelt sich offenbar um eine Entlehnung (Lehnüberset-zung) aus dem Niederländischen (bzw. Französischen). Das Wort *Studien-börse* kann irreführend sein, da es bedeutungsmäßig anderweitig belegt ist (i. S. v. *Bildungs- und Studentenmesse*).

Verkehrssteuer auf Kraftfahrzeuge (Vst) (frz. *taxe de circulation sur les véhicules automobiles (TC)*; ndl. *verkeersbelasting*): Steuer auf Kraftfahr-zeuge, vergleichbar mit der *Kraftfahrzeugsteuer* in Deutschland. Die Kfz-Steuer in Österreich hieß bis 1992 *Verkehrssteuer* und wurde dann in die (motorbezogene) *Versicherungssteuer* umgewandelt.

Zulassungssteuer (ZSt) (frz. *taxe de mise en circulation (TMC);* ndl. *belasting op de inverkeerstelling):* Eine einmalige Steuer, die bei der Erstzu-lassung eines Fahrzeugs in Belgien anfällt. In Österreich wird bei der erst-maligen Zulassung eines Pkw oder eines Kraftrads die Normverbrauchsab-gabe (NOVA) erhoben.

2.3 Terminologische Datenbanken und Übersetzungen

Im Jahre 1999 wurde der schon 1990 gesetzlich vorgesehene *Ausschuss für deutsche Rechtsterminologie* endlich eingesetzt. Dieser Ausschuss aus drei Mitgliedern hat zur Aufgabe, die in Belgien geltende deutsche Rechts-terminologie festzulegen, Fachwortverzeichnisse und Glossare auszuarbei-ten und zu veröffentlichen sowie betroffenen Einrichtungen und Behörden

den Gebrauch von Termini zu empfehlen. Dieser Ausschuss für deutsche Rechtsterminologie untersteht dem belgischen Innenministerium und ist beim Beigeordneten Bezirkskommissariat in Malmedy angesiedelt. In der Regierung der DG gibt es Bemühungen um eine Zuständigkeitsverlagerung, mit dem Ziel einer Eingliederung des Ausschusses in die DG. Der Übersetzungsdienst im Bezirkskommissariat konnte inzwischen die Anzahl deutscher Übersetzungen von Gesetzestexten auf über 3.000 hochschrauben.

Trotz ihrer Vielzahl haben typische Belgizismen lexikalisch gesehen im deutschsprachigen Raum bisher kaum Niederschlag gefunden. Anders als für die Schweiz und für Österreich gibt es weder einen Duden noch ein anderes einsprachiges deutsches Wörterbuch für Belgien. Auch mehrsprachige Rechtswörterbücher geben nur ganz selten Hinweise auf terminologische Besonderheiten belgischer Sachspezifika aus Politik, Verwaltung und Recht (kein Eintrag von Kandidatur, Graduat, Schöffe usw.) oder auf belgische Wortvarianten (kein Eintrag von Magistrat, Verkehrssteuer auf Kraftfahrzeuge, Grüne Nummer usw.).

Jedoch gibt es inzwischen zwei öffentlich zugängliche Terminologiedatenbanken: *DEBETERM* ist eine Datenbank in drei Sprachen (Deutsch, Französisch, Niederländisch), die aus den Arbeiten des oben erwähnten Ausschusses für die deutsche Rechtsterminologie entstanden ist und schon weit über 1.000 amtliche Festlegungen von Äquivalenzen enthält, die juristisch verbindlich sind.

SEMAMDY ist eine ebenfalls dreisprachige Datenbank der Zentralen Dienststelle für deutsche Übersetzungen und dient dazu, den deutschen Wortschatz zu vereinheitlichen, der bei der amtlichen Übersetzung von Gesetzes- und Verordnungstexten verwendet wird. Es handelt sich um ein umfangreiches internes Arbeitsmittel, das auf Grund zahlreicher Auskunftsersuchen in seinen überwiegenden Bestandteilen seit einigen Jahren über das Internet zugänglich ist. Auch die in DEBETERM enthaltenen Festlegungen werden in der Datenbank SEMAMDY gespeichert, die insgesamt weit über 33.000 von jedermann abrufbare Einträge enthält.

Diese beiden dreisprachigen Terminologiedatenbanken können über die folgende Webseite der Zentralen Dienststelle für deutsche Übersetzungen konsultiert werden: http://www.ca.mdy.be/DE/terminologie.asp.

Über diese Webseite stellt die Zentrale Dienststelle für deutsche Übersetzungen den Benutzern außerdem bislang erstellte deutsche Übersetzungen von Gesetzen und Verordnungen zur Verfügung. Dabei werden zwei Textsammlungen unterschieden: Eine erste Sammlung enthält die inoffiziellen koordinierten Fassungen von Gesetzestexten, die auf offiziellen oder auf im

Belgischen Staatsblatt veröffentlichten Texten beruhen. Rein rechtlich sind aber nur im Belgischen Staatsblatt bekanntgemachte Texte verbindlich. Eine zweite Sammlung bietet daher auch eine Übersicht über die im belgischen Staatsblatt veröffentlichten deutschen Übersetzungen mit Hinweisen zu ihrer Auffindbarkeit (über Internet oder als gedruckte Ausgabe).

3. Deutsche Muttersprache in Ostbelgien

3.1 Geschichtlicher Hintergrund
In Belgien spricht man Deutsch als Muttersprache in einem (nicht zu-sammenhängenden) Verbreitungsgebiet, das sich über 100 km entlang der Grenze zu Deutschland und Luxemburg erstreckt. Im zehnten Jahrhundert bildete sich die germano-romanische Sprachgrenze im Westen heraus, wel-che die deutschen Sprachgebiete (heute Flandern, Niederlande, Ostbelgien und Luxemburg) und das französische Sprachgebiet (heute Wallonie und Frankreich) voneinander trennte. Seit der Staatsgründung im Jahre 1830 hat Belgien immer eine deutschsprachige Minderheit gehabt, die in den Ge-meinden von Arel (frz. Arlon) und Montzen beheimatet war (unter Sprach-wissenschaftlern auch als *Alt-Belgien* bezeichnet). Nach dem Ersten Welt-krieg wurden Belgien im Versailler Vertrag neue Landgebiete zugesprochen, und zwar die damaligen deutschen Kreise Eupen und Malmedy (mit St. Vith), die auch als *Neu-Belgien* bezeichnet werden.

3.2 Minderheitssprache versus Amtssprache
Die Kantone Eupen und St. Vith bilden heute die Deutschsprachige Ge-meinschaft (DG). Innerhalb der DG ist Deutsch offizielle Sprache in den wichtigen staatlichen Organen und öffentlichen Einrichtungen (siehe weiter oben, Punkt 1.2).

Gemäß Artikel 5 des Gesetzes von 1966 über die Sprachenregelung in Verwaltungsangelegenheiten gehören zu dem Gebiet deutscher Sprache die 25 Gemeinden der Ostkantone Eupen und St. Vith. Nach Gemeindezu-sammenschlüssen wurden daraus neun Großgemeinden: Amel (Amblève), Büllingen (Bullange), Burg-Reuland, Büttgenbach (Butgenbach), Eupen, Kelmis (La Calamine), Lontzen, Raeren, Sankt Vith (Saint Vith).

Für die frankofone Minderheit in den deutschsprachigen Kantonen Eu-pen und St. Vith wurden durch die Verfassungsreform von 1988 sprachliche Erleichterungen verfassungsmäßig verankert; das gleiche gilt in umgekehrter Weise für die deutschsprachige Minderheit im Kanton Malmedy (sprich die Gemeinden Malmedy und Waimes, sog. *Neu-Belgien*). Dies bedeutet, dass zur Erleichterung für die dortigen Einwohner und Unternehmen alle öffentlichen Verlautbarungen sowohl auf Französisch als auch auf Deutsch vorgenommen werden müssen. Die örtlichen Behörden sind darüber hinaus verpflichtet, ihre Amtshandlungen auch in der jeweils anderen Sprache (d. h. auf Deutsch bzw. Französisch) durchzuführen, sofern der Betroffene dies wünscht. Darunter fällt natürlich auch der Schriftverkehr der Behörden mit den Einwohnern in diesen Gemeinden.

In anderen (nicht zur DG gehörenden) Kantonen mit deutschsprachigen Bewohnern, namentlich in Arel und Montzen (sog. *Alt-Belgien*), ist Deutsch dagegen keine Amtssprache. Lediglich im Kanton Malmedy gibt es folglich Erleichterungen für den Gebrauch der deutschen Sprache, vor allem im Schriftverkehr mit Behörden. Unterscheiden muss man also die amtlich anerkannte Deutschsprachige Gemeinschaft (die Kantone Eupen und St. Vith mit ungefähr 70.000 Einwohnern), die seit der Staatsreform im Jahre 1993 über eine größere Autonomie mit einem Parlament und einer Regierung verfügt, von den Gebieten mit deutschsprachigen Personen, in denen es die sprachlichen Erleichterungen für deutschsprachige Personen gibt (Kanton Malmedy) und von solchen Gebieten ohne einen Minderheitenschutz (das Areler Land und Montzen). Für alle betroffenen ostbelgischen Gebiete zusammengenommen (d. h. drei neu-belgische und drei alt-belgische Gebiete) wird die Zahl deutschsprachiger Personen gemeinhin auf ungefähr 100.000 angesetzt.

3.3 Deutsch im öffentlichen Leben

Das Eupener *Grenz-Echo* ist die einzige ostbelgische Tageszeitung in deutscher Sprache. (Die ostbelgische Ausgabe der Aachener Volkszeitung wurde in den neunziger Jahren eingestellt.) Das in den Ostkantonen verbreitete Grenz-Echo versteht sich als Sprachrohr der deutschsprachigen Bevölkerung Belgiens. Die Erstausgabe der Tageszeitung erschien 1927 mit dem Untertitel „Christliches Organ zur Förderung der wirtschaftlichen Interessen der neubelgischen Gebiete". Durch die offene Haltung gegen den Nationalsozialismus wurde die Zeitung im April 1933 in Deutschland verboten. An ausländischen Zeitungen aus der Großregion ist – für die südlichen Gemeinden – an erster Stelle das *Luxemburger Wort* zu erwähnen. Der Belgische Rundfunk (BRF) sendet von seinem Studio in Eupen mehrere deutsche Hörfunkprogramme (teilweise in Zusammenarbeit mit dem Deutschlandfunk) und bietet seit 1999 über Kabel und Internet auch ein kleines Fernsehprogramm (mit täglich 15-minütigen deutschsprachigen Regionalnachrichten als Kernstück).

Wie es Bruno Kartheuser ausdrückt, hat sich die Region unter dem Eindruck des wiederholten Staatswechsels lange Zeit nicht zu einer eigenen literarischen Produktion aufzuraffen gewusst (vgl. *Eine Region findet die Sprache wieder* in „Eifel – Ardennen", Bachem, 1998). Mit der sprachlichen Anerkennung in den sechziger Jahren und der Zuerkennung einer gewissen Autonomie in den siebziger Jahren falle der kulturelle Aufbruch der Region zusammen. Zwischen 1976 und 1989 gibt Leo Wintgens in loser Folge die Literaturzeitschrift *Obelit* heraus. Zu den führenden Autoren im Eupener Raum zählt auch der katholische Publizist Freddy Derwahl, der neben Lyrik auch mehrere Prosawerke herausgab, darunter „Die Füchse greifen Eupen an", eine fabulierende Erzählung mit Bezug auf Eupen, und der Roman „Der Mittagsdämon".

Im Raum St. Vith entfaltete sich lt. Kartheuser ab 1982 eine lebendige Literaturszene um die halbjährlich erscheinende Zeitschrift *Krautgarten*, die sich mit Lyrikbänden und Autorenlesungen unter internationaler Beteiligung als ein „Forum für junge Literatur" (Untertitel) im regionalen Grenzraum versteht. Zu den ständigen Autoren der Zeitschrift gehörten bzw. gehören Robert Schaus, Gerhard Heuschen, Leo Gillessen und Ingo Jacobs. Die *edition Krautgarten* veröffentlichte 1989 ein poetisches Reisetagebuch von Leo Gillessen („Die Tiefe der Freiheit"), 1991 den vielbeachteten Doppelband mit Gedichten von Ingo Jacobs („Geknautschte Zone") und Norbert Hummelt aus Köln („Maisprühdose"). Der Sammelband „Zeitkörner" mit lyrischen Zyklen von Leo Gillessen, Bruno Kartheuser und Robert Schaus erschien 1992. Es folgte eine Vielzahl weiterer Veröffentlichungen, so im Jahre 2007 „Mit leichtem Gepäck", eine Anthologie der ostbelgischen Gegenwartsliteratur (Textauswahl durch den Österreicher Alfred Strasser, Redaktionsmitglied des Krautgartens).

Eine beachtliche Anzahl hauptsächlich deutschsprachiger Publikationen bietet der Eupener Grenzecho-Verlag. Im Verlagsprogramm gibt es ebenso Bildbände und Reiseführer über Belgien, die Eifel und das Rheinland wie Künstlerbiografien, historische Romane und Kriminalgeschichten. Stellvertretend für eine Vielzahl von Werken seien an dieser Stelle herausgegriffen: „Brüssel, multikulturell und kosmopolitisch" von Jörn Sackermann und Joseph Lehnen, „Radwandern und Wandern in Ostbelgien und Umgebung" von Joseph Lehnen, der Bildband „Ostbelgien: Menschen, Landschaft, Kultur, Brauchtum" von Carlo Lejeune u. a., „Handbuch Belgisches Recht" von Marc Lazarus, „Zwei Jahrhunderte deutschsprachige Zeitung in Ostbelgien" von einer Autorengruppe, „Die Frauen Karls des Großen" von Elisabeth Fischer-Holz sowie „Aachen, eine Reise ins sagenhafte Herz Europas".

4. Dialekte und Umgangssprachen in Ostbelgien

4.1 Dialektlandschaften

Seit der hochdeutschen Lautverschiebung im 6./7. Jahrhundert lässt sich der deutsche Sprachraum in Westeuropa in drei große Dialektgruppen einteilen: Oberdeutsch (im Süden), Niederdeutsch (im Norden) und Mitteldeutsch (dazwischen). Südlich der sog. Speyrer Linie beginnt der oberdeutsche Bereich, in dem die Lautverschiebung konsequent durchgeführt wurde: Man sagt *ich, machen, Dorf, das, Apfel, Pfund*. Im niederdeutschen Bereich nördlich der Benrather Linie (bzw. Ürdinger Linie) kam es nicht zur Lautverschiebung und daher heißt es dort noch heute *ik, maken, Dorp, dat, Appel, Pund*. Zur niederdeutschen Gruppe gehört Niederfränkisch, das man noch heute in den Niederlanden spricht und ab dem 13. Jahrhundert Grundlage für die niederländische Literatursprache war. Der schmale deutschsprachige Landstreifen auf belgischem Boden ist mehreren mitteldeutschen Dialektlandschaften zuzuordnen:

Im ostbelgischen Norden finden wir südniederfränkisch-limburgische Dialekte, bei denen es zu fast keinerlei Lautverschiebung gekommen ist. Ihnen ist auch das ostbelgische Gebiet um Eupen mit Aubel, Gemmenich, Kelmis, Montzen, Welkenrat usw. zuzurechnen. Hier heißt es im Dialekt *ich, maken, Dorp, dat, Appel, Pund*.

Südlich davon, abgetrennt durch eine gedachte Grenze, die Benrather Linie (die etwa südlich von Eupen über Aachen, Düsseldorf-Benrath und Berlin bis Frankfurt/Oder verläuft), schließen sich die mittelfränkischen Dialekte an. Dazu gehört das Ripuarische, das auch in Raeren, Eynatten, Elsenborn und Bütgenbach gesprochen wird. Hier sagt man *ich, machen, Dorp, dat, Appel, Pund*.

Anders verhält es sich bei den südlicheren Nachbarn in der Gegend um Burg Reuland, St. Vith, Arlon und Luxemburg. Das hier gesprochene Moselfränkisch wiederum unterscheidet sich von dem noch südlicheren Rheinfränkisch dadurch, dass die Sprecher an ihrem *dat* und *wat* statt *das* und *was* festgehalten haben: *ich, machen, Dorf, dat, Appel, Pund*.

Im Raum St. Vith und Burg Reuland zeichnet sich seit einigen Jahren eine besondere Entwicklung ab. Von hier aus pendelt man nach Luxemburg, wo der gleiche moselfränkische Dialekt, nämlich Letzeburgisch, Amtssprache ist. Das führte nicht nur dazu, dass der regionale Dialekt in beiden Orten erhalten geblieben ist, sondern dass in St. Vith auch Kurse in Letzeburgisch angeboten werden und der einheimische Dialekt vom Letzeburgischen beeinflusst wird.

4.2 Verbreitungsgebiete deutscher Umgangssprachen

Nach Untersuchungen des Zentrums für Mehrsprachigkeit (in Brüssel) lassen sich in Ostbelgien von Norden nach Süden sprachwissenschaftlich folgende sechs deutschsprachige Gebiete unterscheiden (vgl. *Wortatlas der deutschen Umgangssprachen in Belgien* von Peter Nelde, Francke, 1987*)*:

Raum Montzen / Membach mit den Orten Sippenaken, Montzen, Bleiberg, Welkenrat, Membach u. a., im Norden an die Niederlande angrenzend. Wichtigste Sprachen sind die französische Standardsprache (Hochsprache), deutsche Umgangssprache und auch niederfränkisch-limburgische Dialekte.

Raum Eupen / Kelmis (nördlicher Teil der Deutschsprachigen Gemeinschaft) mit den Orten Eupen, Kettenis, Raeren, Kelmis u. a., im Osten an Deutschland angrenzend. Wichtigste Sprachen sind die deutsche Standardsprache (Hochdeutsch), deutsche Umgangssprache und niederfränkisch-limburgische bzw. ripuarische Dialekte.

Raum Malmedy / Waimes: Nordwestlich von St. Vith und südlich von Eupen gelegen, zum wallonischen Sprachraum gehörend, mit einer deutschsprachigen Minderheit. Wichtigste Sprachen sind die französische Standardsprache, deutsche Standardsprache, wallonische Dialekte.

Der Raum St. Vith / belgische Eifel (südlicher Teil der Deutschsprachigen Gemeinschaft) mit den Orten Elsenborn, Bütgenbach, Büllingen, Manderfeld, St. Vith u. a., im Osten an die Bundesrepublik angrenzend und im Süden an Luxemburg. Wichtigste Sprachen: deutsche Standardsprache, moselfränkische bzw. ripuarische Dialekte.

Ferner sind die Umgebung von Bocholz im Westen des St. Vither Raums und das sog. Areler Land entlang der Luxemburger Westgrenze mit Arel (frz. Arlon) als kleinere Zentren zu nennen. Wichtigste Sprachen: französische Standardsprache, moselfränkische Dialekte.

Eine exakte Bestimmung der jeweiligen Umgangssprachen in den einzelnen Gebieten ist kaum möglich, da in einem solchen mehrsprachigen Raum die Sprachenwahl situations- und sprechergebunden ist. Sprachenmischungen zwischen Standardsprache (Französisch oder Deutsch) und Dialekt nehmen nach Westen und nach Süden zu. (Ein typisch altbelgisches Beispiel ist: „Der Train ist im Retard, weil er hat keinen Vapeur mehr.").

4.3 Umgangssprachliche Ausdrücke

Wer einmal in den Ostkantonen war, dem ist vielleicht der eine oder andere typische regionale Ausdruck aufgefallen. Dabei handelt es sich oft um Entlehnungen (oder Lehnübersetzungen) aus dem Französischen: *Bic* für Kuli bzw. Kugelschreiber, *Fritüre* für Schnellimbiss, *Kamion* für Lastwagen, *Kappensitzung* für Karnevalssitzung, *Karmell, Klümpchen* und *Schick* (abgeleitet von frz. chique) für Bonbon, *Krolle* für Haarlocke, eine *Plack* für ein Nummernschild (am Auto), *Pumpe* für Zapfsäule (an der Tankstelle), *Tauscher* (von frz. échangeur d'autoroutes) für Autobahnkreuz / Autobahndreieck, *Viadukt* für Talbrücke. Beliebt ist darüber hinaus der Ausdruck *sich vergönnen* (i. S. v. etwas genießen, sich wohlfühlen).

In Neldes *Wortatlas* werden, je nach Gebiet, als ostbelgische Varianten für den standardsprachlichen Ausdruck *Klempner* die Bezeichnungen *Installateur, Plombier, Schlosser* und *Blechschläger* aufgeführt. Für *Schulranzen* werden *Schulmall* (Montzen), *Schultasche* (Eupen, St. Vith) oder *Schulsack / Ranzen* (Areler Land) genannt. Seltener gebraucht werden *Mappe, Tornister* und das französische Lehnwort *Malette*.

Zum Schluss sei noch ein Beispiel für eine umgangssprachliche Formulierung wiedergegeben: „Weil er eine große Blötsch im Wagen hatte, musste er sich vom Garagisten mit der Camionette depannieren lassen."

5. Nachwort

Es gibt vielfältige Sprachenregelungen, die einem zugezogenen Deutschen oder Österreicher aufgrund seiner Herkunft aus einem einsprachigen Land fremd erscheinen mögen.

In wichtigen Bereichen spielt die deutsche Sprache in Belgien keine oder eine untergeordnete Rolle im Vergleich zu den großen Landessprachen. So ist Deutsch beispielsweise bei parlamentarischen Beratungen im belgischen Abgeordnetenhaus nicht zugelassen.

Die Diversität der Sprachen und Dialekte sowie der sprachenrechtliche Minderheitenschutz in Ostbelgien machen diesen Landstreifen fast zu einem Mekka für Sprachforscher aller Fachrichtungen.

Das „Belgo-Deutsch" weist zwangsläufig Unterschiede zu dem Deutsch in anderen Ländern auf. Auffällige Besonderheiten im Wortschatz treten vor allem bei politischen und juristischen Themen auf, sowie im Dialekt. Die geografische Nähe zu Deutschland (und hier speziell zum Rheinland) und die terminologischen Festlegungen in der EU-Gesetzgebung (amtliche deutsche Fassung) bilden selbstverständlich Grenzen einer unabhängigen deutschen Sprachentwicklung in Belgien.

Eine eigenständige deutschsprachige Literatur in Belgien gedeiht. Auch im juristischen Bereich wurden große Fortschritte erzielt. Und so scheint allmählich die Zeit reif für ein- und mehrsprachige Wörterbücher eigens für Deutsch in Belgien.

Europa à la Babylon

Mehrsprachige Terminologie auf lyrische Art

In Frieden lebt Ihr in Europa
Was einst ersehnte Euer Opa.
Europas Schicksals-Ironie
Bezeugt die Terminologie:

Brosellas, Brüssel, Brussel, Bruxelles
Aquis-Grán und Aken, Aix-la-Chapelles
Geneva, Genf, Ginebra, Genève
Liejas und Luik oder Lüttich, Liège.

Cologne, Colonia, Köln am Rhein
Francfort, Mainhattan, Frankfurt / Main
Warszawa wird Warsaw, Varsovie, Warschau
Statt Moskwa Moscou und im Deutschen Moskau.

Magonza und Mohuč hervorgebracht
Mainz bleibt nicht Mainz wie es singt und lacht.
Bolzano für Bozen, Vienna für Wien
Nur Bonn bleibt noch Bonn, Berlin bleibt Berlin.

Monaco, Menga, Munich sind München
Die Auswahl lässt nichts mehr zu wünschen.
Vielsprachigkeit ist nicht ganz leicht
Verwirrung hier und da erreicht.

Hanóver, Hanovre sowie Hanover
Hanower, Hannober sind Hannover.
Ja mehrsprachig, Terminologie
Erschwert bisweilen Ortegrafie.

Wie Königsberg und Hermanstadt
Als Sibiu, Kaliningrad
Ein Terminus hat oft gespalten
Europas Jugend und die Alten.

Auch Pressburg macht sich langsam rar
Wer weiß noch, wo Karl-Marx-Stadt war?
Morawien, Euskadi, Suomi, Magyar
küren Kreuzworträtselraterstar.